괜찮아
사랑이야 2

괜찮아 사랑이야 2

초판 1쇄 발행 2014년 10월 6일
초판 12쇄 발행 2023년 7월 3일

지은이 | 노희경
펴낸이 | 金滇眠
펴낸곳 | 북로그컴퍼니
주소 | 서울시 마포구 와우산로 44 (상수동), 3층
전화 | 02-738-0214
팩스 | 02-738-1030
등록 | 제2010-000174호

사진 제공 | 지티엔터테인먼트, CJ E&M

ISBN 978-89-94197-67-8 04810
      978-89-94197-65-4 04810(세트)

노희경 대본집

괜찮아 사랑이야 2

북로그컴퍼니

　이번 글을 쓰며 내 맘을 가장 아프게 한 지적은 '사람들을 참 많이 불편하게 하는 작가'라는 말이다. 사실 이 지적은 20년 전 〈세상에서 가장 아름다운 이별〉을 쓸 때부터 들어왔던 말이다. 주인공 인희(나문희 분)의 말기 암을 수술하기 위한 수술실에서 의사 남편 정철이 고작 한 일이라곤 배를 가르고 난 후, '그냥 덮어라'였고, 아내가 피를 토하며 변기를 잡고 울며, '여보, 나 왜 이래?' 할 때도 기껏 안아주는 일뿐이었다. 사람들은 그 장면을 잔인하다 했고, 나는 대놓고 변명했다. 그게 내가 본 인생이에요. 다행이죠, 무너질 기대는 별로 없으니. 다시 한 번 그 변명을 하고 만다.

　이번에도 본 대로(과장은 드라마라 자위하고) 썼다. 절대 낮잠을 안 자는데, 글 쓰다 순간이라도 낮잠을 자면 정확히 10분 후, 가위에 눌려 불규칙한 심장박동과 호흡곤란을 동반하며 깨는 내 별스런 신경증, 몇 달 전 급작스레 생긴 언니의 불안증, 친구들의 우울증과 알코올릭, 수면장애와 식사장애, 공황장애, 방어기제로 인한 인간관계 부적응, 마더 콤플렉스, 가정 폭력과 유년 시절의 트라우마로 인한 갖가지 인격장애, 가족을 잃은 후의 분리불안, 퇴직을 눈앞에 둔 남자들의 공포에 가까운 남성 갱년기 우울증, 여자로서의 인생을 마감하고 새로운 정체성의 혼란을 겪는 여성 갱년기 증후군 등등……. 내 주변은 그렇게 환자와 환자가 모여 떠드는 세상이다. 그리고 그건 상대는 미쳤고, 자신만이 언제나 정상이라고 우기며 충돌하는 세상보다 지극히 덜 위험하고 통쾌하고 감동적이고 재밌다. 환자임을 아니, 치료(굳이 병원을 말하는 건 아니다, 위안받을 수 있는 곳이면, 산이든 바다든 절이든 집이든 성당이든 교회든 학교든 상관없다)받길 당연시하고, 지적받길 당연시한다. 물론, 나를 비롯해 주변인들도 순간순간은 미쳐서(?) 자신들의 병증을 인정 못하고 나는 정상이라며 발악을 할 때도 있지만, 우린 그게 치유 과정임을 알기에 큰 흉을 잡진 않는다.

　나는 이 드라마를 쓰며 많은 사람들이 제 상처와 남의 상처를 관대하고 자유롭게 보길 바랐다. 우리가 진짜 경계하고 멀리해야 할 대상은 드라마 속의 환자가 아니라, 자신이 늘 정상이라고 말하는 사람, 자신도 남도 다 안다고 말하는 사람, 상처받은 인간을 나약한 자라고 말하는 사람, 약자를 짓밟고 번번이 승자만이 되려는 사람이 아닐까.

　드라마 쓴 지 20년. 작품 쓸 때마다 늘 새로운 걸 추구하는 창작가이지만, 늘 새로울 거 없는 원점이다. 당연하다 싶다. 삶이란 게, 부모님의 임종 직전 마지막 말처럼 진짜 별스러울 것 없는 것일 테니까. 임종 순간 어머니의 마지막 말은 가족 모두를 '사랑한다'였고, 아버지의 마지막 말은 '행복했다, 여한 없다'였다.

　우여곡절 속에서도 결국 사랑하고, 행복하면, 인생은 끝나버려도 좋은 것이다.

　원망과 질투, 야망과 자격지심과 자책, 교만과 상처는 괜한 감정임을 두 분은 일깨워주셨다. 나는 그분들보다 좀 더 배웠으니까, 글줄이나마 쓰고, 철학도 종교도 공부하는 작가니까, 그분들보다 더 많은, 깊은, 인생의 다른 목적, 비밀을 알게 되겠지 하며 긴 시간 나름 삶을 치열히 버티고 파고 뒹굴었는데, 오십 나이에 고작 그분들만큼만 안다. 인생은, 사랑하면 되고, 행복하면, 더는 다른 목적 없이 끝나도 좋은 것. 쓰는 내내, 여타의 일을 하는 모든 사람들처럼 당연히 중간중간 고통도 불행도 찾아왔지만, 결국엔 사랑했고 종국엔 행복했다.

〈괜찮아, 사랑이야〉를 함께 만든 나의 모든 동료들에게 이 책을 바친다.

정신과에 대해, 무지하고 무식한 작가를 아무 보상 없이 바쁘신 와중에도 시작부터 끝까지 만나자면 만나주고, 메일과 전화로 귀찮게 해도 늘 너그럽고 따뜻하고 진지하게 이끌어주신 명지대학병원 국소담 교수님과 이재원 선생님께 머리 숙여 감사드리고, 전공도 아닌 걸 공부해가며 후배를 도와준 신영섭 선배님과 성함을 밝히는 게 누가 될까 밝히지 못하지만, 만나주고, 조언해주신 여러 정신과 선생님들께도 감사드린다.

작가 노희경

살면서 평생 가슴에 새기고 싶은 말이 두 개 있습니다.

"모두 지나간다."

짜릿한 순간도, 아픔의 순간도, 잡고 싶고 머물고 싶은 순간도, 1초가 두려운 고통의 순간도, 결국엔 '모두 지나간다'. 그간 힘드셨던 순간들, 이제 다 지나갔습니다. 참 다행입니다.

"오직 모를 뿐."

살면서 가장 받아들이기 힘들었던 말입니다. 가족과 오해가 생길 때, 주변과 마찰이 날 때, 나는 상대의 맘을 다 알고, 진심을 다 알고, 노고를 다 알지만, 그래도 내가 화낼 이유 충분히 있다고 착각합니다. 그래서 내 식대로, 다 안다는 생각으로 결국엔 상대가 말하는 진심을 노고를 폄하하고 상처 주고, 내 맘도 결코 편해지지 않습니다. 작품을 끝내며, 나에게 묻습니다. 너는 정말, 동료들의 노고를 아느냐고?

수년간 별난 작가의 파트너로서, 전체 팀의 수장으로서, 무거운 책임감에 시달리면서도 단 한번 힘들다 내색 않는 김규태 감독님의 노고를, 모두의 안쓰러운 열정을 담아내고 빛내주고 들려주려 사방이 시끄러운 환경에서 묵묵히 입을 닫고 카메라 앞에, 조명 곁에, 녹음기 옆에 서 계신 아버지 같은, 엄마 같은 김천석·박환·구본경 감독님 들의 노고를, 너는 정말 감히 안다고 할 수 있느냐고?

매 순간 자신의 한계를 넘으려 스스로를 다그치는 조인성. 그의 뜨거운 연기에 대한 열정과 투혼, 동료에 대한 의리, 단 한 순간도 이기적이지 못해서, 스태프처럼 생각하고 스태프처럼 움직이는 배려와 성실, 인내심을, 너는 정말 감사해하고 있느냐고?

큰 사고 후 3, 4일 만에 해외로 날아가 부서지고 피 흘리는 팔에 깁스를 하고, 인대가 끊어진 다리로 카메라 앞에 서던 기특한 공효진. 그녀의 투지와 지금도 진정되지 않는 몸과 마음의 상처들을, 너는 정말 안다고 할 수 있느냐고?

질문하면 할수록 입이 다물어집니다. 모르면 입을 다물 수 있는데, 늘 안다고 해서 남을 상처 줍니다. 혹여, 내가 여러분들의 노고를 순간이라도 폄하하고 상처 준 적이 있다면, 성품이 사나워 그런 거니, 너그러이 무시하여주십시오.

시작부터 끝까지 든든한 버팀목이 되어주신 성동일 선생님. 정말 많이 의지하고, 덕분에 많이 웃었습니다. 차화연 선생님과 김미경 선생님. 두 분 연기 보며 참 뭉클하고 행복했네요.
순수하면서도, 진지하게 작품에 임해준 진경 씨, 이제 진짜 배우처럼 보이는 우리 광수 씨, 어려도 진지한 경수, 만나서 즐거웠네요. 늘 날 것 같아 반가웠던 양익준 씨, 푸근한 최승경 씨, 귀여운 태항호 씨, 성실한 도상우 씨, 예쁜 이성경 씨, 맛깔나는 한정현 씨, 공효진의 분신 역할을 해준 참 고마운 최성은 씨, 좋은 배우로 성장해가길 빌고 싶은 명종환 씨, 정지원 씨, 이서준 씨, 최문경 씨, 백승도 그리고 박수영 선생님 모두 반가웠습니다.

늘 뒤에서 우리 전체를 지켜준 김향숙 편집 기사님과 최성권 음악감독님, 미술감독 서

명혜 님, 소품 신성선 님, 모두의 오른팔 왼팔 같은 장양호·이효선 조감독님과 늘 사랑스런 노수환 씨, 마스코트 박은빈 씨. 정말 고마웠습니다.

그리고 늘 안쓰럽고 미안한 나의 어린 동료, 현장 스태프분들. 어쩌다 현장에 나가면, 그대들에게 너무 미안하고 고마워, 눈도 못 마주치고 고갤 떨구고 맙니다. 건방져 그런 게 아니니, 오해 없으시길 바랍니다. 많이 사랑하고, 많이 고맙습니다.

제작사의 동규 씨, 원우 씨, 종병 씨, 정도 씨, 성민 씨, 정묵 씨, 보조 작가 성희 씨, 그리고 심영 씨 굳이 여러 말 안 해도 내 맘 알 거 같은 분들, 참 많이 든든했네요. 매니저분들, 배우가 존재하는 건 당신들이 있기 때문입니다. 수고 많으셨습니다.

김영섭 국장님, 최진희 상무님, 박지영 국장님, 부족한 작가 채근 않고 봐주셔서 고맙습니다.

훗날 모든 분들을 어디서든 다시 뵐 때, 부끄럽지 않은 작가, 기분 좋은 작가로 만나기 위해, 늘 공부하고, 행복하겠습니다. 모두 몸도 마음도 건강하십시오.

노희경 올림

일러두기

1. 이 책의 편집은 노희경 작가의 드라마 대본 집필 형식을 최대한 따랐습니다.
2. 드라마 대사는 글말이 아닌 입말임을 감안하여, 한글맞춤법과 다른 부분이라 해도 그 표현을 살렸습니다.
3. 말줄임표는 두 개, 세 개, 네 개 등으로 다양하게 표현되어 있습니다. 이는 대사 시 호흡의 양을 다양하게 표현하고자 한 작가의 의도를 반영한 결과입니다.
4. 쉼표, 마침표 등과 같은 구두점도 작가의 의도를 따랐습니다.
5. 드라마에서 장면을 나타내는 '씬'의 경우, 표준국어대사전에는 '신'으로 등록되어 있지만 여기서는 작가의 집필 형식에 따라 '씬'으로 사용했습니다.
6. 이 책은 작가의 최종 대본으로, 방송되지 않은 부분이 포함되어 있습니다.

차례

우리가 인생에서 반드시 만나야 할 단 한 사람,
세상에서 가장 아름다운 바로 나 자신

단 한 번도 다뤄지지 않았던 정신과 의학 드라마

우리는 살면서 수시로 병원에 간다. 감기, 몸살, 눈병, 입병, 하다못해 무좀, 위장장애, 소소한 외상과 때론 인생을 뒤흔드는 암과 같은 혹독한 병마와 싸우기 위해 검진을 받고, 치료를 하고, 예방에 힘쓴다. 몸에 대한 우리의 관심은 거의 집착증에 가깝다. 그런데, 마음에 대한 우리의 관심은 어떠한가? 마음이 감기에 걸리고, 마음이 암에 걸리고, 마음이 당뇨와 고혈압에 걸린다고 한 번이라도 생각해본 적 있는가? 누구나 행복을 원하면서, 행복의 열쇠를 쥐고 있는 마음에 대해선 얼마나 많은 편견을 가지고 방치하고 함부로 대하고 있나?

지금까지 정신과 이야기는 과학적 근거 없이, 극단적인 일부의 사례를 바탕으로, 스릴러물의 대명사이거나, 나와 내 주변에선 절대로 일어나지 말아야 할 무시무시하고 괴이한 이야깃거리로 인식되어왔다. 그래서 수많은 의학 드라마에서도 정신과는 단 한 번도 다뤄지지 않았다. 그렇다면 인구의 80퍼센트가 다양한 신경증(뉴로시스)을 앓고, 나머지 20퍼센트가 인격장애(정신과 의사들은 현재 국내외 드라마, 소설 기타 예술 장르에 표현된 인물들이 대부분 이 장애를 앓고 있다고 말한다)를 앓는 현실은 어떻게 할 것인가?

이 드라마는 우리가 그간 쓸데없이 숨겨왔던, 다 안다고 하지만 사실은 잘 모르는, 우리 마음의 상처, 마음의 병에 관한 이야기다.

외로움이 만든 현대병, 편견과 소통에 대한 감동적인 이야기

우리가 정신과에 가길 꺼리는 이유는 수많은 종교적·사회적 편견 때문이다. 정신분열

(스키조프레니아, 또는 조현병)을 귀신 씌었다, 마귀에 씌었다고 하며 방치할 뿐 아니라, 세상에 대한 미움으로 불을 지르고 사람을 해치는 반인격장애·반사회적 성격의 범죄자와 마음의 상처를 가진 정신과 환자를 구분 못해 싸잡아 혐오하는 어리석음을 우리가, 우리 사회가 저지르고 있는 것이다. 사람들의 이러한 편견을 사례를 통해 과학적으로 쉽게 보여줌으로써, 우리가 외면했지만 궁금했던 마음에 관한 이야기를 해보려 한다.

이 드라마에 나오는 숱한 사례(드라마적으로 각색하겠지만) — 버스나 전철을 타지 못해 학교에 못 가는 학생, 특별한 숫자에 집착하는 남자, 자폐 아이를 즐겁게 키우지만 사실은 모든 걸 버리고 혼자 떠나고 싶어하는 엄마, 남녀의 성기에 집착하는 남학생, 명문 고등학교에 입학했지만 원인 모를 편두통에 시달리는 여학생, 수십 번의 암 치료로 우울증을 앓는 엄마, 변태 성욕자로 오인받는 남자, 정신분열을 앓는 아내와 함께 아이를 임신하기 위해 애쓰는 남자와 그를 돕는 여의사 등등 — 를 보며 시청자는 첨엔 다만 웃기고, 황당하고, 기이하게 느끼며 수다를 떨 것이다. 그러다 종내는, 수많은 정신과 의사들의 증언처럼 '환자, 상담자를 통해 내 상처가 치유되었다, 환자와 의사, 상담자와 피상담자의 구분은 얼마나 유치하고 어리석은가'를 말하게 될 것이라, 확신한다.

나만 힘든 게 아니다, 너도 힘들었구나, 나만 외로운 게 아니었구나, 사람이란 게 원래 그렇게 외로운 것이었구나, 죽고 싶은 게 아니라 살고 싶었던 것이구나, 나도 너도 알고 보니 참 괜찮은 사람이었구나, 내가 이상한 게 아니라 조금 특별했구나를 노래하는 즐겁고 따뜻한 이야기가 될 것이다.

사랑이 전부가 아니라면 무엇이 우리의 전부가 될 수 있을까?

돈이 없는 상대를 우리가 사랑하게 된다면? 몸이 아픈 상대를 우리가 사랑하게 된다면? 성격이 불같은, 모난 상대를 우리가 사랑하게 된다면? 정신증을 앓는 상대를 우리가 사랑하게 된다면? 대부분의 사람들은, 그들에게 이렇게 말할 것이다. 사랑에 눈이 멀었군요. 그러나, 사랑이 돈이 있어야 하는 거라면, 몸이 건강하고 정신이 완벽해야만, 마음이 아프지 않아야만 가능한 거라면, 사랑이 뭐 그리 대단한 것이겠는가?

주인공 장재열은, 자신이 멀쩡하다 여긴다. 지나간 상처를 완벽히 이겨냈다 자신하며, 누가 봐도 잘 살고 있다. 그러나, 그는 자신도 알지 못하는 죄책감과 밝혀져선 안 될 진실을 숨기려, 루게릭의 통증에 갇히게 된다. 뇌의 이상은 없으나, 통증은 그대로 느끼는 (예, 상상임신, 스트레스성 위장장애처럼) 마음의 병을 앓는 것이다. 결국, 그는 자신이 알지 못하는, 그러나 스스로에 의해 죽음으로 내몰리게 된다.

어느 날, 사랑하는 남자가 정신적 병증을 갖고 있음을 인정하며, 범인이란 오류에 꽁꽁 갇힌 장재열을 과학적이고도 치밀하게 치료해내는 정신과 의사 지해수를 통해, 사랑에 대한, 인간에 대한 아름답고도 찬란한 드라마를 쓰고 싶다. 내가 살면서 반드시 사랑해내야 할 단 사람, 누구보다 나 자신. 나를 찾아 떠나는 주인공의 아름답고도 격한 질주에 동행하는, 무더운 한여름의 소낙비 같은 인간애 깊은 정신과 여의사를 통해, 우리 모두가 치유받길 간절히 바라본다.

장재열_인기 추리소설 작가, 라디오 DJ(조인성)

침대나 방에서 자지 못하고, 반드시 화장실에서 자야 편하고, 몇몇 색깔에 집착하는 강박증이 있지만, 사회생활엔 전혀(?) 무리 없다. 양태용과 출판사 공동 대표이며 해수와 동민이 살고 있는 건물의 공동 소유주다. 16살, 의붓아버지의 사고사로 인해 친형 재범이 11년형을 받았을 때 형은 끝까지 그를 살인자로 지목했다. 평소에도 수시로 전화를 해 협박을 일삼는다. 하지만 그는 이제 어릴 때처럼 맞고만 있을 만큼 나약하지 않다. 어느 날 그의 팬이라는 강우 놈이, 봐달라며 내민 소설에 그의 과거사가 고스란히 쓰여 있고 범인은 형이 아닌 나, 장재열. 이건 무슨 개소린가? 근데, 이 여자 지해수는 또 뭔가? 끝없이 내 성질을 살살 긁는 이 여자, 간만에 만만찮은 여잘 만나니, 살짝 흥분이 된다.

지해수_대학병원 정신과 의사(공효진)

7살 때, 아빠가 자동차 사고로 전신마비에 지능이 두어 살이 되어버리고, 엄마가 아빠 친구 김 사장과 바람이 났다. 그 연유 때문인지 확실친 않지만, 현재 그녀는 불안장애와 관계기피증을 겪고 있다. 그녀가 정신과를 선택한 이유는 의대에서 제법 선망의 과이기도 했고, 이상한 본인의 성격을 고칠 수 있을 거라는 기대감도 있었다. 게다가, 인간의 심리는 재밌고, 정신의 세계는 공부하면 할수록 신기했다. 그러던 어느 날, 추리작가와 정신과 의사의 만남이란 주제로 열린 토크쇼에서 장재열을 만났다. 재수덩어리에 자기애성 인격장애자! 앞으로 볼 일도 없을 것이기에, 자근자근 밟아주었다. 그런데 며칠 후, 새로운 홈메이트라고 들어온 인간이 바로 장재열이 아닌가? 오 마이 갓!

조동민_정신과 개업의(성동일)

해수가 다니는 대학병원의 정신과 의사 이영진과 결혼해 3개월 살고 성격 차이로 이혼, 첫사랑인 지금의 아내와 결혼해 딸 하나를 낳았다. 아내와 딸은 현재 미국에서 공부 중이라 기러기 아빠다. 해수와 홈메이트. 학부 때부터 초지일관 똘끼 총집합이란 별명답게 괴팍하기 이를 데 없는 의사지만, 환자들은 죽어라 그를 좋아한다. 번 돈의 대부분을 길거리 청소년에게 쓰고, 청소년 수감자들의 무료 상담도 진행 중이다. 그러던 중, 장재범(재열의 형)을 만나게 된다.

박수광_뚜렛증후군을 앓고 있는 카페 종업원(이광수)

7살 때 처음 발병한 뚜렛증후군 때문에 아빠에게 남자답지 못하다고 맞고, 엄마는 괜히 병을 만든다며 그에게 약을 먹이지 않았다. 몇 년 전 조동민의 병원을 제 발로 찾아가, 약을 먹고, 집단치료도 게을리하지 않았다. 그의 노력에 감복한 조동민이, 홈메이트를 제안해서 현재 같이 살고 있다. 1년 동안 짝사랑하고 있는 소녀 때문에 남모르게 가슴앓이를 많이 했다. 품행장애에 양다리를 제안하는 소녀.. 과연 그는 소녀와 순탄하게 사랑할 수 있을까?

이영진_대학병원 정신과 의사(진경)

해수의 선배, 조동민의 전처. 엄마 같이 인자한, 전형적인 모범 정신과 의사다. 따뜻하고, 남의 말 잘 들어주고, 객관성보다는 공감이 우선되어 환자를 치료해야 한다고 생각한다. 환자에 대한 사랑이 깊다.

한강우_고등학생, 소설가 지망생(도경수)

소심하고 심약하지만 미소년처럼 맑은 웃음을 가진 장재열의 열혈 팬. 장터에서 국밥을 파는 엄마와 술주정뱅이 아빠와 서울 외곽에서 살고 있다. 자신처럼 불운한 과거를 딛고, 최고의 작가가 된 장재열을 닮고 싶어한다.

오소녀_카페 알바생(이성경)

학교에서 퇴학당하고 수광이 일하는 카페에서 아르바이트를 하는 문제 학생. 어느 날부터 놀려먹기 좋다고만 생각했던 수광이 자꾸 눈에 가슴에 거슬리기 시작한다.

양태용_출판사 사장(태항호)

재열의 유일한 친구이자 재열과 공동 대표로 있는 출판사의 대표다. 고아인 그는 재열의 엄마를 친엄마처럼 따르고, 재범 형을 우상처럼 여겼다. 근데, 그 형이 살인을 저지른 것이다. 재열의 가족을 돕기 위해 재범 형의 면담을 조동민에게 부탁한다.

장재범_수감 중인 재열의 형(양익준)

어려서 사건 발생 전엔 마냥 삐뚠 아이였지만, 의부 살인사건 때 자신이 범인이라 위증을 해, 동생을 감싼다. 살면서 그가 가장 잘한 일은 그것이고 그가 가장 잘못한 일도 그 일이다. 그런데 출소를 앞둔 요즘 그는 동생도 동생이지만, 엄마가 밉다.

재열 모_50대 후반(차화연)

따뜻하고, 말수가 적다. 재범이가 감방에 가고부터, 늘 집 안의 문을 열어놓고, 겨울에도 찬 방 모서리에서 담요 한쪽을 덮고 잔다. 재범이가 나온단 소식을 들은 날, 그녀는 첨으로 방에서 잠을 잤다. 근데, 그 살인사건 현장에서 불은 누가 냈을까? 그녀는 못내 궁금한데……

해수 모_50대 후반, 식당 운영(김미경)

죽어라 사는 데 억척이다. 거침없고 밝다. 세상에서 자식보다 애 아빠가 좋다. 근데, 그녀는 그를 침대에 뉘어놓고 애 아빠 친구 김 사장과 바람을 피웠다. 그 일로 해수와 갈등을 겪는데……

씬	장면(Scene)이라는 의미. 같은 장소, 같은 시간 내에서 이루어지는 일련의 행동이나 대사가 한 씬을 구성한다.
(O. L)	오버랩(Overlap). 현재의 화면이 사라지면서 뒤의 화면으로 바뀌는 기법이다. 대사에서 O. L은 앞사람의 말을 끊고 틈 없이 말을 할 때 쓰인다.
(E)	대사와 음악을 제외한 효과음(Effect)을 뜻하며, 보통 등장인물은 보이지 않고 소리만 나는 경우에 사용한다.
점프컷	연속성이 없는 두 장면을 붙이는 편집 방식이다.
플래시컷	화면과 화면 사이에 들어가는 순간적인 장면. 극적인 인상이나 충격 효과를 주기 위해 삽입되는 매우 짧은 화면을 지칭한다.
플래시백	회상을 나타내는 장면. 지금 일어나고 있는 사건의 인과를 설명할 때 쓰이기도 하고, 인물의 성격을 설명하기 위해 쓰이기도 한다.
DIS.	디졸브(Dissolve). 앞의 장면이 사라지는 동안 새 장면이 페이드인 되는 것으로 기능은 오버랩과 거의 같다. 차이가 있다면 두 화면을 깊게 겹친 것이 오버랩이고 얕게 겹친 것이 디졸브이다. 디졸브는 보다 짧은 시간의 경과나 보다 가까운 장소의 이동을 나타낼 경우에 많이 쓰인다.
풀 샷	원근에 구애받지 않고 목표 피사체 전체를, 사람의 경우 전신을 카메라 앵글에 담는 촬영 방법이다.
인서트	화면의 특정 동작이나 상황을 강조하기 위해 삽입한 화면. 인서트 화면이 없어도 장면을 이해하는 데에는 별다른 지장이 없으나 인서트를 삽입함으로써 상황이 명확해지는 한편 스토리가 강조된다. 인서트 화면으로는 대개 클로즈업을 사용한다.
몽타주	따로따로 편집된 장면들을 짧게 끊어서 붙인 화면을 말한다.
F. I.	페이드인(Fade-In)을 의미한다. 어두웠던 화면이 점차 밝아지는 상태를 말한다.
F. O.	페이드아웃(Fade-Out). 밝았던 화면이 점차 밝아지면서 장면이 바뀌는 것이다.
C. U.	클로즈업. 등장하는 인물이나 배경 일부를 화면 가득 크게 나타내는 기법이다.
(N)	내레이션을 지칭하는 용어로, 장면 밖에서 들려오는 목소리를 나타낸다.

9부

누가 그러드라, 세상에서 젤 폭력적인 말이 남자답다, 여자답다,
엄마답다, 의사답다, 학생답다.. 그런 말들이라고.
그냥 다 첨 살아보는 인생이라 서툰 건데,
그래서 안쓰런 건데...
그래서 실수해도 되는데..

씬 1. 바다로 가는 길, 밤.

해수, 옷을 입고, 핸드폰 불빛으로 걸어가는,

해 수 (소심하게 부르는) 장재열.. 장재열.. (그러다, 노랫소릴 듣고, 바다를 발견하고, 물소리가 나는 걸 듣고는, 가는)

　　　*점프컷 ≫
　　　재열, 바다에 누워, 배영을 하며, 달을 보며, 노랠 부르는,

　　　*점프컷 ≫
　　　해수, 그런 재열을 보는데, 이쁜, 핸드폰 끄고, 바닥에 던지는(재열이 모포를 깔아놓은 곳), 맘이 따뜻해지는, 바다로 가는,

해 수 (웃음 띤, 편하게) 야.. 진짜네, 이 인간이..
재 열 (노래하다, 해수를 보고, 환하게 웃고, 손짓해 들어오라고 하는)
해 수 내가 반 가고, 니가 반 오고. (하고, 바다로 가고)
재 열 (수영해, 해수에게로 가서, 수영 멈추고, 해수를 보는)
해 수 (재열의 머릴 만져주며, 신기한 듯 보며) 너 뭐니?
재 열 (순간, 해수를 안아 들고, 바다로 뛰어가는)

해 수   (놀라, 웃으며) 야, 하지 마, 하지 마, 하지 마!

         재열, 멈추고, 해수에게 순간 입을 맞추고, 해수, 웃으며, 입을 맞추는, 재열,
         해변 쪽으로 해수를 안고 나가서, 모포 앞에 무릎을 꿇고, 해수를 눕히는,

해 수   (누워, 편하게, 재열을 보며) 자유로운, 니가 좋다.
재 열   (내려다보며) 여기서.. 자자..
해 수   (누워, 재열 보다, 천천히, 재열과 입을 맞추고)
재 열   (입 맞추며, 해수의 웃옷을 벗기는)

         *점프컷 ≫
         1, 옷을 벗는 두 사람,
         2, 주변에 던져진, 옷,
         3, 해수 목에 땀이 많이 나는,

재 열   (무심히 해수 목을 만지다, 걱정스레 보면)
해 수   (조금 불안해도, 담담하게) 괜찮아...
재 열   (해수에게 입을 맞추고)

         *점프컷, 시간 경과 ≫
         4, 주변의 자연 풍광이 보이는,
         5, 해수, 재열을 마주 보고 눈 감은 채, 모포를 덮고, 속옷만 입고, 누워 있
         고, 재열, 해수를 따뜻하게 보고 있는데, 해수, 이마에 땀이 맺혀 있고, 재열,
         손으로 이마의 땀을 따뜻하게 닦아주는, 해수, 감은 눈에서 눈물이 흐르는,
         맘 아픈 게 아닌, 편안한 느낌이다. (재열 대사 전까지 해수의 시각으로)

해 수   (눈 감은 채) 나.. 보고 있어?
재 열   (눈물을 닦아주는, 얼굴은 안 보이는)
해 수   (눈 감은 채 재열의 손을 잡아서, 내리고, 재열의 볼을 만지는데, 눈물이 느껴
         지는, 천천히 눈을 뜨고, 보며, 왜 우냐는 눈빛이다) 뭐야?
재 열   (가만 해수를 보며, 따뜻하고, 담백하게) 니가 우니까... 전에 말했잖아, 내가

의외로 수동적이라고.

해 수 (어이없지만 따뜻하게 웃는데, 눈물이 나는, 재열을 보면, 곳곳에 상처가 보이는, 팔의 다친 상처(포크로 찔린), 낮에 긁힌 상처, 목 아래에도 상처가 보이는, 재범이 다치게 한 상처도 있지만, 어려서 난 상처도 있는, 다리에도 상처가 보이는, 상처 하날 만지며 (이후에 상처 회상 장면 있습니다)) 왜 이렇게.. 몸에 상처가 많아.

재 열 (해수 가만 보며) 몰라....

해 수 (재열 보고) 다치지 마.

재 열 어.

해 수 날.. 사랑하니?

재 열 (해수만 보며) 어.

해 수 (가만 보며, 따뜻한, 담담한) 안 믿어. 그리고, 난 .. 아직은 아냐.

재 열 (따뜻하게) 괜찮아. 결국엔 그렇게 되겠지... 근데, 왜 울었어?

해 수 (재열 품에 얼굴을 묻고, 눈 감고) ..어떤.. 생각이 났지..

재 열 어떤 ...생각?

해 수 나중에... 내가 널 진짜진짜 사랑하게 되면, 그때 ..말해줄게... 오늘 어떤 생각이 났는지, 그리고.. 내가 얼마나 이기적이고, 나쁜 앤지도 ..말해줄게. 그때 가서도 니가 날 사랑한다고 하면 그때 믿을게. 니가 사랑한단 말, 난.. 오늘은 ...아냐.

재 열 (해수를 가만 보다, 이마에 입을 맞춰주고, 따뜻하게) 그래도, 난 사랑해.

해 수 그러니까... 아직은 난 아니니까, 세상의 숱한 남자들처럼 하룻밤 잤다고 날,

재 열 (말꼬리 자르며, 따뜻하게) 널, 다 가졌다고 생각하지 않을게.

해 수 (작고 따뜻하게 웃고, 재열 안고, 조금 졸린) 니가 좋아.. 그리고, 졸리고...

재 열 자..

해 수 조금만.. 아주 조금만 잘게..

재열, 해수를 품에 안고, 주변에 있는 옷을 해수에게 더 덮어주고, 바다를 편안하게 보는,

* 점프컷, 시간 경과 ≫
해수, 몸을 뒤척여, 재열의 품에서 떨어져 편하게 자고, 재열, 옆에 있던 노트

북으로 글을 쓰는, 진지한, 뭔가 안 풀리는지 쓰다, 지우는, 재열, 그때, 산토끼 (혹은 다람쥐) 오면, 귀엽게 보고 조용히 하라고 웃으며 '쉿!' 하면, 토끼 다른 데로 뛰어가고, 재열, 뒤척이는 해수를 이쁘게 보고, 다독이고, 춥지 않게 이 불을 여며주고, 다시 노트북으로 글을 쓰는, 진지한 모습이다,

씬 2. 양수리 일각, 낮(재열의 꿈).

강우, 자전거를 타고 달리는, 기분 좋은,

* 점프컷, 교차씬 》
재열과 해수가 즐겁게 놀았던 8부 장면과, 그걸 상상하며 기분 좋게 달리는, 강우가 교차되는,

* 점프컷 》
강우, 기분 좋게 달리는데,
그때, 폭주족의 차 두어 대가 강우를 휙 하고 빠르게 지나가는 바람에 강우, 휘청하지만, 이내, 중심을 잡아, '아씨.. 뭐야..' 하며 아무렇지 않게 자전거를 타고, 노랠 흥얼거리며, 가는데, 빵 소리와 함께, 돌아보면, 그대로 다른 폭주족의 차가 강우를 들이박는,

씬 3. 바닷가, 희뿌연 새벽.

재열, 땀을 흘리며 자다, '헉!' 하고 놀라 눈을 뜨고 벌떡 일어나 앉아, 앞을 보면, 재범, 칼로 재열의 배를 찌르고 있는, 재열, 배를 보면, 피가 낭자한, 재열, 눈가 붉어지며, '형.. 형.' 하는데, 재범, 담담히 재열의 귀에 대고, '니가 죽음 엄마가 많이 슬프겠다, 그지?' 하는, 재열, 정신이 없는,

* 플래시백, 회상 》
회상 속, 반사경에 재열 모의 모습(정확하지 않은),

＊점프컷, 현실 》

재열, 주변을 보면, 한쪽에 해수가 자고 있는, 다시 앞을 보면, 재범 없는, 그러나 배엔 피가 낭자한, 어쩔 줄 모르겠는, 말을 하려 하지만, 말도 안 나오고, 땀만 흘리며, 이불을 부여잡는데, 해수, 그 바람에 일어나 무심히 재열 쪽으로 고개 돌리다, 재열이 앉아, 땀을 흘리는 걸 보고, 벌떡 일어나(놀란 가운데서도, 경험 많은 의사로 돌아가, 침착하게), 재열의 얼굴을 두 손으로 만지며,

해　수　(걱정되지만, 짐짓 차분히) 왜 그래?

재　열　(다시, 배를 보면, 피가 있는, 놀란, 그러나 애써 담담히 천천히) 피가 나.. 배에..

해　수　(재열 걱정스레 보며) 악몽.. 꿨어?

재　열　(정신없는 가운데, 다시 배를 보면, 피가 천천히 사라지는, 순간 놀란 맘이 진정이 되는, 고갤 끄덕이는, 해수가 걱정 않게 짐짓 차분히) 강우가.. 사고가.. 형이 날.. 찌르고..

해　수　(맘 아픈, 안쓰런, 말 끝나기 전에, 안고, 따뜻하게) 미안, 정말.. 미안... 화장실 아니면 못 자는 거.. 깜빡했어... 잘못했어. (재열의 얼굴을 잡고, 따뜻하게) 호흡해.. 후... 길게.

재　열　(정신이 차려지는, 해수를 따라 호흡하는) 후.... 후.. 후..

해　수　(재열과 같이 하는) 들숨은 더 짧게... 날숨은 아주 길게...

재　열　후... (하다, 해수의 걱정스런 얼굴에 순간 맘이 편해지는, 안아주는) 괜찮아, 늘 그래서.. 들어가자.

해　수　(안고, 맘 아프게 눈 감고, 따뜻하게) 아냐, 조금만 더 편할 때까지 있어.

재　열　(진정되는, 차분히) 그러고 싶은데, 사람들이.. 와.

해　수　(안심시키는, 따뜻하게) 안 와.

재　열　와.. 두 사람....

해　수　(안고, 있다, 재열을 떼내며, 조금 놀란) 진짜?

재　열　어.

해　수　(주변 보면, 멀리, 발소리가 들리는, 호텔 직원이 두어 명 얘기하며 오는 게 보이는, 순간 정신 드는) 어머, 어떡해 어떡해.. 어머, 어떡해.. (하고, 옷을 찾아, 입으려 하면)

재　열　(해수에게 모포를 씌워주고, 모포로 제 아랫도릴 가리고) 조용.

해 수   ?

재 열   (주변의 것들을 제 품에 들고) 일단 뛰어.

해 수   (무조건 달리는)

재 열   (웃긴, 달리며, 작게 말하는) 그쪽 아냐. (하고, 해수와 다른 방향으로 달리는)

해 수   (허둥지둥) 어머머머... (하고, 재열을 따라 달리는)

      그때, 둘 사이로 불쑥 직원이 나타나, '악!' 하고 놀라는,

재 열   죄송합니다. 죄송합니다. (하고, 해수의 손을 잡고, 달리는데, 웃긴)

해 수   아, 쪽팔려... 어머, 어떡해. (하면서도 웃긴)

직 원   ? (웃고, 가는)

      재열, 해수, 웃으며 뛰어가고,

씬 4. 호텔 빌라 전경, 아침.

재 열   (E) 뭐해?

씬 5. 재열의 방, 욕실 안, 아침.

      해수, 슬립 차림으로, 재열의 욕조에 이불을 깔아주고,

해 수   보다시피.. 니 잠자릴 봐주고 있지...

재 열   (따뜻하게 해수 보며) 매력 없을 건데, 내가, 욕조 안에서 구겨져 자는 걸 보
      면,

해 수   (말없이, 턱으로 욕조로 들어가라고 하는)

재 열   모르겠다.. 이렇게 자는 내 모습이 싫어 헤어질 거면, 뭐 헤어져야지.. (하고,
      욕조에 눕는)

해 수   (이불을 덮어주며) 이제 눈 감고.

재　열　(눈 감고) 방에 가서 너도 더 자. 오후 비행기야.

해　수　(옆에 앉아, 재열의 머릴 만지며, 따뜻하게) 난 많이 잤어. 이제 내가 널 재울
　　　　차례지. 자. (하고, 머릴 만져주는)

재　열　(졸린) 졸리다. 나, 아무래도 너랑 헤어짐 안 될 거 같다, 니가 너무 편해.

해　수　(장난) 갑자기 하기 싫다. 잠 깨. (하고, 손 빼는)

재　열　(눈 감고, 편하게 제 손으로 더듬어, 해수의 손을 잡고, 자는)

해　수　(손을 빼, 머릴 만져주는, 따뜻하고, 안쓰럽게 보는, 치료 받아야겠단 생각이
　　　　드는)

씬 6. 카페 안, 낮.

　　　　동민, 전화를 하며, 커피를 기다리는,
　　　　윤수, 커필 주며, 슬쩍 보면, 수광, 열심히 진지하게 테이블을 치우는데, 소녀,
　　　　수광의 옆에서 '신발 좀 보라니까' 하며, 말 거는 게 보이는,

　　　　* 점프컷 ≫

윤　수　(조금 걱정스런) 선생님, 해수 언제 와요?

동　민　오겠지, 언제든, 설마 거기서 살겠냐?

윤　수　말을 해도... 근데 선생님이 보기에 장재열 씨, 정말 믿을 만해? 해수가 진지
　　　　하게 사귈 만큼?

동　민　(신호 가는 전화기 붙들고, 커피 마시며, 보면)

윤　수　저렇게 여행 다니다, 둘이 헤어짐 우리 해수가, 상처받고 손해 보면 어떡해,

동　민　(말꼬리 자르며) 사랑에 손해가 어딨냐? 사랑에 상처가 어딨고!

윤　수　(어이없는) 왜 없어요, 있지?

동　민　사랑은 추억이거나, 축복, 둘 중 하나야. 다른 앤 몰라도, 자존감 있는 지해수
　　　　한텐. 동생을 그렇게 몰라?

윤　수　(좋은) 그건 그래..

동　민　근데 이영진 앤 진짜 날 안 볼라나보네. (하고, 전화 끊으려는데 영진 전화를
　　　　받는)

영　진　(E) 왜?

동 민   (아무렇지 않게) 언니 문젠 어떻게 됐냐?

씬 7. 영진 동네길, 낮.

영 진   (편하게) 니가 맞았어. (편하게) 언니가 가게 매니저랑 요샛말로 썸을 타고 있
        었드라고. 형부가 낌새채고 달려드니까, 일단 피해보자 싶어서, 의부증으로
        몬 거 같애. 니 말대로 역전이였던 거지, 내가.

씬 8. 카페 안, 낮.

동 민   어쩐대?

씬 9. 영진 동네길, 낮.

영 진   둘 다 우리 병원 부부 상담치료 받게 유도했어. 형부의 의심병, 언니의 바람
        기, 근본부터 바로잡아야 할 거 같아서.

씬 10. 카페 안, 낮.

동 민   (아무렇지 않은 듯) 우리 한번 봐야지? 이대로 20년 우리 우정 끝낼 건 아니
        지?

씬 11. 동네 거리, 낮.

영 진   (담담한, 빼족하지 않게) 나중에 정리되면 연락할게. (하고, 전화 끊고, 가는)

씬 12. 카페 안, 낮.

동 민   (전화 끊으며, 착잡한, 수광의 말소리 들리는)

수 광   (버럭) 너 왜 이래, 진짜!

소 녀   니가 사준 옷은 째삥인데, 신발은 걸레잖아(하며, 발을 들어 보이는). 눈이 있
         음 봐봐.. 니가 사준 옷과 이게 어울리는지. 나한테 옷을 뺏어가든가, 새 신발
         을 사주던가. 선택하라고, 이 호구야?

윤 수   (일하며, 소녀를 믿게 보며) 너 진짜 못됐구나, 애가!

수 광   (일만 하며) 못 사줘.

소 녀   사줘.

동 민   (버럭) 사줘!

모 두   (동민 보면)

동 민   (수광 보며, 답답하지만, 진지하게) 그냥 다 사줘. 그렇게 다 소녀한테 니 주며
         니가 다 털려야 ..니 미련도 다 털린다, 사줘. (하고, 소녀 보다, 속상하게 집으
         로 가는)

수 광   (걸레 안쪽에 두고) 나와. (하고, 나가는)

소 녀   (신난) 옷 갈아입고 나갈게! (윤수에게) 나 밤근무할게요. (하고, 로커 쪽으로
         가는)

윤 수   (고개 젓고, 일하며, 손님 오면 밝게) 어서 오세요.

씬 13. 바닷가, 낮.

         해수, 재열, 파도를 보며 산책하는,

재 열   (편하게) 글? 글쎄... 연말쯤 돼야 끝날걸, 왜?

해 수   (편하고, 담백하게) 니 강박증 고쳐야 할 거 같아서.

재 열   (멈추고, 해수를 보고 웃으며, 편하게) ..니가 고쳐주게?

해 수   (재열을 마주 보고, 재열의 손을 잡고, 뒷걸음치며, 편하게) 하고 싶지만, 못
         해.

재 열   ?

해 수   우린 사귀고, 그런 관계에선 객관적 치룰 하기가 힘들거든.

재 열   그 말은, 넌 현재 나한테 냉정과 객관을 잃을 만큼.. 심하게 빠져 있다?

해 수   (잡은 손을 확 뿌리치며) 개바람둥이.

재 열   (편하게, 아무렇지 않게, 해수의 어깨동물 하는)

해 수   (재열의 팔을 내리고, 진지하게) 넌 왜 부정 안 해? 내가 널 개바람둥이라고 부르는 것에 대해?

재 열   (웃으며) 난 아니지만.. 니 생각이 그런가보다, 뭐 그렇게 생각의 자율 주는 거야.

해 수   (편하게) 니가 개바람둥이가 아니라고? 여자 가슴이나 훔쳐보면서?

재 열   ?

해 수   전에 내가 봤거든, 토크쇼 할 때 분장사 가슴 보는 거? 그리고, 여기 와서도 순간순간 이쁜 여자 보면, 눈이 휙.. 야, 내가 맘이 넓으니까, 다 넘어가주는 줄이나 알어?

재 열   (어이없는, 이내 당당하게) 토크쇼 할 때 분장사 가슴은 그래, 봤어.

해 수   ?!

재 열   앞에 남자가 거울을 마주하고 있는 걸 뻔히 알면서도 가슴을 풀어헤친 이 여자의 심리는 뭘까, 고민했지. 그러다, 아, 뭐 그럴 수 있겠다, 자신 있나보다, 내가 보기에 그 정돈 아닌데, 생각했고, 여기 와서도 이쁜 여잘 그래 순간순간 봤지, 그리고 생각했지. 야, 우리 해수가 낫네 하고.

해 수   (어이없고, 웃겨, 깔깔대고 웃다) 날 다른 여자랑 비교했다?

재 열   비교가 나빠? 나중에 속았다고 욕하는 거보다 낫지. 난 니가 부디 세상의 수많은 남자들과 날 철저하게 비교하길 바래. 비교하면 할수록 정말 깜짝 놀랄 걸. 나란 인간의 매력에 대해.

해 수   (재열이 멋있단 생각이 들지만, 참고, 이내 진지하게) 너 진짜, 나 사랑해?

재 열   (담백하게) 어.

해 수   그 말이 너무 빠르단 생각 안 해? 우리가 서로 안 지 이제 고작 두 달 남짓이야. 근데 날 사랑한다고 말하는 건,

재 열   웃겨?

해 수   너무 빠르고, 가볍지.

재 열   (가볍단 말에 살짝 기분이 나빠지는, 편하고, 진지하게) 그럼, 내가 너한테 .. 가볍단 말을 안 들으려면, 사랑한단 말을 언제 해야, 적당한 건데? 좋은 감정

으로 키스하고, 안고, 자고도 사랑한단 말을 해선 안 되는 거면... 언제 해, 그 말은 도대체?

해 수   (생각하는) 뭐.. 암튼 ..지금은 ..어쨌든 넘 빠르지 않니?

재 열   좋아, 그럼 지금은 안 사랑해. (하고, 해수의 어깨를 잡고, 걷는)

해 수   (조금 속상한, 담백하게) 기분이 드러.

재 열   왜?

해 수   니가 나 안 사랑한다고 해서.

재 열   (깔깔대고 웃는)

해 수   (멈춰 서서, 재열의 어깨에 머릴 기대며, 바다 보고, 편안한) 너랑 침대에서 자고 싶어. 강박증 치료해, 꼭.

재 열   (편안한) 나중에. 참 강우가 공항으로 너 보러 온대.

해 수   (바다만 보며) 여기, 다시 꼭 올 거야....

재 열   언제?

해 수   내년, 안식년 내고. 혼자. 여기를 기점으로 세계 일주를 시작하는 거지. (재열 보며) 설마 사귀답시고, 날더러 가라 마라 어쩌라 그러는 건 아니지?

재 열   가. 다양한 세상 속에서 다양한 경험을 하고, 다양한 상처를 가진 환자들을 따뜻하게, 상담하는 여의사, 멋있어. 같이 갈까, 세계 여행?

해 수   (보고, 진지하게) 싫어, 넌 돈을 너무 많이 써.

재 열   (깔깔대고 웃다, 해수 보고, 귀여워 입을 맞추는)

해 수   (밀치고) 암튼 틈만 나면... 건들지 마. (하고, 막 가면)

재 열   (해수를 쫓아가고)

해 수   (도망가며) 어머... 저 아저씨 왜 저래... 누구세요? 나 아세요? 난 당신같이 바람둥이랑 놀 여자가 아니에요.. (하고, 놀리며, 도망가고)

즐겁게, 장난하는,

씬 14. 신발가게 안, 낮.

소녀, 신발 구경을 하며, '이것도 이쁘고, 이것도 이쁘고, 이것도 이쁘네' 하며 신난, 수광, 그런 소녀를 가만 보다, 하나 집어주며, 안 웃고,

수 광 이건?

소 녀 (뺏어서 보며, 좋은) 완전 쩐다!

수 광 (소녀를 끌어다, 의자에 앉히고, 신발을 벗기는)

소 녀 ?

     *점프컷 》
     수광, 소녀의 신발끈을 묵묵히 묶어주는, 소녀(의자에 앉아 있는), 그런 수광
     을 귀엽게 보며,

소 녀 우리 사귀자?

수 광 (안 믿고, 신발끈만 묶으며) 오토바이랑, 양다리로?

소 녀 그럼 안 돼?

수 광 (어이없게 보고, 직원에게) 여기, 계산해주세요.

소 녀 (수광 보고, 웃고, 발을 탁탁 서로 부딪치며, 신발이 좋은, 거울 앞에서 보는)

씬 15. 신발가게 앞, 낮.

     수광, 심란하게 나오는데, 그 앞을 지나가던 소녀 부(리어카를 끄는)와 부딪치
     는, 그 바람에 산더미 같은 폐지가 쏟아지는,

수 광 죄송합니다, 죄송합니다.. (하며, 폐질 줍는)

소녀 부 (말없이, 폐지만 줍는)

     그때, 소녀 나와, 소녀 부 보며,

소 녀 (짜증스런) 아, 뭐야?

수 광 (소녀 보고) ?! (소녀 부를 보는)

소녀 부 (못 본 척하고, 폐지를 대충 쌓고, 리어카 끌고 가는)

소 녀 (가는 소녀 부 보며) 거지처럼.. 맨날.. 짜증나게... (하고, 소녀 부와 다른 데
     로, 가는)

수　광　(화나는, 속상하게 가는 소녀 부 보다, 소녀에게로 가서, 팔 잡아 돌리며, 진
　　　　지한) 저 아저씨.. 니네 아버지야?

소　녀　(짜증난) 그렇다면?

수　광　(진지한, 뭐 이런 게 있나 싶게 보며) 그렇다면.. 아빠한테 이렇게 함 안 되지?

소　녀　니가 뭔 상관이야!?

수　광　(무섭고, 진지한, 때릴 듯 손을 들고) 콱!

소　녀　(순간 움찔하는)

수　광　(손 내리고, 샘이 오토바이 타고 근처에 멈추는 것 보고, 소녀 보며, 진지하게)
　　　　난 너한테 지난 일 년간 진심이었다. 니가 학생이니까, 학생을 좋아하면 그러
　　　　니까, 너 잊으려고, 그간 이 여자 저 여자 찝쩍대며 살았지만, 좋아한 건 진심
　　　　이었어. 하지만, 오늘부로 끝이다. (지갑에서 돈 꺼내, 소녀의 옷에 넣으며) 마
　　　　지막 남은 내 미련이다. 가져가. (하고, 가는)

소　녀　(아무렇지 않게) 가라 가, 너까짓 거 간다고 내가 뭐 상처라도 받을까봐! 엄마
　　　　도 날 버렸는데, 니까짓 게 날 버린다고, 뭐가 달라지냐? (하며, 샘의 오토바
　　　　일 타고, 수광을 지나쳐 가는)

수　광　(가는, 맘 아픈, 눈가가 그렁해지지만 처지지 않고 가는)

씬 16. 공항 전경, 낮.

해　수　(E) 그래서 비행기 안에서 나 잘 때, 글은 좀 썼어?

씬 17. 공항 로비, 낮.

　　　　재열, 해수, 걸어 나오며,

재　열　(속이 좀 상하지만, 담담하게) 딱 두 줄. 그나마도 별로 맘에 안 들어. 본질은
　　　　없고, 말장난 같애.

해　수　(아무 생각 없이, 대수롭지 않게) 잘되는 날도 있으면, 안 되는 날도 있다 그렇
　　　　게 생각해. (앞질러 가며) 작가들 예민하다더니, 너도 피곤하다.

재　열　(멈춰 서서 가는 해수 보는데, 서운해, 굳은)

해　수　(가며, 편하게, 재열 기분을 모르고) 빨리 와, 강우 기다리겠다.

재　열　(해수 보다, 참고 가는) ..

씬 18. 공항 일각, 낮.

　　　　재열, 해수 서 있는,

해　수　(어이없는) 뭐, 나보고 그냥 혼자 집에 가라고?

재　열　(전화를 하다(강우에게 한), 내리며, 걱정스런) 아무래도 난 얘네 집에 가봐야
　　　　겠어.

해　수　꿈꾼 것 땜에 그래? 야, 그건 그냥 꿈이잖아. 아침에 밝은 목소리로 전화 왔
　　　　다며?

재　열　(방향을 가리키며) 택신 저쪽, 버슨 이쪽이야. (하고, 찻길을 가로질러 차를 저
　　　　지하며, 뛰어가는, 강우만이 걱정스런)

해　수　(가는 재열 보며, 걱정) 장재열, 횡단보도로,

　　　　＊점프컷 》
　　　　재열, 빠르게 가는데, 차가 끽 하고, 재열 앞에 서는,

　　　　＊점프컷 》

해　수　(놀라) 악! 어머머머, 장재열!

　　　　＊점프컷 》
　　　　재열, 운전자에게 '죄송합니다, 죄송합니다' 하고, 해수 안 보고 그냥 가는,

　　　　＊점프컷 》

해　수　(한숨 쉬고, 머리 쓸어 올리고, 가는 재열 보며, 놀란 맘 진정시키며, 걱정) 왜
　　　　저래, 위험하게 진짜... 간 떨어질 뻔했네.. (하고, 가는 재열 보고, 설레게 웃
　　　　으며) 뜨거웠다, 차가웠다, 잘해줬다, 말았다, 장재열, 너랑 내가 갈 길이 진짜

험난할 거 같다. (가다, 뛰어가는 재열을 돌아보며, 웃으며) 그래도 우리의 첫
날밤은 굿! 죽인다, 실루엣! (웃으며, 가는)

씬 19. 공항 주차장, 낮.

재열, 빠르게 뛰어가는, 강우가 걱정되는, 그런 재열의 모습 위로,

강 우 뭐예요?

재 열 (오다, 멈춰, 소리 난 쪽 보면)?

강 우 (재열의 차에 기대 어이없이 웃으며) 사람을 한 시간이나 기다리게 하고?

재 열 (강우 옆에 와 차에 기대며) 뭐? 얌마 우리가 언제 여기서.. 공항 7번 게이트
앞이었잖아? 너 때문에 지해수 갔잖아?

강 우 작가님을 두고, 혼자? 왜?

재 열 (어이없어, 보면)

강 우 (좋은) 아... 작가님이 보냈구나, 우리 집 갈라고? 내 걱정돼서?

재 열 (어이없는) 좋냐?

강 우 좋죠, 그럼. 난 이 세상에 작가님밖에 없는데.. (하고, 가방에서, 원고 봉투를
꺼내주는) 원고 탈고했어요.

재 열 (봉투를 보면, 〈청춘의 소나기〉라고 쓰인) 뭐야, 이 센치한 제목은?

강 우 내용은 안 센치하거든요. (하고, 재열의 차를 타는)

재 열 (차 타며) 버스 타는 데까지만, 바래다줄 거야.

강 우 여자친구 생겼다 이거죠?

재 열 (웃으며, 뻐기듯) 그래, (걱정) 엄마는 잘 지내시냐?

강 우 여자친구랑 거사는 치렀어요?

재 열 쪼그만 게 발랑 까져선!

강 우 (웃고) 치렀구나?

재 열 (어이없이, 웃으며, 운전해 가며) 오늘 우리 애인 삐졌음 다 너 때문인 줄 알
어?

강 우 (박수 치며, 좋은) 잤어요, 둘이, 잤어, 말해봐요?

씬 20. 동민의 집 전경, 밤.

　　　수광이 부르는 슬픈 트로트가 흐르는,

씬 21. 동민의 마당, 밤.

　　　수광, 컴으로 노래방 기길 틀어놓고, 영사막까지 틀어놓고, 진지하게 노랠 부
　　　르는, 동민, 술을 마시며, 의자에 앉아, 장단을 맞추고, 노랠 부르고, 수광, 노
　　　랠 부르며, 동민을 여자 안듯 뒤에서 안는,
　　　그때, 해수 들어오며, 구시렁,

해　수　이게 다 뭔 짓이야? 동네 시끄럽게? (하고, 동민 보면)
동　민　(노래 부르는 수광 안아주며, 따뜻하게) 소녀랑 진짜 끝났다. 봐줘라. (하며,
　　　　일어나, 수광을 안고 블루스 춰주는)
해　수　(수광 보며, 안쓰런, 수광에게로 가, 등짝 쓸어주고, 테이블에 놓인, 맥주를
　　　　마시고, 의자에 앉는데, 문 쪽에서 들어오는 재열(상황에 조금 놀란) 보며, 옆
　　　　으로 오라고 턱짓하는)
재　열　(와서 앉으면)
해　수　왜 이렇게 빨리 왔어?
재　열　(해수 귀에 대고) 너 보고 싶어서,
해　수　(웃고) 뻥은? 강운?
재　열　만났어, 딴 데 있었더라고. 근데, 수광인 왜?
해　수　소녀랑 완전.. (목을 치는 시늉) 끝.
재　열　(수광 보며, 안된, 해수가 마시던 맥주를 마시며) 니가 좀 나서.
해　수　(재열 보며, 편하게) 역시, 쿨. (하고, 일어나, 수광에게서 동민을 떼내며, 수광
　　　　에게) 이왕이면 전 어떠세요?
수　광　(울고, 노래 부르며, 해수를 안고, 춤을 추는)
해　수　(동생 안듯, 따뜻하게) 아이고, 우리 수광이... 맘이 많이 아프구나.. 누나가
　　　　다 이해해, 우리 수광이 맘.. (하고, 안아주고, 춤춰주는)
재　열　(둘을 이쁘게 보는)

동　민　(수광의 노랠 따라 부르며, 옆에 앉고)
재　열　(같이 부르는)

씬 22. 동민의 거실, 밤.

동민, 재열 앉아 있고, 수광, 해수 앉아 있는,

수　광　(진지하게, 해수 보며) 부탁해. 누나밖엔 할 사람이 없어.
해　수　(팔짱 끼고, 수광을 보며, 어이없는, 귀찮은) 못해. 아니, 하기 싫어.
동　민　(버럭, 답답한, 해수에게) 해달라면 좀 해줘라!

재열, 수광만 보고, 해수, 동민 보면,

동　민　정신과 의사가 성교육 상담하는 게 그게 뭐 힘들다고, 빼? 수광이가 지 딴엔 지금 큰 맘 낸 거야. 지가 사랑하는 걸 떠나, 한 여자가 천방지축 날라리 같은 놈들이랑 돌아다니다 일 치면, 인생이 끝나는데.. 수광이가 언제 이렇게 순수한 어른의 맘으로, 말한 적이 있냐? 너도 남자애들 심리 알잖아, 무조건 여잘 보면 앞뒤 생각 없이 엎어뜨리려는 거, (하고, 재열 보면)
재　열　날 왜 봐요?
동　민　봐지네, 그냥, 나도 모르게.
재　열　?
동　민　(획 고개 돌려, 해수 보며, 답답한, 진지하게) 니가 해줘, 좀!
해　수　(답답한, 버럭) 선배가 해!
동　민　소녀랑 난 랍뽀(Rappot; 의사와 환자의 신뢰 관계)가 없어요. 걘 날 의사가 아닌 동네 아저씨 정도로밖엔 안 본다고. 옆집 아저씨가 성교육을 하는 게 말 되냐?
해　수　(재열 보며) 니가 해, 그럼. 작가잖아. 아는 것 많은.
재　열　(어이없이 해수 보며) 내가?
동　민　(버럭) 얘가 자궁경부암의 위험성을 어떻게 설명해!
수　광　(말꼬리 자르며, 진지한) 어제, 내가 소녀한테 돈을 주고, 끝이다 하고 돌아서는데, 소녀가 그런 말을 하드라. 엄마도 날 버렸는데, 니까짓 거 가는 게 뭐 대단한 일이냐고.

해수, 재열, 동민   (수광을 진지하게 보는)

수   광   울지도 않고 그러는데.. 가슴이 쿵 하드라. 내가 뚜렛(Tourette's Disorder; 뚜렛증후군(틱장애의 일종))이라고 평생 나를 미친놈, 그 정돈 참으면 되지, 그걸 못 참고, 지랄을 뱉어낸다고 하는 울 아빠가 생각나면서.. 나도 알거든. 버려지는 게 뭔지. 만약 그때 나한테 동민 형님이 안 계셨다면, 난 정말 내가 미친놈인 줄 알았을 거야. 걔가 엄마가 있다면, 누나한테 부탁 안 해. 여자로서 소녀가 더 큰 불행을 겪지 않게. 도와줘, 누나.

해   수   (미안하지만, 답답해하는) 인터넷 보라 그래. 성교육, 성상담 세 글자만 쳐도, 온갖 정보가,

동   민   (말꼬리 자르며, 화난) 너 왜 이렇게 이기적이야, 임마! 넌 병원으로 찾아간 환자만 환자냐?

해   수   그래, 난 병원에 오는 환자도 버거워.

동   민   우리가 첨에 같이 살면서 뭐랬어? 서로서로 믿고 의지하는 세상을 만들자 그랬지? 정신증 대부분의 원인이 인간간의 소통 부재에서 오니까, 우린 세상과 소통하며 살자 그랬지! 넌 왜, 이렇게 늘 차가워?! 싸가지 없이.

재   열   (말꼬리 자르며, 동민 보며, 진지한) 인터넷에서 보는 단순한 성교육이 아니잖아요. (수광 보며) 너한테 동민 형님이 하신 거처럼, 해수보고 소녀의 인생에 끼어들어달라는 거잖아. 나 같아도 그런 부탁 부담스러워.

해   수   (재열 보고, 답답한) 편들지 마. 야, 그냥 싸가지 없는 걸로 끝내. (하고, 방으로 가는)

재   열   (동민 보며) 해순, 싸가지가 없는 게 아니라, (수광 보며) 사람에게 마음을 주는 게 무서운 거야.

동   민   (보며, 담담히) 야, 하룻밤 새 너 지해수에 대해 많은 걸 알게 됐다? 그 정도 알려면 둘이 진도 좀 뺐나보다?

재   열   (어이없이 보면) ?

동   민   (수광에게) 수광아, 해수가 해줄 거야, 걱정 마.

재열, 수광 (보면) ?

동   민   해순, 쫌 찌르면 넘어오잖아. (턱으로 재열을 가리키며) 얘한테 넘어간 거처럼. 왜냐, 해순 차가운 방어기젤 쓰고 있지만, 실젠 너무나도 뜨거운 인간이

거든. (재열 보며) 맞지, 내 말이?

재　열　(부정 않는, 어색하게 웃으며) 쫌?

동　민　(깔깔대고 웃다, 굳은) 콱! 도둑놈. (하며, 수광의 등 쳐주고 가며, 아무렇지
　　　　않게) 자, 임마.

재　열　(수광을 이쁘게, 안쓰럽게 보며) 많이 속상하냐?

수　광　(아무렇지 않게, 보며) 진짜, 둘이 잤어?

재　열　(어이없어, 벌떡 일어나, 가는) 아무리 생각해도, 난 공동생활이 안 맞아.

수　광　(머리 넘기며, 소녀를 생각하는)

씬 23. 병원 전경, 낮.

씬 24. 외과 병실 안, 낮.

　　　　2인실, 한 침대에 부부(50대 초반, 지적이고, 부유한 느낌, 사이가 좋은)가 둘
　　　　다 환자복을 입고 누워 있는,
　　　　아내(다리에 깁스한)는 자고 남편(목에 작은 찰과상)이 따뜻하게 안아주고 있
　　　　는, 아들(대학생), 딸(대학생)이 그 옆에 앉아, 속상한 얼굴로 그들을 보는,

해　수　(E) 부부는 모두 50대 초반으로, 지난 목요일 골절과 찰과상으로 119에 실려
　　　　응급실로 들어왔었습니다. 근데,

씬 25. 회의실 안, 낮.

　　　　영진, 레지1, 2, 3, 4, 인턴들 여럿 있는, 해수, 설명하는,

해　수　금요일 오전 아들이 절 찾아와, 오늘 우리가 볼 홈 씨씨티브이 동영상 자룔
　　　　제공했습니다. 지방대 기숙사에서 생활하는 남매는 부모님 두 분이, 3개월
　　　　전부터 집에 바퀴벌레가 수백 마리가 있다며 괴로워하고, 해충박멸 업체에서

도 찾을 수 없다고 해서, 바퀴벌레가 나오는 경로를 찾기 위해 이걸 촬영했습
니다.

영 진   자료 봅시다.

해 수   (동영상을 트는)

＊점프컷, 영상 ≫
두 부부가 잠옷 바람으로 자는 모습이 나오고, 남편이 목을 힘들게 긁는, 그
러다, 갑자기 남편이 벌떡 일어나, 옷을 벗으며, '악악!' 소릴 지르고, 옷으로 바
퀴벌레를 잡는 듯한(환시), 그 바람에 부인이 깨, 같이 '바퀴벌레.' 하며, 침대
에서 서서, 울며 소리치는, 아내, '여보, 여보, 바퀴벌레! 어머, 내 귀에 들어가!',
남편, '잠깐만' 하며 아내에게 가다, 갑자기 제 목을 잡고(목에 바퀴벌레가 들
어간 듯) 고통스럽게 땀을 흘리며, 침대를 기는, 객객대는, '목에 바퀴벌레가...
(아들 찾는) 형만아! 형만아!'

＊점프컷 ≫
영진(담담한, 안쓰레 보고) 레지들, 인턴들, 놀라고, 당황하고, 걱정스런, 해수,
동영상을 끄고,

영 진   (레지2에게) 이 병의 병명은?

레지2   SPD(Shared Psychotic Disorder). 두 명이 동시에 환청, 환시를 보는, 공유 정
        신병적 장애입니다. 든든한 랍뽀를 형성한, 부부, 자매, 모녀, 모자, 공동의 트
        라우마(Trauma; 정신적 외상)를 겪는 관계에서 발현됩니다.

영 진   (레지1에게) 치료 순서와 방향은?

레지1   일단 둘을 분리하고, 그래도 환시 환청이 치료가 안 되면, 이후, 약물로 치료
        합니다.

해 수   (레지2 보면)

레지2   이 경우, 둘 중 우세한 사람이 먼저 환청, 환시를 보고, 그걸 다른 순종적인
        사람에게 영향을 주는데, 분리 후, 순종적인 사람은 짧은 시간 안에도 환청
        과 환시가 사라지는 경우가 많습니다.

영 진   (레지1 보며) 가설을 세워볼까? 이 부부 중에 먼저 병증이 발현된 사람은?

레지1   남편분으로 보입니다. 명문대학원 졸업에, 그룹의 상무로 재직 중인 남편분

	은, 리더십이 강한 분으로 추정됩니다. 반면 아내분은 경미한 청력장애와 뇌질환을 앓고 있어, 의존도가 높습니다.
영 진	(고개 끄덕이고, 해수 보면)
해 수	(인턴1에게) 약물을 먼저 투여하지 않고, 격리를 우선시하는 이유는?
인턴1	인사이트(Insight; 병식, 자신이 처한 상황의 진정한 원인과 의미를 이해하는 능력)를 갖게 하기 위해섭니다.
영 진	(해수에게 눈짓하면)
해 수	이번 환자 케이스는, 협진을 통해, 치료합니다. 김 선생, 최 선생은 Hx.(History Taking; 히스토리 테이킹, 병력 청취) 할 때, 환자의 말 한마디, 토씨 하나, 얼굴 표정, 손동작, 질문에 대답하지 않는 대목까지.. 꼼꼼히 체크하는 거 잊지 말고,
레지들	네!
영 진	이번 케이슨 정신분석의 스킬을 쌓는 좋은 경험이 될 거다. Hx. 할 때, 답답해도 환자가 스스로 환청, 환시의 모순을 찾을 수 있게, 가르치지 말고, 기다려라. 그래야 치료 효과가 높고, 재발 가능성도 낮다. (해수 보며) 우리 정신과 의사들은 환자들의 선생이 아니다. 환자가 스스로 건강한 삶을 찾아가게 도와주는 이정표 같은 존재다. 환자들의 말 한마디, 숨소리 하나에도 집중하길 바란다. 이상.
레지들, 인턴들	네.

다들, 인사하고 나가는,
해수, 물을 마시는,
영진, 물을 마시며,

영 진	(걱정) 남편이 스키조일 확률 높은 거 알지? ...상담 잘해. (하고, 해수를 지나쳐 가려는데)
해 수	미안해, 선배.
영 진	(멈춰, 보면)
해 수	(따뜻하게) 저번 날 일.. 선배가 동민 선배 얘기할 때, 싸가지 없는 내 행동. 내가 동민 선배 와이프도 알잖아, 그래서... 순간, 화가 났어. (하고, 의자를 빼주면)

영 진	(해수가 빼준 의자에 앉으며, 해수의 맘을 알겠는, 맘 아프지만 짐짓 편하게, 웃으며) 나.. 니가 걱정할 정도로,
해 수	(따뜻한 웃음 짓고) 미성숙한 어른이 아니지, 내가 너무 잘 알지, 그건.
영 진	(담담히, 편하게) 휴일 내내 내가 왜 이렇게 경박한가, 어디서부터 잘못된 건가, 스스로 내 정신 상탤 점검하다 알았어. 조동민한테 가진 내 감정 사랑이라기보다, (서글프게 웃으며) 미안함이더라고.
해 수	?
영 진	조동민은 빨리 아일 갖길 원했는데, 내가 그러자 그래놓고, 피임을 했거든. 출세에 지장을 주니까. 그러다 들켰어. 난 모른 척, 쌩깠지. 촉 좋은 조동민이 모를 리 없는데.. 이후로 어떤 말도 안 하드라. 조동민한테 사과해야겠어. 그 일에 대해. (서글픈 웃음 짓고, 인정하는) 결혼생활 망친 주범은 백 프로 나야. 어제 인정이 가드라. (해수 보고, 서글프게 웃으며) 조동민하고 좋은 친구로 남을 거야.
해 수	(영진 손잡아, 흔들며, 영진을 안쓰럽게 보고 웃으며, 편하게) 역시, 멋져. 선배가 나한테 맘을 열었듯 나도 맘을 열어주지. 나, 장재열하고 잤다.
영 진	(손을 획 뿌리치며, 장난을 진지하게 치는) 어디서 자랑질이야.
해 수	(웃고)
영 진	(웃고, 해수에게, 진지하고 따뜻한 의사처럼) 불안증은?
해 수	땀을 한 바가진 흘렸을걸.
영 진	(따뜻하게 웃고) 그거야 뭐 닦음 그뿐이고. 키스할 때마다, 끼어드는 엄마 생각은?
해 수	그게... (웃으려는데, 안 되는, 순간, 왈칵해, 두 손으로 얼굴 가리고 우는)
영 진	(자기도 모르게, 눈가 붉어지는)
해 수	(두 손으로 얼굴 가리고 우는, 그러다, 진정하려, 애써 웃으며) 미쳤나봐..
영 진	우린 늘 순간순간 미치잖니, 괜찮아.
해 수	(수건 꺼내 눈물 닦고, 차분히, 영진 안 보며, 담담하지만, 맘 아픈) 떠올랐어. 김 사장하고 웃으며 입 맞추는 엄마가.. 근데, 전엔 그렇게 드럽고, 밉고, 싫게만 보이던.. 엄마 얼굴이 그날은... (맘 아픈, 인정) 이쁘.. 더라? 전신마비에 지능이 서너 살이 된 남편과 가난한 집안에서 의대를 가겠다는 이기적인 딸... 그런 엄마가 김 사장님한테만은 위롤 받았겠구나 싶은.. (맘 아픈, 슬픈, 웃음 지으며) 생각이 들면서, 울 엄마 참 많이 외로웠겠다, 싶드라.

영 진 (따뜻하게 보며, 해수의 손을 꼭 잡아주는, 맘이 짠해) ..늘 널 숨막히게 하던, 엄마가 엄마다워야 한단 큰 편견 하나가 깨졌네. (웃으며, 농담조로) 훌륭한 의사 되시겠어요, 이러다...

해 수 (눈물 나는, 눈물 닦는)

영 진 누가 그러드라, 세상에서 젤 폭력적인 말이 남자답다, 여자답다, 엄마답다, 의사답다, 학생답다.. 그런 말들이라고. 그냥 다 첨 살아보는 인생이라 서툰 건데, 그래서 안쓰런 건데... 그래서 실수해도 되는데..

해 수 (영진 보며) 사실 진짜 고백할 게 있는데, 그건 장재열한테 하게.

영 진 (따뜻하게 웃으며, 떠보듯) 장재열, 운명이냐?

해 수 (웃으며) 아마도?

영 진 (웃으며, 떠보듯) 그러다, 결혼하겠다?

해 수 (어이없는) 웬 결혼? 난 독신이 체질이야. (하고, 나가는)

영 진 (가는 해수 보고, 웃고, 나가는)

씬 26. 병원 복도, 낮.

해수, 걸어가다, 문자 오고, 보면,

수 광 (E) 생긴 거 말하는 거 다 싸가지 없어도, 맘만은 싸가지 있는, 해수 누나. 소녀 전화번호야. 부탁해. 010-9901-0810.

해 수 (답답한, 짜증나도, 참고, 전화하는)

소 녀 (E) 여보세요?

해 수 (편하게) 나 조 박사님 집에 사는 지해순데, 알지, 너 오늘 나 좀 보자?

씬 27. 카페 안, 낮.

소 녀 언니가 왜 날요? (하며, 손님을 받으며, 웃는 수광을 보는)

수 광 (전화 오면, 받으며, 소녀 모른 척, 지나가며, 반갑게) 엄마다, 엄마, 엄마! 엄마, 잘 있었어?

씬 28. 달리는 태용의 차 안, 낮.

재열 모, 태용 가는,

태 용   (웃으며) 엄마, 재범이 형이 오늘은 만나줄까?
재열 모   (편하게) 모르지? 만나줄 수도 있고, 아니어도 뭐.. 어쩌겠어.
태 용   참 엄마는 늘 봐도 긍정적이야, 재열이도 그렇고, 진짜 그런 사곤 부럽다.

그때, 전화 오는,

태 용   (핸즈프리로 전화 받으며) 누구세요? 양수리 경찰서.. (귀찮은) 아, 전번에 전
         화했죠.. 깜빡했네... 내가 바빠갖고, 곧 가지러... (생각나는) 아, 퀵이 좋겠다,
         퀵으로 보내주시면.. (실망) 아, 안돼요? 알았어요, 제가 갈게요. 예예. (하고,
         끊는)
재열 모   뭐야? 양수리 경찰서는?
태 용   몰라, 재열이가 옛날 살던 동넬 갔는지, 거기에 명함지갑을 흘렸다드라고...
재열 모   거길 왜 가니, 걔는..

씬 29. 경찰서 안, 밤.

경찰1, 짜증나는, 명함지갑(6부에 재열이 떨어뜨린)을 뒤적이며 보면서, 구시
렁대는,

경찰1   경찰이 무슨 퀵서비스 줄 아나.. (하고, 명함을 물품보관함에 넣는데)

경찰2, 옆에서 컴으로 사건 현장을 관찰하는지, CCTV를 확인하다,

경찰2   (컴으로, CCTV(화면엔 보이지 않는)를 보며, 놀라, 자세히 보며, 경찰1에게)
         이, 이, 이 경사 이것 좀 봐봐.
경찰1   (귀찮은) 뭔데? (하고, 보면)

경찰들, CCTV(화면 보이지 않는)를 보며, 놀란,

경찰1   (컴의 화면 보며) 이게 뭐야?

경찰2   그게 내가 엊그제 오리숲에서 폭력사건이 났다길래, 인근 씨씨티브이를 확인하다.. 이 사람... 전번에 (일지 보며) 맞다, 한강우라는 애 아버지가 폭력을 쓴다며 잡아들이라던.. 그 작가란 사람 맞지?

경찰1   (화면만 보며, 걱정, 놀란) 뭐야, 혼자서..? 이 사람 어디 이상한 거 아냐?

씬 30. 재열의 방 안, 낮.

재열, 글을 쓰는데, 잘 안 되는, '그녀는...'을 쓰고, 지우고, 다시, '그 남자는 오늘도' 하다가, 지우는, 그러다, 강우가 준 서류봉투를 보고, 그 안에 원고를 빼, 읽으려는데, 전화 오는, 보면, 해수다, 받으면,

재 열   (웃으며) 네. (하는데, 초인종 소리가 나는, 나가는)

씬 31. 병원 일각, 낮.

해 수   (걸어가며, 좋은) 뭐해?

씬 32. 복도, 낮.

재 열   (방에서 나와, 전화 받으며) 글 쓰던 중. (인터폰을 켜는데, 최호다) ?

씬 33. 병원 일각, 낮.

해 수   (웃으며) 아침에 허둥지둥 나오느라, 못 봐서.. 근데 너 왜 나한테 전화 안 해?

우리 사귀는 거 맞아?

씬 34. 복도, 낮.

재 열   (편하게, 인터폰을 보며) 사귀는 거 맞는데, 난 일할 때 전화하는 게 싫어서,
        너도 그런가보다 했는데, 아냐?
최 호   (인터폰을 보며, 이상한) 여보세요? 여보세요?
재 열   (문을 열어주는)

씬 35. 병원 일각, 낮.

해 수   (편하게) 난 다른 건 다 용서돼도 일할 때 진료 볼 때 죽고 사는 문제 아닌 일
        로, 전화하는 인간, 절대 용서 못해.

씬 36. 복도, 낮.

재 열   (아래층을 내려다보며, 전화하는, 웃으며) 그런 인간은 용서하지 마. 그리고
        나 일하는 중이야, 전화 끊어.

        그때, 최호 들어오는,

재 열   (최호와 눈 마주치고 보며) 나도 일할 때 전화하는 거 딱 질색이거든, 지해수.
최 호   (싫은) ?!

씬 37. 병원 일각 + 정신과 병동, 낮.

해 수   (웃으며) 딱 내 스타일. (하고, 끊고, 병동으로 가는)

* 플래시백 ≫

9부 초반 바닷가에서 재열과 키스하던 장면,

* 점프컷 ≫

해수, 걸어가며, 설레는 듯한, 후 하고 한숨을 쉬고,

* 플래시백 ≫

재열과 즐겁게 바다를 보던 장면,

* 점프컷 ≫

해수, 걸어가다, 멈춰서 잠시 호흡을 가르고, 병실로 들어가는, 여러 명의 환자들이 의자에 앉아 있는, 간호사도 있는, 해수 그 사람들 가운데 앉으며, 밝게 말하는,

해 수   자, 오늘의 안건은 뭐죠?
환 자   (화난, 굳은, 옆의 환자1 보며) 산책하는데 보호사가 동행하는 게 화가 납니다.
해 수   (환자들 보며) 아, 화가 나셨구나.. 근데 왜 보호사가 동행할까요? (환자1 보며) 임호식 씨?
환자1   (환자 보며, 담담하게) 이 친구가, 이주 전 약을 안 먹고 버려서..
환자2   (해수 보며, 수줍게 웃으며) 요즘은 약을 잘 먹고.. 규칙에 잘 따르니까, 자유 산책해도 된다고 생각합니다.
해 수   (웃으며) 어우, 말씀하시는 게 넘 조리 있다.... 다른 분들 의견은요?

씬 38. 복도, 낮.

재 열   (복도에서, 어이없게 웃으며, 최호를 내려다보며) 몰라도 된다는 말은 좀 그러네. 낯선 사람이 내 집에 휘젓고 다니는데, 왜 왔냐고 묻는 게 잘못인가?
최 호   (소파에 앉아, 가방에서 노트북을 꺼내 보며, 안 보고, 담담히) 동민 형님 만나러 왔는데, 진료 중이시라, 기다리는 중이라고 말하면, 이유가 되나?
재 열   카페에서 기다려도,

최　호　(맘에 안 들게 보다, 노트북을 켜는)

재　열　(어이없이 보고, 웃고, 가며) 성질 같아선 콱 저걸 그냥.. (하고, 방으로 가는)

　　　　*점프컷 》
　　　　최호, 인터넷을 켜고, 장재열을 치고, 인터넷 기사에서 재범의 사건을 찾아보
　　　　는, 진지하고, 답답한, 표정이다.

씬 39. 교도소 밖, 낮.

　　　　재열 모, 태용, 한쪽 의자에 앉아 기다리는, 태용, 답답한,
　　　　그때 교도관 와서, 책을 재열 모에게 주며,

교도관　(재열 모 안쓰레 보며) 재범이가 면회 안 한다면서, 어머니께 드리라네요.

재열 모　(어색하게 웃으며, 책을 받곤, 들고 있던 책(일분 후의 삶)을 꺼내 교도관에게
　　　　주며) 고맙습니다. 이 책, 부탁드립니다.

태　용　저는요? 저도 안 보겠대요?

교도관　앞으로 누구도 면회 사절이래. 조동민 선생님만 보겠대. 그것도 아미탈 주사
　　　　가져오면. (책을 한번 보고, 재열 모에게) 잘 전달해드릴게요. (하고, 가는)

재열 모　(고개 끄덕이고, 받은 책 들고 나가는)

씬 40. 교도소 방 안, 낮.

　　　　재범, 앉아, 책을 보는(일분 후의 삶), 옆에 밥알로 만들다 놓은 꽃이 보이는
　　　　(거의 완성된),

재열 모　(E) 나는 아주 아름다운 세상에서 살 수도 있었는데, 왜 이렇게 지도에도 없
　　　　는 길을 가야 하나. 언제까지 이렇게 불행하게 살아야 하나.....

씬 41. 달리는 태용의 차 안, 낮.

재열 모   (맘 아프게 창가 보며 가는, E) 내 머릿속에 든 건 오직 하나였다... 어떡해야,
          정상적인 인생을 살 수 있을까...

씬 42. 사건 당일, 회상, 방 앞, 낮.

          재열 모(얼굴에 맞은 듯한 멍 자국), 방문을 열고, 벌어진 광경을 놀라 보면,
          어린 재범, 의부에게서 칼을 빼내며, 재열 모를 보며,

어린 재범 (눈가 붉어, 땀나는, 허둥지둥, 근처의 검은 비닐봉지에 칼을 넣으며) 문 닫어!
재열 모   (놀라, 들어와 문 닫고, 의부(칼에 찔려, 정신 잃은, 목에 맥이 뛰는 게 보이
          는) 보고, 어린 재열을 보며, 머릴 안는, 울지도 못하고 말도 못할 만큼, 놀란)
어린 재범 재열이가.. 이 인간을 찔렀어, 엄마.
어린 재열 (머리를 부딪쳐, 정신을 잃은)
재열 모   (놀라고 정신없는) ?!
어린 재범 겨, 경찰에서 ..물으면 내가, 내가, 내가 찔렀다고 해... (하며, 검은 비닐봉지를
          재열 모 쪽에 주며) 재, 재열이 지지지, 지문 있어, 갖다 버려. (허둥지둥, 재열
          을 업으며) 이 새끼 병원 데려가야 돼, 난 어차피 개망나니니까, 감방 가서..
          2, 3년 살다 나옴.. 그뿐이야.. 저 인간 안 죽었어.. 경찰에 신고해... 잊지 마,
          내가 찌른 거야, 저 인간은... (하고, 재열 업고, 나가는)
재열 모   (뭐가 뭔지 모르겠는)

씬 43. 교도소 방 안, 낮.

재 범   (속상하게 책을 던지고, 다시 꽃을 만지고, 책 보고, 다시 꽃 만드는)

씬 44. 달리는 태용의 차 안, 낮.

재열 모   (답답하게 재범이 준 책을 펴 보면, 쪽지 나오고, 그걸 펴면)

재 범   (E) 왜 내 말을 안 믿었어. 그 인간은 재열이가 죽였는데. 당신이 사랑한 아들을.. 당신이 버린 아들이.. 어떻게 하나, 두고 봐.

재열 모   (맘 아픈, 쪽지 넣고, 맘을 진정하려 창문을 열고, 바람을 맞는데, 맘 아픈, 전화가 오면, 받는, 음악소리가 들리는, 슬프지만, 희미하게 웃는)

씬 45. 재열의 방 안, 낮.

재 열   (오디오에서 나오는 음악을 들려주다) 글 써야 돼. 이 노래만 들려주고, 전화 끊는다, 서운해 마. (하고, 음악 들려주며, 음악을 들으며, 창가를 보는)

씬 46. 해수 모의 가게, 낮.

도득, 주변의 손님에게 서빙을 하고, 해수 부는, 창가의 사진들을 보는,
테이블에, 해수와 소녀 앉아 있고, 소녀(우악스레 먹는), 해수 먹으며 보는,

소 녀   (먹으며, 맛있는) 여긴 진짜 애들이 바글바글.. 언닌 좋겠어요, 이런 집 딸이라.. 언닌, 의사 해서 돈 벌고 엄만 이거 해 돈 벌고.. 그 돈 다 어디다 써요?

해 수   (편하게, 먹으며) 빚 갚는 데.

소 녀   ?

해 수   우리 집 빚이, 수억이야. 내 학비에, 이 가게 얻는 데 빌린 돈까지. 세상에 원래 부잔 1프로밖에 안 되니까. 울 엄마, 형부는 여기서 하루 스무 시간 가까이 일하고, 난 일주일에 80시간 이상 일한 적도 있어. 요즘은 좀 나아졌지만, 여전히 중노동이지. 아빠는 보다시피 아프시지만, 저기서 우릴 지키시지. 아빠 나름의 노동인 거야.

소 녀   (해수 부 보고, 좀 안된, 금방 아무렇지 않게 먹으며) 근데 왜 보겠어요? 수광이가,

해　수　(단호하게, 보며) 오빠. 그건 바로잡자.

소　녀　(눈치 보며, 먹으며) 수광.. 오빠가.. 무슨 말 전해달래요, 나한테?

해　수　남자친구 있다며 학교에서 성교육은 받았니?

소　녀　(아무렇지 않게, 먹으며) 인터넷으로 배웠어요, 난 그런 데 진짜 관심 많거든
　　　　요.. (해수 보며) 콘돔 사용법, 여자 피임법, 자궁경부암의 위험성, 임신중절의
　　　　위험성까지!

해　수　(걱정스레 보면)

소　녀　밥 너무너무 잘 먹었어요. 갈게요. (하고, 가는)

해　수　(어이없게 보고 한숨 쉬다, 창가 보면)

도　득　(창가 보며) 장모님 뭐해요?

　　　　* 점프컷, 창밖 》
　　　　해수 모, 해수 온 걸 모르고, 사진(재열이 준 사진(여행지에서 해수가 환하게
　　　　웃는 사진))을 크게 뽑아서 들고, 해수 부가 보게 해주고,

해수 모　여보, 이거 봐라, 이거...

　　　　도득, 걱정스럽고, 놀라, 해수 보면, 해수, 해수 모와 눈 마주치고, 담담히 고
　　　　개 돌리고, 해수 부에게로 가는, 해수 모, 놀라, 사진 접으며, 밖에서, 걱정스
　　　　레 해수 보는,

해　수　(아무렇지 않게, 해수 부에게로 가서, 젖은 수건으로 얼굴 닦아주는)

해수 모　(들어와, 사진을 한쪽에 숨기는)

해　수　(편하게) 사진 잘 나왔지?

도득, 해수 모　(이건 무슨 반응인가 싶은) ?

해　수　(일하며) 근데, 나 몰래, 장재열하고 연락하는 건 별로야, 다신 그러지 마.

해수 모　(조금 이상하게 해수 보다, 도득에게) 저 빼족이가, 웬일이니?

도　득　그러게요.

해　수　(해수 부의 이마에 제 이말 대고, 웃으며) 아고, 이뻐 울 아빠?

씬 47. 동민의 집 전경, 밤.

해 수   (E, 밝게) 자기야, 자기야, 장재열, 나 왔어!

씬 48. 동민의 거실 안, 밤.

해 수   장재열! (하고, 밝게 들어서다, 순간, 굳는) ?!

          * 점프컷 》
최 호   (주방에서 빵을 먹으며, 해수를 보며, 속상하지만, 짐짓 담담하게) 오랜만이
          다.
해 수   (어색한) 니가.. 웬일이야?
최 호   동민 형님과 일 얘기하러. 너도 덤으로 보고..
해 수   (불편한, 무심히 지나쳐 가며) 너 우리 집에 드나드는 거 나 별로다.
최 호   니가 날 불편해하는 건 아는데, 신경 쓰고 싶지 않아.
해 수   (가다, 조금 어이없어, 돌아보면)

          그때, 동민 들어오며,

동 민   (최호에게) 들어와. (하고, 방으로 들어가는)
최 호   (동민 방으로 가는)
해 수   (화나는, 숨을 후후 고르며, 이층으로 올라가, 재열 방으로 가, 문을 마구 쾅
          쾅 두드리고, 벌컥 여는)

씬 49. 재열의 방 안, 밤.

재 열   (글 쓰는 중이었던, 답답한 맘으로, 해수 보면)
해 수   (아랑곳없이, 침대에 앉으며, 무심히 제 할 말만 하는) 너, 이 집에 내 옛날 남
          자친구 최호가 드나드는 것에 대해 어떻게 생각하니?

재　열　(답답한, 조금 차갑게) 동민 형님이 일 때문에 부른 거래. 그리고 (해수 보며, 답답한) ...나, 지금 글 쓰는데?

해　수　(뭔가 싶은) ...그래서, 나가라고?

재　열　(보면)

해　수　(서운해 가만 보다, 그냥 일어나 나가며, 문을 쾅 닫는)

재　열　(일하다, 눈 감고, 화(?)를 참고, 다시 글을 쓰는)

씬 50. 동민의 방 안, 밤.

　　　　동민, 최호 의자에 앉아 있는,

동　민　장재범 건 취재하려면 프로젝트 엎어. 청소년 수감자가 심리상담 이후 사회에 서의 변화 과정을 담는데, 성인 수감자 케이스가 왜 필요해? 니들은 시청률 밖엔 관심이 없어! 수감자가, 스트레스로 머리 하얘진 게 그렇게 재밌나?

최　호　그건 국장의 생각이고, 전 소년범을 교화 위주의 수감이 아닌, 중형 처벌로 간 사례를 건드리고 싶은 거예요.

동　민　그래, 그럼 내가 다른 사례를 주지? 어때?

최　호　?!

동　민　(답답하게 보며) 너 장재범이 장재열 형이기 때문에 집착하냐?

최　호　(화난, 동민을 가만 보다, 가방 챙기며) 그것도 이유 되죠. (하고, 나가는)

동　민　(답답하게 가는 최호를 보다, 전화하는) 네, 교도관님 저 조동민입니다. (웃고) 예, 잘 있죠. 저 장재범한테 며칠 있다. 제가 아미탈 인터뷰란 걸 하려 하는 데, 교도소 내에서 어떻게 가능한지.. (사이) 아, 전에 해보신 적 있구나... 그 럼 부탁 좀 드릴까요?

씬 51. 주방, 밤.

　　　　최호, 주방에서 물을 벌컥벌컥 들이키는, 해수를 보며,

최 호   나 간다.

해 수   (물을 다 마시고, 이층으로 올라가는)

최 호   담에 우리 또 보자, 해수야.

해 수   (야멸차게, 그냥 가는)

동 민   (방에서 나오는)

해 수   (동민에게) 최호 이 집에, 드나들지 않게 할 수 없어?

동 민   (거실에 앉아, 신문 보며) 일 땜에 그러잖아.

해 수   둘이 만날 장소가 여기밖에 없어?

동 민   (신문만 보며, 짜증) 다른 덴 돈 들잖어.

그때, 수광 오면,

해 수   넌 최호 드나드는 거 어떻게 생각해?

수 광   (핸드폰만 보며) 찬성.

해 수   ?

수 광   소녀가 와서 누나 만난 거 말하는데, 최선을 다 안 했드라, 그 대가야. (하고,
        소파에 앉아 퍼즐(여자 사진)을 하는)

해 수   (화나 보는데)

재열, 이층에서 내려오며,

재 열   지해수, 나랑 얘기 좀 하자.

해 수   (서운한, 비아냥) 글 쓰다 뭔 얘기? 가서 글이나 쓰셔? (하고, 가려 하면)

재 열   (팔 잡아 돌려세워 보며, 화나는, 차갑게, 큰 소리) 이런 기분으로 내가 어떻
        게 글을 써?

        *점프컷 ≫
        동민, 수광, 해수 보는,

해 수   (팔을 빼고, 차갑게 보며, 어이없이 웃고) 아, (강조) 기분 때문에 글이 안 써지
        셔? 그럼 지금 내 기분은 어떨 거 같니?

재 열 (답답한) 내가.. 글 쓴다고 설명했잖아!

해 수 나 글 쓰는데가, 설명이야, 넌? 나 글 쓰는데.. (강조) 미안하지만, 좀 있다 얘
        기하자, 해수야. 그 정도 말은, 해줘야 설명이 되지, 안 그래? 우리 사이에, 단
        5초도 배려 못해?

재 열 (답답한) 5초라고 생각 못했어.

해 수 (말꼬리 자르며) 난, 5초면 돼. 우리 서로에 대해 몰라도 너무 모른다, 그지?
        이래서 어디 만나겠니?

재 열 (화나 보면)

동 민 (버럭) 야, 둘이 사랑싸움하는 거면, 니들끼리 딴 데 가서 싸워?!

수 광 맞아. 뭐, 여기가 지들만 사는 집인가.

동 민 (신문 보며) 자식들이, 같이 사는 사람들에 대한 예의가 없어.

해 수 착각하지 마. 나 지금 장재열하고만 싸우는 거 아냐? 여깄는 세 남자 모두와
        싸우는 거지.

재열, 동민, 수광 (답답해 보는)

동 민 (화나는, 일어나) 최호가 지 발 갖고 지가 온다는데 우리가 뭐 할 말이 있어!
        그리고 너, 최호 300일이나 만나는 동안, 사랑했어, 안 했지? 그럼 적어도 너
        그 문제에 대해선 최호한테 사과해야 하는 거 아니냐? 사랑 안 해, 미안하다
        하고!

재 열 (동민이 얘기할 땐, 동민을 수광이 얘기할 땐 수광을 진지하게 보면서, 제 생
        각을 정리하는)

수 광 맞아, 전번 날 둘이 싸울 때 최혼 수없이 널 사랑한다고 말하면서, 울고불고
        하는데, 누난 불안증과 배신감에 대해서만 얘기하고, 솔직히 누나 불안증에
        최홀 이용했잖아.

해 수 (어이없고, 서운한)

동 민 좋게, 헤어져, 좋게! 만나던 애한테 나쁜 년 소리 듣지 말고,

해 수 (동민 보며) 좋게가 뭔데? 선배처럼 착한 남자 소리 듣고 싶어서, 영진 선배한
        테 뜨뜻미지근하게 행동해 질척한 미련 주는 거?

동 민 (화난) 뭐, 임마?!

해 수 (속상한) 야, 다들 날 몰라도 너무들 모른다. 난 나쁜 년 소리 듣는 거 안 무
        서. 그만 보잔 말을, 친구 하잔 말을 계속 관계 유지하잔 말로 알아듣고 내
        옆에서 상처받는 애한테, 내가 모질게 안 함 어떻게 해야 되는 건데?!

재　열　(진지하게 보면)

해　수　나는 이게, 최호에 대한 예의고, 우정이야.

재　열　?!

해　수　(수광에게) 소녀 너 때문에 다시 한 번 더 만날까 했는데, 접을게. (가며, 재열
　　　　을 탁 치고 가는)

수　광　(조금 당황한) 저저저, 누누누누나.

재　열　(답답하게 가는 해술 보는)

동　민　(해수 보며, 버럭) 저 새끼 진짜, 야, 니가 영진이랑 내 관곌 뭘 알아, 그런 소
　　　　릴 해! 자식아!

수　광　(달래는) 형님,

재　열　(동민에게, 달래는) 형님, 해수가 나한테 서운해서,

동　민　(말꼬리 자르며, 버럭) 넌 뭐야, 자식아! 여자 옛 남친이 집에 오면, 주먹을 날
　　　　려버릴 일이지, 니가 뭐 멋지고 쿨한 놈이라고, 괜찮은 척 잘난 척이야, 재수
　　　　없이. (하고, 방으로 가는)

　　　　재열, 어이없고, 답답해, 후 하고, 한숨 쉬며, 주방으로 가, 물 마시는, 수광, 옆
　　　　에 와,

수　광　(웃으며) 근데 솔직히, 지해수랑 만나는 거 힘들지? (하고, 재열에게 주먹을
　　　　내밀고, 진지하게) 나만 알게, 말해봐?

재　열　(담담하게, 수광 주먹에 제 주먹을 쳐주고) 진짜 너만 알어, 힘들어. (하고, 물
　　　　잔 놓고, 가는)

수　광　(낄낄낄 웃고, 설거지하는)

씬 52. 이층, 밤.

　　　　재열, 복도로 가 방으로 가다, 해수 말소리 듣고, 돌아보는,

해　수　받는 대로 준다가 니 신조지? 그럼 나도 니 옛날 여친 집으로 찾아오면, 오늘
　　　　너처럼 봐줘야 하는 거니?

재　열　(담담하게 웃고, 해수 옆으로 와서 해수를 귀엽게 보며 편하게) 난, 니가 최호
　　　　한테 괜찮은 여자란 소리 듣고 싶어하는 줄 알았어. 그래서, 질투도 났지만,
　　　　참은 거고.

해　수　분명히 말하지만, 난 너랑 만났던 여자, 이 집에서 보는 순간, 그냥 (머리채 잡
　　　　는 시늉하며) 머리끄댕일 확,

재　열　(해수가 귀여운, 해수의 볼을 잡고, 살짝 입 맞추는)

해　수　(밀치고, 눈을 흘기지만, 싫지 않은) ..낼 근무야. 여기까지. (하고, 방으로 들
　　　　어가려다 보며) 너 일할 땐 작업 중 팻말 붙이는 거 어떻게 생각해? 오늘처럼
　　　　너 방해 안 하게?

재　열　(웃으며, 편하게) 곧 이사 갈 건데, 뭐?

해　수　?! (놀라고, 서운한)

재　열　서초동 공사 거의 끝났대. 잘 자. (하고, 가는)

해　수　(어이없고, 서운한) 뭐, 이사?

재　열　(돌아보며, 아무렇지 않게, 웃고) 어, 이사.

해　수　(어이없어, 말을 따라 하며) 어, 이사?

재　열　(왜 그러나 싶다) 그래, 이사.

해　수　(머리 쓸어 올리며, 재열 어이없이 보는)

그렇게 서로 보는 데서 엔딩.

10부

의사인 내가 관심 있는 건 단 하나, 그들의 상처야. 자신의 진실이 짓밟힌 채,
14년 가까이 감방에서 산 형을 어떻게 위로할 수 있을까?
그들의 엄마는... 진짜 괜찮나?
그리고 동생, 16살 어린 남자애가, 그런 끔찍한 사건을 겪고
상처받지 않고 과연 건강하게 성장했을까?

씬 1. 이층 복도, 밤.

해 수   분명히 말하지만, 난 너랑 만났던 여자, 이 집에서 보는 순간, 그냥 (머리채 잡
            는 시늉하며) 머리끄댕일 확,

재 열   (해수가 귀여운, 해수의 볼을 잡고, 살짝 입 맞추는)

해 수   (밀치고, 눈을 흘기지만, 싫지 않은) ..낼 근무야. 여기까지. (하고, 방으로 들
            어가려다 보며) 너 일할 땐 작업 중 팻말 붙이는 거 어떻게 생각해? 오늘처럼
            너 방해 안 하게?

재 열   (웃으며, 편하게) 곧 이사 갈 건데, 뭐?

해 수   ?! (놀라고, 서운한)

재 열   서초동 공사 거의 끝났대. 잘 자. (하고, 가는)

해 수   (어이없고, 서운한) 뭐, 이사?

재 열   (돌아보며, 아무렇지 않게, 웃고) 어, 이사.

해 수   (어이없어, 말을 따라 하며) 어, 이사?

재 열   (왜 그러나 싶다) 그래, 이사.

해 수   (머리 쓸어 올리며, 재열 어이없이 보는)

재 열   (해수 기분 눈치 못 채고, 무심히) 여기서 계속 살 순 없잖아. (하고, 가는)

해 수   (어이없는, 재열 보다, 방으로 들어갔다, 다시 나오며(이미 재열은 없는), 서운
            해, 화가 난, 구시렁) 뭐, 이사? 장재열, 너 진짜 이사, (하다, 멍한) 어디 가?

재 열   (방 쪽에서, 노트북과 가방을 들고 나와, 계단 내려가며) 서초동 집에, 밤엔

공사 소리 안 들리니까, 가보게. 여기선 일이 안 돼. (하고, 가는)

해 수   (이층에서, 어이없는, 가는 재열 등에 대고) 언제.. 와?

재 열   (가다, 돌아보며) 글쎄, 가보고 결정하게. 일 잘되면, 며칠 있을 거야. (하고,
          거실 지나가는)

수 광   (재열 보고, 무심히) 장재열 어디 가?

재 열   (이미 나간)

수 광   (해수 보며) 장재열 어디 가?

해 수   (어이없는, 화나는, 머리 쓸어 올리고) 야.. 뭐니, 이거... (하다, 어이없고, 황당
          해, 제 방으로 가는)

수 광   (버럭) 아씨, 다들 왜 내가 뭘 물음 대답들을 안 해!

해 수   (다시 와 버럭) 장재열, 이사 간대, 이제 됐어! (하고, 가면)

수 광   (멍한, 무심히) 왜, 이제 누나랑 볼일 끝났대?

해 수   (돌아서, 째려보면) ?

수 광   (덤덤히) 장재열 기술 좋다, 깔끔하게 치고 빠지네. 아, 배고파.. (하며, 주방으
          로 가는)

해 수   (답답한, 방으로 가는)

씬 2. 해수의 방 안, 밤.

          해수, 기분 안 좋게, 세수한 얼굴로, 로션을 바르다, 핸드폰 보고, 전화하는,

해 수   어디야?

씬 3. 재열의 오피스텔 안, 밤.

재 열   (문 열고 들어서며) 집.

          *교차 》

해 수   (화를 참고, 짐짓 아무렇지 않게) 나한테.. 할 말 없어?

재　열　(컴에 앉으며, 편하게) 있어... 잘 자. (하고, 핸드폰 끄고, 컴을 켜고, 옷을 갈 아입는)

씬 4. 해수의 방 안, 밤.

해　수　(전화기를 보며, 어이없어 웃는) 뭐, 잘 자? 사람 속 뒤집어놓고, 뭐 잘 자? 내 가 별나도 너무 별난 인간을 만난 거지, 아, 짜증나. (하고, 거울 보고, 로션 바르다) 이 마당에 나는 또 잠은 오는 거지, 아, 졸려.. (하고, 침대에 가서 누 워, 뒤척이는) 아, 보고 싶어, 아, 짱나고, 졸리고, 보고 싶고, 그립고... (그러 다, 자는)

씬 5. 몽타주.

1, 다른 날, 구내식당, 낮.
해수, 영진, 밥 먹다가, 해수의 전화 오면, 해수, 놀라, 화면 보면, 수광이다, 해 수, 실망해서 끄면, 영진, 웃고,

영　진　왜, 장재열이 아냐? 연인 사이에 이틀 동안 전화 한 통 없이, 작가들은 그러 나? 니가 먼저 전화해?
해　수　(화나는) 선배나, 동민 선배한테 전화해. (하고, 식판 들고, 가는)
영　진　(어이없게 보다, 밥 먹다, 짜증) 기집애가, 진짜.
해　수　(식판 놓고, 가며, 속상한)

2, 재열의 오피스텔 욕실 안, 밤.
재열(수염이 조금 난), 정신 차리려 세수를 하고, 수건 들고, 나가는,

3, 재열의 오피스텔 안, 밤.
재열, 수건으로 얼굴 닦다, 무심히, 침대를 보는,

*점프컷 》
3부 엔딩에서 해수와 재열이 입 맞추던 장면이 떠오르는,

*점프컷 》
재열, 피식 웃고, 정신 차리자 싶어, 다시 컴 앞에 앉아, 화면 보는데,

*플래시백 》
해수와 잠자리하던,

*점프컷 》
재열, 답답한, 눈을 감고, 한숨 쉬고, 해수가 그리워 힘든, 전화를 하려고, 해수의 번호를 찾고, 문득, 시계를 보면, 새벽 3시다, 참고, 다시 글을 쓰는,

4, 동민의 집, 재열의 방 안, 밤.
해수, 문 쪽에 기대, 재열의 텅 빈 방을 보며, 재열이 그리운, 욕실을 보면, 메시지가 있는, 뭔가 싶어, 가서 메시지를 보고, 주머니에 넣고, 따뜻하게 웃고, 번호를 누르고, 욕실로 들어가, 커튼을 치고, 욕조에 이불이 깔린 걸 가만 보다, 그 안에 들어가 누워, 사막 그림(아침이 밝은)의 노란색을 만지는, 그러다, 눈 감는,

재 열   (E) 704707. 우리가 탔던 오키나와 왕복, 플라이트 넘버. 이제, 나 혼자만의 공간은 없어. 언제든, 니가 들어올 수 있지. 근데, 대체 나한테 사랑한단 말은 언제쯤 할 거야, 지해수.

씬 6. 도로 + 재열의 차 안, 낮.

재열(수염이 많이 난), 운전해 가고 있는,

씬 7. 편의점 앞, 낮.

　　　최호, 야외 의자에서, 음료 마시며, 앉아, 생각 많은,
　　　재열, 차를 몰고 오다, 최호 보고, 답답한, 차 멈추고, 내려, 최호 앞에 앉는,

최　호　(보면)
재　열　(답답한, 귀찮은) 내가 널 왜 꼭 단둘이 만나야 되냐?

씬 8. 교도소 전경 + 복도, 낮.

　　　교도관들 안전을 위해 복도에 죽 서 있는,

재　범　(E) 그게 뭔 소리야?

씬 9. 교도소 사무실 안, 낮.

　　　재범, 침대에 누워 있는, 수액 링거주사는 꽂고 있는,
　　　동민, 아미탈 주사약을 담은 주사기를 수액 링거에 주입하는,

재　범　(일어나며) 넌 내가 아미탈 인터뷰 후에 범인이 아닌 걸 알아도, 절대 남한테
　　　　말을 못한다는 게?
동　민　(주사액을 다 넣고, 아직 링거 레버는 움직이지 않은 상태, 진지하고, 따뜻하
　　　　게 보며) 아미탈 인터뷰 심리치료를 하기 위한 거지, 선과 악을 가르는 목적으
　　　　로 하는 건 의료법에 걸려. 그 말은,
재　범　(말꼬리 자르며, 담담히) 나중에라도 판검사한테... 장재범은 무죄예요라고 말
　　　　하지 못한단 거야?
동　민　(보다, 차분히) 그건 의사가 할 몫이 아니거든.
재　범　(잠시 생각하다(나름의 제 생각이 있는), 담백하게) ...괜찮아.
동　민　(가만 보는)

재 범 (가만 보다, 씩 웃고, 담백하게) 이젠 내가 날 못 믿겠거든. 내가 기억하는 게
       진짠지, 가짠지... 그거 맞음 내가 구랄 치고 싶어도 진실만 말한다며? (하고,
       누워) 약 들어가게 해.

동 민 (가만 보다, 옆에 앉아) 그래.. (링거 레버를 돌려, 수액을 넣는) 같이 ..열부터
       거꾸로 수를 세보자. 열, 아홉, 여덟,

재 범 (같이 수를 세는) 여덟, 일곱.. (졸리기 시작하는)

씬 10. 편의점 앞, 낮.

       최호와 재열, 마주 앉아 있는,

재 열 (어이없이, 답답하게 최호를 보는)

최 호 (빠히 보며, 담담히) 내가 내린 결정이 아냐, 방송국이 내린 결정이지, 알다시
       피 난 일개 직원이잖아. 하지만,

재 열 하지만, 뭐?

최 호 (담담히 보며) 난, 장재범이 널 계속 범인이라고 우기는 사실이 아무래도 미심
       쩍어.

재 열 (앞에 있는 음료를 마시고, 최호를 보고, 어이없이 웃으며 보는, 그러다, 최호
       에게 얼굴을 가까이 대며, 담담하게) 진짜 미심쩍은 건 형량이지? 정당방위
       도 구분 못하고, 증거도 없는데 11년형 중형을 때린 판검사고?

최 호 ?

재 열 부탁한다. 내 형의 누명, 반드시 벗겨. 만약 그래주면, 내가 너 존경해주지.
       (물 마시고, 답답하고, 안쓰럽게 보며) 그리고 해수 앞에 그만 나타나. (하고,
       가는)

최 호 (맘에 안 들게 보며, 담담하게) 니가 안전한 놈이라고 판단이 될 때까지, 난
       해수 곁에 있을 거야, 경고하는데, 해수한테 가까이 접근하지 마.

재 열 (가면서) 벌써, 이미, 가까이 접근, 했으면.. 어쩔 건데, 니가?

최 호 (순간 화나, 일어나, 재열의 팔을 잡아 돌려세우며) 너 그게 무슨 말이야?

재 열 (말하기 싫은, 팔 뿌리치고, 가는)

최 호 설마, 둘이 잤냐?

재 열   (가며, 답답한 듯) 그럼 단둘이 여행 갔는데 그냥 왔겠냐. (하고, 가는데)

　　　　최호, 화나, 뛰어가, 재열을 돌려세워, 주먹으로 치는,
　　　　재열, 넘어져, 입가 닦고,

재 열   (화 참고, 일어나, 씩씩대는 최호 어깨 치며) 고만하자. (하고, 가는데)

　　　　최호, 재열의 발을 걸어 넘어뜨리고, 재열, 그 바람에 지나가던 정수기물 리어
　　　　카와 부딪쳐, 넘어져, 물병이 열려 옷이 물에 젖는,
　　　　재열, 어이없어 웃음이 나는, 이내 웃음 가신,

최 호   (화난) 일어나, 새끼야, 너. (하고, 멱살 잡아, 다시 치려는데)

　　　　재열, 피하고, 최호의 턱을 치고,
　　　　최호, 고개가 획 돌아가다, 다시, 재열을 치고, 재열, 휘청하고, 다시 최호 치
　　　　는, 최호, 지나가던 사람과 부딪쳐 넘어지고, 사람들 '어머, 왜 이래' 하며 놀라
　　　　고, 재열, 그냥 가고, 최호, 다시 일어나 재열의 허릴 잡고 넘어지려는데, 재열,
　　　　놀라 피하면, 벽에 부딪쳐, 그냥 뻗는, 재열, 놀라, 최호한테 가, 기절한 최호를
　　　　잡고, 뺨 치며, 놀라고 걱정스런, '야야야야, 최호, 최호!' 하는,

씬 11. 교도소 사무실 안, 낮.

　　　　재범, 가수면에 빠진,

재 범   엄마랑, 재열이 둘이는 늘 좋지... 나만 없으면.
동 민   ?

　　　　*점프컷, 재범의 플래시백 》
　　　　재열 모, 어린 재열(5부에서 화장실에 빠질 때, 옷) 서로 웃으며, 물장구를 치
　　　　고, 멀리, 어린 재범이 그 모습을 부럽고, 속상하게 보다, 가는,

재 범   (E) 나도.. 엄마 자식인데..

　　　＊점프컷 》
동 민   (이상한, 차분한) 장재범?
재 범   미친놈 또 맞고 지랄이야.
동 민   ?
재 범   등신 같은 놈이, 내가 그렇게.. 맞지 말래도, 그냥 맞고만 있어.
동 민   (진지하게 보는)

　　　＊점프컷, 회상 》
술 취한 의부(의붓아버지), 칼로 고구마를 깎아 먹는 어린 재열의 뒷통술 치
고, '새끼가, 내가 먹을 고구말 처먹고 지랄이야, 이게! 인사도 안 하고!' 하며
마구 때리는, 그때, 어린 재범, 방문 열고,

　　　＊점프컷, 현실 》
동 민   (재범을 진지하게 보는)
재 범   (차분히, 졸린 듯) 그때, 내가 들어와.

　　　＊점프컷, 회상 》
어린 재범, 그 사낼 보고, 화가 나 석유(8부 재열 모 기억 속의 석유)를 들고
와 의부에게 뿌리며, '잘 만났다, 꼰대, 너! 오늘 너 죽고, 나 죽어! 다 죽어, 그
냥!' 하며, 석율 뿌리고, 석유통 던지고, 주머니의 라이터로 불을 켰다 껐다
하며, '덤벼 덤벼' 하는, 의부, '이 새끼가!' 하며, 어린 재범의 멱살을 잡아 벽
에 부딪치게 하는, 어린 재열, 무서워, 주춤대다, 칼을 보는,

　　　＊점프컷, 회상 》
어린 재범과 의부가 서로 실랑이를 하는, 벽에 서롤 밀치고, 때리는,

　　　＊점프컷, 회상 》
어린 재열, 칼을 줍고, 돌아서는데, 그때, 어린 재범이 의부를 때리고, 의부, 돌
아서며 넘어지는데, 어린 재열이 들고 있던 칼에 넘어져 가슴에 칼이 꽂히는,

*점프컷, 현실 ≫

재 범   (눈물이 흐르는) 그놈은.. 재열이가 죽었어..

동 민   (맘 아프게 보는)

씬 12. 병원 복도, 낮.

인턴, 뛰어가며, 해수가 뛰게 사람들을 정리하는,

인 턴   죄송합니다, 길 좀 비켜주세요, 응급입니다! 응급입니다!

해수, 레지1, 그 뒤에서 뛰어가며,

레지1   보호자가 사온 케익에 들어 있는 알루미늄 핀이 문제였던 거 같아요.

해 수   (걱정스럽지만, 짐짓 차분히) 보호사들은 뭐했어, 면회자 짐 검사 안 했어?

레지1   케익이 너무 작고, 요즘엔 케익에 알루미늄 핀이 안 들어 있어서, 방심했대요.
         심한 이리터블(Iritable; 흥분한) 상태는 아니구요, 선배만 찾아서, 아무래도
         그림 못 그리는 게 힘든 거 같아요.

해 수   (걱정스런)

*점프컷, 회상 ≫

재 열   (편안하게, 먹으며) 만약 내가 글을 못 쓴다..? 그럼 난 살아도.. 아마 죽은 걸
         걸. 헤밍웨이처럼... (머리에 총 쏘는 시늉하며) 피융.

*점프컷 ≫

레지1   대체 그림 그게 뭐라고...

해 수   (걱정스레 가며) 그러니까, 넌 예술가가 못 되고 의사 하는 거야.

레지1   ?

해수, 가는, 정신과 병동 앞, 보호사들, 해수 보고, 문 열어주고, 해수, 레지1,
인턴, 정신과 병동으로 들어가는,

씬 13. 정신과 병동 복도 + 화장실 앞, 낮.

환자들, 병동 병실 입구에 구경하듯 서 있고, 해수, 화장실로 가면,
간호사들과 레지2와 인턴2가, 열린 화장실 앞에 들어가지 못하고, 서 있는,
해수 오면, 다들 비켜주는, 해수, 화장실 안을 보면, 우울증 환자(남, 20대,
약에 취해, 정신이 없는)가 변기 밑에 주저앉아, 케익에 꽂혀 있던, 작은 알루
미늄 꽂이를 제 목에 대고 있는, 졸리면서도, 정신을 차리려 하는, 얼굴이 벌
건,

해　수　(굳었던 얼굴이 편한, 쪼그려 앉아) 이장인 씨 저, 왔어요.

환　자　(조금 긴장이 풀리는, 여전히 핀을 목에 댄) 선생님.

해　수　..나가서 얘기할래요, 여긴 사람들이 사용해야 하니까?

환　자　(고개 젓는)

해　수　(가만 보다) ..여기 있고 싶구나?

환　자　(고개 끄덕이는)

해　수　그래요, 그럼 여기 있자. (하고, 레지2에게) 보호사분들한테 다른 환자들, 화
　　　　장실 갈 때 번거롭더라도 아래층으로 안내하라고 부탁해줘요.

레지2　(해수 귀에 대고) 그냥 다이아제팜(Diazepam; 벤조다이아제핀계에 속하는
　　　　항불안제)으로 세데이션(Sedation; 진정),

해　수　(무섭게 보며, 목소린 차분히, 환자를 생각해서) 환자분들 이해하실 거야. 당
　　　　신들도 경험한 일이니까.

레지2　(아차 싶은, 가며) 보호사님!

해　수　다들 비켜주면 좋겠네요. (하면, 모두들 비키고, 환자에게, 손을 내밀고) 장인
　　　　씨, 핀 줘요.

환　자　(보며) 졸려..

해　수　편하게 잘려면, 그걸 줘야지..

환　자　(힘든, 천천히) 그림 그리고 ..싶어. 나이프.. 캔버스...

해　수　(잠시 생각하다, 단호히) ...줄게요.

환　자　(슬프게, 보면)

해　수　(손 내밀어, 핀 달라고 하는) 진짜... 줄게요.

환　자　(힘든, 핀을 주고)

해 수   (핀 받고)

환 자   (갑자기 힘이 풀리는, 그냥 변기에 머리 박고 자는, 힘든 것 같은)

해 수   (환자를 보는데)

       *플래시백 ≫

       1, 5부, 간이화장실 밖에서 재열의 발이 보이던, 문을 열어서 보는, 힘든, 재열,

       2, 9부, 화장실에서 자던, 재열,

       *점프컷, 현실 ≫

해 수   (환자를 보다, 맘 아픈, 일어나, 문을 닫아주고, 나가는, 맘이 불편한, 가며, 옆에서 걷는 레지1에게) 5분 후에 병실로 옮길 때도 이러터블 하면, 다이아제팜 2밀리만 주사해. 보호사님들 짐 검사 철저히 하시라고 당부하고. 장인 씨, 그림 그릴 수 있게 해줘.

레지1   나이프를 어떻게 줘요, 물감 든 병도 위험하고,

해 수   (멈춰 서서, 말꼬리 자르며, 무섭게 보며, 화난) 위험하지 않은 나이프랑, 물감병을 찾으면 되겠네! 못 찾겠어? 내가 찾아?

레지1   찾겠습니다. (인사하고 가는)

해 수   (답답하게, 보며) 약만 주면 의산가, 저것들을 그냥... (하고, 가는데, 답답한, 속상한)

씬 14. 카페 밖 + 안, 낮.

       소녀 부, 리어카를 끌고, 한쪽을 보면, 수광, 폐지를 한아름 들고 리어카에 담아주는,

소녀 부   ?

수 광   하루걸러 한 번씩 오세요, 제가 가게서 나오는 거랑 동네서 모은 거랑 드릴 테니까.

소녀 부   (고개 끄덕이며, 인사하면)

수　광　단 약속해요, 이거 집에 가져가지 마시고, 고물상 가져다주기로. (하고, 소녀
　　　　부의 새끼손가락을 억지로, 제 새끼손가락에 거는) 폐지는 고물상, 돈은 집
　　　　에. 아저씨가 자꾸 쓰레길 집에 쌓아놓음, 아줌마가 도망갔듯 딸내미도 도망
　　　　가. 이쁜 애가 드런 집에 살고 싶겠어요? 생각을 해봐요?

소녀부　(그냥 손가락을 빼고, 가는)

수　광　잊지 마요, 폐진 고물상, 돈은 집 안에! (하고, 돌아서면)

소　녀　(카페에서 나오며) 야, 너 뭐야?

수　광　(어이없는) 누구세요? 나 아세요? (하고, 카페로 들어가는)

소　녀　(수광 따라 들어가며) 너 내가 너한테 안 넘어가니까, 울 아빠랑 노냐?

수　광　(주방에서 손을 씻는)

소　녀　(웃으며) 박수광? 우리 오늘 클럽 갈래?

수　광　(말없이, 손만 씻고, 주변 정리하는)

그때, 남자1, 오며,

남자1　(웃으며) 소녀야, 클럽 나랑 가자.

소　녀　(남자1 보며, 반갑게) 그래.

남자1　그 대신, 나 5만 원만 줘.

소　녀　(어이없는)?

수광, 윤수 (일하며, 어이없는)

남자1　거지랑 놀아주는데, 그냥 놀아주냐, 샘이 그러든대, 너랑 놀아줌 돈 준다고?

소　녀　(아무렇지 않게) 돈 없어. 꺼져. (하고, 테이블 닦는)

남자1　말어라, 샘한테 말해야지. 너가 돈 안 준다고 놀지 말라고. (하고, 가는)

윤　수　(가는 남자1 보며, 소녀에게, 걱정되고 화난) 너 친구랑 노는데 돈 주고 노니?
　　　　그리고 거지는 무슨 말이야?

소　녀　(테이블만 닦으며, 아무렇지 않게) 울 아빠가 거지잖아요.

수　광　(와서, 걸레 뺏고, 다른 깨끗한 걸레 주며, 화난) 거진 누가 거지야?! 니네 아
　　　　빠는 엄연한 노동자야, 기집애야! 거지 같은 놈들하고 놀면서 이게 완전 머리
　　　　가 거지 됐네. (하고, 들어오는 최호(얼굴 터진) 보며) 뭐야?

소　녀　(수광 보며, 좋은, 옆에 가서) 우리 만나자.

수　광　(어이없게 소녀 보고, 가는)?

씬 15. 카페 야외, 낮.

최호(속상하지만, 짐짓 담담히) 앉아 있는, 그때, 재열(집에서 옷을 갈아입고 온) 들어와, 앉고, 수광, 물과 얼음주머닐 가져와 최호에게 주며, 어이없는,

수　광　(최호만 보며, 답답한) 여자 잃어, 처맞어, 인생을 왜 그러고 살어?

최　호　(무섭게 보면)

수　광　(고개 돌려, 재열 보며) 수염 길렀네, 뭘 해도 멋있고.. 지랄이야. (하고, 가는)

재　열　(담담히 수광 보다, 최호 보는) 병원 안 가도.. 돼?

최　호　(담담히, 얼음주머니 내려놓으며) 니 주먹 그 정돈 아니거든?

재　열　(동생 보듯 귀엽고, 안쓰럽게 보며) 그럼 나 가도 되냐? 너랑 마주 보고 앉아 있기, 불편한데.

최　호　(보며, 맘 아프지만, 짐짓 담담히) 너 해수 사랑하냐? 진짜, 장난 아니냐?

재　열　(안됐지만, 담담히) 내가 어떤 말을 해도 넌 화날 건데.. 사랑이래도, 장난이래도.. 왜 그렇게 니 맘 다칠 짓을 해, 넌?

최　호　(물 마시고, 맘 아프지만, 담담히 보다) ...해수한테 전해. 쉽게 잊을 자신은 없지만, 다신, 싫다는데 나타나고.. 그런 짓 안 한다고.

재　열　(담담히 그러나, 따뜻하게) 내가 세상에서 젤 싫은 게 남 말 전하는 거야. 니가 해.

최　호　(보면)

재　열　(물 마시다, 멀리 강우가 자전거를 타고, 손 흔드는 게 보이는) 기다려!

최　호　(재열이 보는 쪽 보면, 아무도 없는)

재　열　(안쓰레 최호 보며, 진지하고 담담하게) 그리고, 서둘지 마.

최　호　(재열 보는데, 답답한, 적의가 없는)

재　열　해수 ..쉽게 잊혀질 만한 여자 아니잖아. 오래갈 거다. 그리고.. 우리 형 사건 취재 잘하고, 니가 형의 무죌 증명하면, 나중에 술 한잔하자, 내가 살게. (하고, 가는)

최　호　니가 사는 술, 안 마셔 임마.

재　열　(웃고, 가는)

최　호　(답답한, 물 마시고, 전화 오면, 받는) 어, 조연출, 왜? (사이, 긴장하는) 장재범 사건 맡았던, 강한식 변호사 맞아? 확인했어?.. 알았어. 약속 잡아. (하고, 가

방 들고 뛰어나가는)

씬 16. 카페 근처, 낮.

재열(강우 보고 웃는), 강우(재열의 반응을 살피는, 기분 좋은)와 서 있는,

재 열   (편하게) 좋아, 아주.

그때, 최호, 재열을 자기도 모르게 툭 치고, 지나가는,

재 열   (가는 최호 보며) 아, 자식.
강 우   (가는 최호 보다, 재열 보며) 뭐야, 사람을 건드리고.
재 열   (강우에게) 가, 이제. (차로 가서 타려는데)
강 우   (막아서며, 기분 좋은) 이렇게 가는 법이 어딨어요?
재 열   나, 방송 가야 돼.
강 우   확실히 말하고 가요, 그냥 작품 좋다가 아니라, 확실히. 만약 작가님이 내 작
         품 심사를 본다면? 당선? 아님, 탈락?
재 열   (답답한 듯 보며, 놀리는) 뭐라고 말해줄까?
강 우   (기분 좋은, 기대에 찬) 진실?
재 열   (가만 보다) ...당선.
강 우   (눈가 붉어, 소리치는, 좋은) 엄마! (하고, 자전거를 타고 가는, 너무 좋아, 눈
         가가 그렇다)
재 열   (좋은, 웃고, 가는 강우 보며) 야, 야, 야,

         * 점프컷 》
         수광, 테이블 치우다, 재열 보는(나중에 회상할 때, 재열이, 혼자 말하는 상황,
         촬영해둘 것),

         * 점프컷 》
재 열   엄마한텐 아직 말하지 마, 당선된 것도 아닌데, 실망하심 어떡하냐!

강 우 (자전거 타고, 가며) 작가님이 당선이면, 무조건 당선이죠, 뭐!
재 열 (웃는, 그때, 전화 오면, 받으며, 차에 타서, 안전벨트를 하는) 어, 태용아? (사이) 명함지갑?

씬 17. 출판사 사무실 안, 낮.

태용, 서류들을 보다, 전화하고 있는,

태 용 (답답한, 귀찮은) 중요한 지갑이야? 그냥, 다시 하나 사면.. 안 될까? (사이) 알았어, 알았어.. 찾아다 줄게. (하고, 전화 끊고, 문 쪽의 편집장 보면)
편집장 (무선 전화기 들고) 경찰서에서 또 전화 왔어, 언제 올 거네?
태 용 (귀찮은) 밤에 간다 그래.
편집장 (나가며, 전화하는) 예, 밤에 가신다네요.
태 용 (서류 정리하며) 아, 그 경찰서도 이상하네. 까짓 지갑 그냥 보내줌 되지, 굳이 굳이 바쁜 사람을 오라는 건 대체 뭐야.. (하고, 나가며) 회의하자!

씬 18. 도로, 낮.

재열, 운전하고 가다, 강우를 보고, 빵 하고 경적 울리고,
강우, 웃고 마구 달리는,
재열, 창문 열고 소리치는,

재 열 나중에 니 책 우리 출판사에서 내자!
강 우 (튕기는) 돈 많이 주면요!
재 열 작가가 돈 그렇게 밝히면 안 된다.
강 우 막노동하는 엄마 있으면 그런 소리 못할걸요. (하고, 우회전해 가고)
재 열 (웃고, 가는) ...

씬 19. 교도소 사무실 안, 낮.

재범, 여전히 침대에 누워, 눈을 뜬 채, 눈물이 주르륵 흐르는,
동민, 눈가 그렁해, 따뜻하게 보는, 맘도 아픈,

재 범   (눈물 흐르는 채, 허탈한, 졸린 것이 안 가신 상태) 내가 정말.. 분명히, 안 죽
          였지, 그지?
동 민   (손잡아주고, 맘 아파도 애써 웃으며) 그동안.. 너 참 많이 외로웠겠다?
재 범   (눈물이 나는, 울지 않으려 애쓰는)
동 민   이제 외롭지 마라, 재범아.. 내가 니 맘 ..다 아니까.
재 범   (누운 채, 눈물이 터지는, 엉엉 우는)
동 민   (맘 아픈, 애써 밝게, 일어나, 재범의 머릴 흩뜨려주며) 새끼, 많이 울고.. 오늘
          은 푹 자! 다시 만나자. (하고, 나가는, 맘 아픈)

씬 20. 교도소 복도, 낮.

교도관, 나오는 동민을 보고,

교도관   장재범한테 무슨 일이..?
동 민   (따뜻하게 웃으며) 울 일이 있어요... 그냥, 놔두세요. 전 담에 또 뵙죠.
교도관   (걱정스레, 창가로, 재범을 보면)

          *점프컷, 교도소 사무실 안 》
          재범, 엉엉 우는,

          *점프컷, 교도소 복도 》
          동민, 맘 아프게 가는,

          *점프컷, 회상 》
          어린 재열이 들고 있던 칼에 의부의 가슴이 꽂히는, 어린 재열, 의부의 무게 때

문에 뒤로 넘어져, 머리를 부딪치는, 어린 재범, 놀라, 어린 재열 위로 넘어진 의부를 옆으로 밀면, 가슴에 칼이 꽂힌, 어린 재범, 칼을 잡는,

* 점프컷, 회상(전체 아닌, 편집할 때 중요 부분만 자를 것) 》
재열 모(얼굴에 맞은 듯한 멍 자국 있는), 방문을 열고, 그 광경을 놀라 보면, 어린 재범, 의부에게서 칼을 빼내며, 재열 모를 보며,

어린 재범   (눈가 붉어, 땀나는, 허둥지둥, 근처의 검은 비닐봉지에 칼을 넣으며, 재열 모 에게) 문 닫어!
재열 모   (놀라, 들어와 문 닫고, 의부(칼에 찔려, 정신 잃은, 목에 맥이 뛰는 게 보이 는) 보고, 어린 재열을 보며, 머릴 안는, 울지도 못하고 말도 못할 만큼, 놀란)
어린 재범   재열이가 ..이 인간을 찔렀어, 엄마.
어린 재열   (머리를 부딪쳐, 정신을 잃은)
재열 모   (놀라고 정신없는) ?!
재 범   (E) 나는 정말 2, 3년만 감방에 있을 줄 알았어.. 근데, 11년형을 주더라고 판 사 새끼가. 그래서, 진실을... 말했지.. 재열이가 그랬다고, 근데, 그놈이 엄마 랑 짜고, 날 배신했어.

* 점프컷, 현실 》
동민, 답답하게 가는,

* 플래시백, 회상 》
법정에서 재열 모가 말하지 않고, 어린 재범을 보던 장면,

* 플래시백, 회상 》
법정에서 어린 재열이 어린 재범을 지목하던 장면,

* 점프컷, 현실, 교도소 복도 》
동민, 전화 오면, 전화기 꺼내 보면, 해수다,
동민, 전화길 보다, 그냥 주머니에 넣고 가는,

씬 21. 병원 일각, 낮.

해수, 전화를 하다, 전화를 끊고, 가려다, 핸드폰 보면, 재열에게서 '전화 가능?' 하고 문자가 온, 해수, 설레고 반갑지만, 새침하게 전화 거는, 신호음 끊기면,

해 수   야, 참 오랜만에도 연락하신다?

씬 22. 방송국 안, 낮.

재열, 원고를 보며, 준비하는 중인, 연출(뭔가 서류 보고), 재열, 한쪽에서 전화 걸고 있는,

재 열   (연출 보며, 웃음 띤, 담백하게) 안녕하세요, 닥터 지, 저 장재열입니다. 기억하실지 모르겠네.

씬 23. 병원 일각, 낮.

해 수   (어이없는) 5일 만에 전화해서, 뭐야, 닥터 지는?

         * 교차씬 ≫
재 열   (아무렇지 않게) 그러게요. 참 우리 피디님이 전에 닥터 지랑 제가 했던 토크 쇼가 재밌었나봐요. 그래서, 닥터 질 패널로 초대하고 싶다는데, 어떠세요, 의향이?
해 수   (어이없는) 내가 방송 출연함 넌 나한테 뭘 해줄 건데, 이사.. 안 갈래?
재 열   (작게 웃고, 연출의 시선 피해, 담백하게) 그건 못하지.
해 수   (멈춰 서서, 어이없는, 웃으며) 너, 나 사랑은 하지?
재 열   (사람들 안 보게, 고개 돌리고, 담백하게) 미치게. (눈 감고) 지금 이 순간도 니가 옆에 있으면,

해 수   절대, 내 몸에 손끝도 못 대게 할 거야.

재 열   (답답한, 눈 뜨고, 담백하게) 왜, 그렇게 잔인해?

해 수   이사 가지 마.

재 열   (담백하게) 방송 출연 못한다고 전할게. (하고, 전화 끊고, 연출에게) 출연하기
        싫대. (하고, 원고 보는)

씬 24. 병원 복도, 낮.

해 수   (어이없이, 걸어가며) 사는 것도 긴장돼 죽겠는데, 연애까지 사람을 긴장시키
        고.. (가다, 벽에 머릴 기대고, 그리운) 보고.. 싶다.

영 진   (가다가, 해수 보며) 벽에 머리 대고 뭐하니?

해 수   (답답한, 안 보고, 가는)

영 진   ?

씬 25. 진료실 안, 낮.

        해수, 공유병 아내와 앉아 있는,
        공유병 아내(외출복, 9부 때처럼 깁스는 한 상태), 컴의 화면을 보는,

        *화면 ≫
        공유병 환자 남편, 화난 듯, 소파에 앉아, 바닥을 보는(바퀴벌레가 있다고 생
        각하는), 그러다, 고개 돌리다, '이누무 바퀴벌레' 하며 탁탁 소리를 내며 잡다
        가, 제 몸에 기어 들어갔다고 생각해, 옷을 벗어 던지며, 몸을 긁는, '악, 악!'
        하며 비명 지르는,

        *점프컷 ≫

아 내   (눈가 붉어, 속상한, 우는) 남편은 힘들어하는데, 바퀴벌레가 없네요..

해 수   어머닌, 이번 주 내 아버님과 떨어져 애들 이모님과 살던 집에 계셨는데, 어떠
        셨어요? 바퀴벌레가,

| 아 | 내 | (두려운, 슬픈) 안 보였어요. |

아 내 (두려운, 슬픈) 안 보였어요.

해 수 그럼 바퀴벌렌.. 아버님하고 같이 계실 때만 보이셨네요? 어떤 생각이 드세요?

아 내 이상.. 해요.

해 수 (인정한 게 맘 놓이는, 차트 보고, 아내, 관찰하듯, 보며) 근데, 지난번 저희 의료진이 상담했을 때, 아버님이랑 어머니 두 분 다.. 바퀴벌레가 첨 보이기 시작한 5월 셋째 주 전의 일에 대해,

아 내 (오른손으로 왼손의 손톱을 뜯으며, 말꼬리 자르는) 말하기.. 싫어요.

해 수 (따뜻하게, 손을 보고, 얼굴 보며) 기억은 나는데, 말하기가 싫으세요, 아니면.. 기억이 안 나세요?

아 내 (초조한, 슬픈) ...남편 보고 싶은데, 만나면 안 돼요?

해 수 (안쓰레 보는)

* 시간 경과 》
공유병 남편, 화면을 보면, 아내가 침대에서 편히 자는,

남 편 (아내를 안쓰럽게 보는) 다행이네요. 아내가 잘 자서. (해수 보며, 맘 아픈) 내가.. 미쳤나요?

해 수 저희는 이 병을 공유 정신병적 장애(Shared Psychotic Disorder; 이미 망상을 가지고 있는 대상과 밀접한 관계에 있는 개인에게서 유사한 망상이 발생하는 것)라고 부르는데, 치료가 아주 어려운 병은 아니에요.

남 편 (말꼬리 자르며) 내가 미쳤다면, 약을 주세요.

해 수 (따뜻하게) 약을 드셔도, 이런 현상은 또 일어날 수 있어요.

남 편 (슬프게, 보면)

해 수 (조심스레) 두 분이 이 병이 발현되기 전에 겪으신 일을 풀지 않고 함께 계시면,

남 편 (맘 아픈)

해 수 (남편을 관찰하듯 보며, 따뜻하게) 아버님은 물론, 어머닌 또다시 환시와 환청에 시달리고, 지난번처럼, 몸이 다치시는,

남 편 (말꼬리 자르며, 눈가 붉어) 결혼했어요?

해 수 (진지하게 보며) ..아뇨.

남 편   그럼 말 못해요. 결혼하지 않은 사람은 이해 못해.

해 수   (잠시 생각하다, 진심으로, 단호히) 의살 바꿔드릴게요. 어머니도.. 바꿀까요?
       아버님이 원하시면, 전 상관없는데.

남 편   그건 상관없어요. (하고, 나가는)

해 수   후... (하고, 답답한, 의자에 몸을 기대는, 차트 보며, 볼펜으로 톡톡톡 책상을
       두드리는)

씬 26. 동민의 집 전경, 밤.

       노크소리가 나는,

동 민   (E) 재열아, 방에 있니?

씬 27. 재열의 방 밖, 밤.

       동민, 노크하는,

동 민   재열아? (인기척 없자, 동민 잠시 생각하다, 문을 열어보면, 열리는, 잠시 생각
       하다, 안으로 들어가는)

씬 28. 재열의 방 안, 밤.

       동민, 불을 켜고, 정갈한 방을 둘러보고, 생각하다, 책장으로 가서, 책을 보
       는, 뭔갈 찾는, 오래된 책, 〈장재열의 데뷔 이전 습작 모음집, 기억〉이란 제목
       을 보고, 꺼내들어 보면, 〈기억〉이란 단편 제목 아래 〈장재열 작가의 15살, 최
       초의 습작 작품〉이란 설명이 보이는, 동민, 책을 펴서 담담히 읽는,

씬 29. 동민의 거실, 밤.

　　재열, 이삿짐 챙길 큰 상자를 들고, 문을 열고 들어와, 주방 쪽에 가서 상잘 내려놓고, 물을 따라 들고, 그 잔을 상자에 올려놓고, 올라가는,

　　＊점프컷, 재열의 방 앞 》
　　재열, 방문을 열다, 이상한, 불이 켜진 게 보이는, 순간, 이상하다, 해순가 싶어서, 웃으며, 들어가는,

씬 30. 재열의 방 안, 밤.

　　재열, 담담히 들어와, '해수니?' 하며 상자를 한쪽에 내려놓고, 물을 마시려고 잔을 들어 주변을 보는데, 동민, 한쪽 의자에 앉아, 책을 보다, 고개 돌려 재열 보고 웃으며,

동　민　(편하게) 어쩌냐, 산뜻한 해수가 아니라, 시커먼 나라서?
재　열　(조금 놀라 보고, 웃으며) 실망이죠, 뭐.
동　민　(책만 보며) 갑자기 책이 넘 보고 싶드라고... 주인 없는 방에 들어왔다고 설마, 나한테 지랄 떨 건 아니지?
재　열　(웃으며) 지랄이 뭐야, 지랄이.
동　민　(책만 보며, 깔깔대고, 웃고) 자식.. 깍쟁이 같던 놈이.. 사람 됐네. 서초동 가니 편하디?
재　열　(답답한 듯 웃으며) 그냥저냥요. (하고, 물 마시는데)
동　민　야, 그거 좀 쥐봐봐, 내가 영 소화가 안 된다.
재　열　(물을 동민에게 주고, 물 마시는, 동민 옆에 앉아, 책을 뺏어 보며, 웃는) 아, 이건 누구 보여주기 쪽팔린데.. 작가 지망생들 교재용으로 만든 거라.. (하며, 읽는)
동　민　(재열 보며, 편하게) 잘 썼드라, 15살짜리 습작 작품이라고 보기엔..
재　열　(책만 보며) 서툴죠.
동　민　아냐, 진짜 잘 썼어, 근데, (편하게 묻지만, 나름의 의도가 있는) 넌 15살 때

어떻게, 방어기제란 말을 알았냐?

재　열　(책만 보며, 편하게) 티브이에서 뉴스 보고요. 성폭행 사건의 피해자가 가해잘
　　　　복수한 경우였는데, 방어기제에 의한 정당방위로 인정돼 무죄 판결을 받는
　　　　걸 보고...

동　민　(진지하게 재열을 보는) 아..

재　열　(책을 보며, 편하게) 그 뉴스 보고, 진짜 엄청 신기했어요... 법이 내가 생각하
　　　　는 것보다 따뜻하구나, 공평하구나 생각했죠. (동민 보며, 서글프게) 이후에
　　　　형 사건으로 생각이 변했지만.

동　민　(어색하게 웃고, 가려다, 뭔가 이상해, 화장실을 보는데, 버튼 키가 보이는)

그때, 해수, 들어서며,

해　수　(손에 사과를 들고, 문에 기대 먹으며) 선배,

동민, 재열　(보면)

해　수　장재열이 날 두고 이사 가는 거 어떻게 생각해?

동　민　(어이없이 재열 보고, 해수 보고, 편하게) 쟤가 먹튀면, 내가 죽일게. (하고, 가
　　　　며, 해수의 사과 뺏어 입에 물고 가는)

재　열　(어느새, 해수 앞에 와, 반가운) 와... 그리운, 지해수다. (하고, 해수 볼에 입
　　　　맞추려 하면)

해　수　(못 맞추게, 몸을 빼고, 재열을, 수염 난 얼굴을 보는데, 너무 안된 게 순간 걱
　　　　정돼서 화가 나, 얼굴이 굳는, 재열을 팔로 비키게 하고, 상자를 발견하는)

재　열　(해수 뒤에 가, 해수를 안고, 편하게, 상자 보며) 짐 챙길라고, 도와줄래?

해　수　(몸 빼고, 재열을 보며) 얼굴이 왜 그래?

재　열　(상자에 짐을 챙기며, 편하게) 일할 땐 늘 그래. 섹시하지 않냐?

해　수　(속상해서, 화난 듯, 무심히) 난 별론데, 왜, 다른 여자들은 그러디?

재　열　(짐 챙기다, 순간 다른 여자란 말에 굳어서, 해수 보면)

해　수　(재열 기분 못 알아채고) 일은 좀 됐어?

재　열　(짐 챙기며) 별로. (하다, 팔과 손이 아픈지, 손을 터는, 주먹을 쥐었다 폈다
　　　　하는)

해　수　(손을 관찰하다, 속상한) 야, 작가 그거 ..힘들어서, 어디 해먹겠니?

재　열　(화나는, 굳어, 보면)

해 수   밥은 먹고 일했어?

재 열   (화나지만, 참고, 담백하게) 대충.

해 수   잠은? 하루 몇 시간 잤어?

재 열   틈틈이.

해 수   어디서?

재 열   의자.

해 수   (걱정돼 굳은) 화장실 아님, 악몽에 더 시달려, 잠 못 자잖아? 잠깐이라도, 욕
         조 가서,

재 열   글 쓸 땐 안 돼.

해 수   저녁은?

재 열   생각 없어.

해 수   (속상한, 머리 쓸어 올리고, 맘 아픈, 괜히 화가 나는) 밥을 생각으로 먹어, 때
         되면 먹지? 야, 나 니 애인 못 해먹겠다.

재 열   (화나는, 굳어서, 보면)

해 수   (재열 기분 모르고) 내려와 밥 먹어. (하고, 나가는)

재 열   (어이없고, 화나는, 서서, 문 쪽을 보는) ?!

씬 31. 동민의 병원, 밤.

        영진, 차를 마시는, 영진은 이미 재범의 증언을 다 들은 상황이다,

영 진   (답답한, 차를 마시고, 진지하게 동민 보며) 사고사가, 살인이 됐네.

동 민   (서글픈, 웃음) 다반사로... 벌어지는 일이지.

영 진   니가 풀어야 할 문젠 정리됐어?

동 민   첫 번짼, 오해로 인한 형제간의 원한 문제. 동생은 의부를 칼로 찌른 게 아니
         라, 의부가 넘어지다 칼에 찔린 사고산데, 형은, 그걸 살인으로 본다는 거.

영 진   엄마가 위증했단 부분도 풀어야겠네. 엄마가 형을 변호할 수 없었던 건, 형이
         칼 든 걸 봤기 때문이잖아?

동 민   (골똘한, 제 생각에 빠진 채) 그지.

영 진   (관찰하며) 동생이 위증한 부분에 대한 가설, 세워봤어?

동　민　하난, 동생도 형처럼 사고를 살인으로 착각해서, 형한테 죄를 덮어씌웠다. 하지만, 그 가설은 좀 전에 풀렸어.

영　진　?

동　민　동생은 사건 이전 15살에 이미 방어기제, 정당방위, 그런 말의 뜻을 정확히 알고 있었어. 살인과 사고사를 구분할 충분한 인지 능력이 있었고, 자신의 행동으로 법정에 섰더라도, 무죄 판결이 가능하단 걸 알고 있었어.

영　진　두 번째 가설은?

동　민　형 말대로, 폭력적인 의부와 자신을 한꺼번에 처리하기 위한 동생의 계획적인 음모? 근데, 그것도 타당하지 않아.

영　진　(진지하게 보는) ?

*플래시백, 회상 》
7부에서, 빵집 앞에서 재범을 맘 아프게 보던 재열,

동　민　(E) 동생은 자신이 저지른 일과 위증을 덮기 위해 형을 영원히 감방에서 썩게 할 기회가 있었거든. 하지만, 동생은 그러지 않았어. 동생은 형에게 큰 애정이 있어.

*점프컷, 현실 》

동　민　(진지한) 근데, 왜 형이 찔렀다고, 위증을 했을까?

영　진　(담담하고, 진지하게, 동민 관찰하듯 보며) 뭔가, 비밀이 있는 거 같다?

동　민　(보며, 심각한, 고개 끄덕이는)

영　진　(떠보듯, 진지하게) 그래도 위증은 범죄잖아? 그걸 알고 묵인할 순 없는 거 아냐?

동　민　(어이없게, 보며) 위증, 범죄, 묵인, 판검사 놀이하냐, 지금? 의사인 내가 관심 있는 건 단 하나, 그들의 상처야.

영　진　(듬직하게, 따뜻하게 보는)

동　민　(진지하고, 맘 아픈, 생각하며) 자신의 진실이 짓밟힌 채, 14년 가까이 감방에서 산 형을 어떻게 위로할 수 있을까? 그들의 엄마는... 진짜 괜찮나? 그리고 (재열 생각에 맘 아픈) 동생, 16살 어린 남자애가, 그런 끔찍한 사건을 겪고 상처받지 않고 과연 건강하게 성장했을까? (얼굴 부비고, 맘 짠해서) 내 보기엔 밝고 긍정적으로 보이는데, 그게 엄청난 방어기제가 아니라, 스스로 상철 치유한 거였으면, 정말 좋겠다.

영 진 (진지하게 보며) 16살 애가 스스로 치유? 절대, 그럴 순 없을걸, 경험상.

동 민 (인정이 되는, 답답한)

영 진 반드시 ..지금은 아니더라도, 어느 순간 장애가 발현될 거야. 숨겨둔 마음의 상천, 언제든 반드시 사람을 병들게 하지. 그래서 무서운 거고.

동 민 (미간을 찡그리며, 맘이 아픈) 주변이 도와줄 수 있는 정도길 바래야지. 그 자식 옆엔, 참 괜찮은 애가 있거든.

영 진 동생이 누군지 몰라도, 동생한테 애정이 많나보다?

동 민 (서글프게 웃으며, 고개 끄덕이고)

영 진 (따뜻하게 동민 보고 웃으며) 그럼 이제 내 얘길 해야겠다.

동 민 (보면)

영 진 (동민 보는, 조금 불편하지만, 애써 웃으며, 가볍게) ...전번 날 미안했어.

동 민 (따뜻하게 보며, 편하게 받아주는) 이미 유부남인 날 미련이 남았다며.. 뒤흔든 거, 말하나?

영 진 (차마 못 보고) 어.. 그리고, 피임한 거. (하고, 보는)

동 민 (편안하게, 맘 아프지만, 따뜻하게) 만약 그때 애 가졌음.. 넌, 좋은 의사 못 됐어. 누군 애 키우고, 누군 의사 하고, 그러고 사는 거지, 뭐.. 니가 의사에 대한 열망이 진짜 많구나.. 그때도 이해했고, 지금도 보기 좋아.

영 진 (동민 안 보고, 눈가 그렁하지만, 안 울고, 참고, 작게 웃으며, 고개 끄덕이는, 일어나, 문 여는)

동 민 (따뜻하고, 담백하게) 나.. 진짜 너 많이 사랑해, 아냐?

영 진 (문고리 잡고, 안 보고) 알아.

동 민 (편하게) 내가 널 사랑하면서... 알게 된 게 있지... 세상에서 젤 ..섹시한 관계가, (따뜻하게 웃으며, 농담처럼) 바로 남녀 간의 우정이구나.

영 진 (눈물이 나면서도, 어이없는, 웃음 나, 동민을 보면)

동 민 난 널 진짜 안고 싶어도 꾹 참을 거다.. 20년 우리가 지켜온 이 섹시한 우정을 ...한낱 스쳐가는 욕정으로 욕되게 만들 순 없잖나. (일어나, 영진에게 가 볼을 꼬집으며) 그래, 안 그래?

영 진 (손을 탁 치고, 웃으며) 섹시한 우정, 좋아하네. 그냥... 저냥 습관처럼 만나는 거지.. (하고, 가는)

동 민   (가는 영진 안쓰레 보다, 불 끄고, 나가는)

씬 32. 경찰서 안, 밤.

태용, 의자 앉아서, 경찰들에게 말하는,

태 용   차 안 줘도 되는데, 그냥 지갑만 줘요.
경찰1   (차 주며, 걱정스런) 일단 이거 마시세요. (경찰2에게) 장재열 씨, 씨씨티브이
        화면 좀 찾아줘?
태 용   뭔 소리예요, 씨씨티브이가?

씬 33. 동민의 거실, 밤.

해수, 밥을 하는, 재열, 그 옆에서 해수 보며, 말하고, 수광, 한쪽에서 퍼즐을
하며 둘을 관찰하는,

재 열   (해수를 진지하게 보며, 담백하게) 밥 먹기 싫어, 얘기해?
해 수   (밥 준비하며, 답답한) 지금 별로 말하고 싶지 않아.
재 열   (화 참고) 뭐가 화가 난 거야, 대체, 너?
해 수   화 안 났어. 그냥 맘이 불편,
재 열   (말꼬리 자르며) 왜 불편해, 나, 이사 가는 거 땜에 그래?
해 수   (속상해, 보는) ?
수 광   (퍼즐 하며, 짜증난, 해수에게) 아, 그냥 말해, 눈으로 말하지 말고, 입으로!
해 수   (수광 보며) 끼지 마라.
수 광   아니, 그럼 누난 뭐 장재열이 영원히 이 집에서 살 줄 알았어? 돈 많고, 지 집
        도 있는데,
해 수   (수광 보며) 야,
수 광   솔직히 둘 사이만 생각해도 나가는 게 훨 낫잖아. 동민 형님, 나 있는데, 둘이
        자유롭게 여기서.. 뭐, 제대로 하겠어? 둘 신음소리 듣고, 발작 날, 내 뚜렛 걱

정돼서?

해 수 (수광, 어이없는)

재 열 (해수만 진지하게 보는)

수 광 내가 누나 같음 지금 얼씨구나 하겠다, 맨날 장재열 집에서, 뜨겁고 자유롭게,

동 민 (들어서며, 버럭) 뭘 뜨겁고 자유롭게야! 재열이 해수, 니들 분명히 말하지만, 이 집은 금욕의 집이다! 아내 없는 홀애비, 애인 없는 수광이, 생각해서 자중해! 암튼 밤에 뭔 소리만 들려봐봐, 콱 수광이 손잡고 바로 그 방으로 뛰어올라가, 이불을 확 들출 테니까. (하고, 방으로 가면)

수 광 (박수 치며, 좋은) 아싸! 볼 만하겠다!

해 수 (손등으로 수광 얼굴을 탁 치고, 동민 방으로 가며, 재열에게) 밥 먹어.

수 광 앗 따거.. (하며, 많이 아파하고)

재 열 (가는 해수 답답하게 보는)

수 광 (가는 해수 보다, 재열에게, 진지하게) 근데, 혹시.. 누나가 그쪽이랑 한번.. 잤다고, 결혼이 하고 싶나?

재 열 (어이없게 보는) ..

수 광 (진지하게 보며) 어이없구나? 부담스럽고? 이해해. (깔깔대고, 웃고, 퍼즐 하는)

재 열 (어이없이 퍼즐 하는 수광 보다, 방으로 가는데)

수 광 (퍼즐 하며) 밥 먹고 가. 누나랑 헤어질 생각 아니면, 누나 성질 아직도 몰라.

재 열 (화나지만, 다시 와서, 밥을 먹는)

수 광 (웃으며) 벌써 집강아지처럼 길이 들 대로 들었구만. 왈왈왈!

재 열 (밥 문 채, 수광 꼬나보는)

씬 34. 동민의 방 안, 밤.

해수, 소파에 앉아 있는,

동 민 (옷을 갈아입고, 의자에 앉으며) 난, 세상에서 젤 듣기 싫은 게 남 연애하는 얘기다, 연애상담이면 꺼져.

해 수   (진지하게) 선배, 장재열이 강박증이 심한데, 좀 도와주라.

동 민   ?! (담담히 보다, 해수 앞에 앉으며, 진지하게) 얘기해?

       * 시간 경과 ≫

해 수   (진지한, 걱정스런, 담백하게) 어렸을 때, 사건이 내 생각보다, 훨씬 영향을 많이 주는 거 같애.

동 민   (물을 마시며, 생각하는)

해 수   화장실에서 자는 것도 잠은 자니까, 괜찮다 싶은데, 글 쓸 땐 그마저도 못하는 거 같애. 숙면을 못하면, 집중력이 떨어지고 그러면 글이 안 되고, 그러면 긴장되고, 소화력이 떨어질 거고, 몸이 망가지고.. 악순환인데, 그냥 저렇게 두다간, 나중에 진짜 안 좋을 거 같아서. 글 쓰는 동안, 다른 치료 몰라도, 약 처방만이라도 해주고 싶어도, 정확한 상탤 모르니까, 검사도 해얄 거 같고.... 선배가 해주라.

동 민   (걱정) 직업이, 안 좋다, 그지?

해 수   장재열한테 글은, 전불 수도 있어. 도와주라, 장재열 좀.

동 민   (맘 짠하지만, 따뜻하게 농담하듯, 해수 머리 흩뜨리며) 아주 재열이 놈한테 푹 빠졌구만?

해 수   (조금 수줍게 웃으며) 장재열은 몰라야 할 건데, 그지?

동 민   (머릴 흩뜨리며, 짠하고, 귀여운) 나 좋다고, 인턴 때 벼락 키스하다 기절한 게 엊그제 같은데, 이게 다 커서 남자랑 잠을 자고, 사랑을 하고,

해 수   (버럭) 그 얘긴 왜 해?!

동 민   (깔깔대고 웃는)

해 수   장재열 도와주기다.

동 민   알았어, 임마.

해 수   (일어나, 동민, 고마운 웃음 짓고, 안고) 고마워. (하고, 나가는)

동 민   (해수 귀엽게 보다, 나가면, 순간, 생각이 많은, 그때 문자 오고, 보면)

최 호   (E) 장재범 사건 맡았던 강한식 변호사 만나기로 했어요. 형님과 같이 만나는 것도 좋겠다 싶어서, 어떠세요?

동 민   (잠시 생각하다, 문자 넣는, E) 그러자. (하고, 전화 내리고, 생각 많은)

태 용   (E, 놀란, 버벅대는, 기운 없는) 이이이게.. 뭐뭐뭐.. 뭐예요?

씬 35. 경찰서 안, 밤.

　　　　경찰1, 2, 태용, 화면(시청자는 화면 못 보는)을 보고 앉아 있는,

태　용　(땀이 잔뜩 난, 화면을 보며, 차분하려 하지만, 안 되는) 내, 내 친구, 재열이
　　　　가 왜 혼자서... 이게 이게 다.. 뭐래요?
경찰1　(걱정스레 태용 보며, 컴을 만져, 다른 화면 보여주는) 이건 저희한테 왔을 때
　　　　모습입니다.

　　　　*점프컷, 화면 》
　　　　재열, 6부에서 강우를 신고하던 모습이 경찰서 CCTV에 나온,

재　열　그 집은, 빈집이 아니라... (하던, 부분)

　　　　*점프컷 》
태　용　(턱이 덜덜 떨리는 정신없는, 눈가 그렇해, 화면 보고, 경찰1 보면)
경찰1　저희가 이 신고 받고, 장재열 씨가 말한 곳을 가봤는데, 그 집은 빈집이고, 한
　　　　강우란 앤 없었어요. 그리고, 조사해보니까, 주소가 바뀌어서 동네 이름과 번
　　　　지수가 다르지만, 거긴 예전에 장재열 씨가 살던 불탄 집이었어요..
경찰2　(걱정스레, 태용 보며) 아무리 생각해도 장재열 씨가 좀 이상한 거 같은데? 병
　　　　원에 한번,
태　용　(일어나며, 맘 아픈, 버럭) 이상하긴 누가 이상해요! 재열이가 이런 데는 뭔 사
　　　　연이 있겠지! 사람들이 말이야! 당신들, 이거 밖으로 배포하면 내가 고소할 거
　　　　야! 사생활 침해, 명예훼손으로! 알았어, 몰랐어?!

씬 36. 경찰서 밖, 밤.

　　　　태용, 눈물 닦으며, 허둥허둥, 나와, 차에 기대, 소매로 눈물 닦고, 잠시 생각하
　　　　다, 맘 다잡고, 자동차 몰아 가는, 뭔가 확인해야겠단 생각이 드는,

씬 37. 강우(예전, 재열의 집)의 집 근처, 밤.

　　　　태용, 차를 몰고 와, 멈추고 나와 보면, 불탄 집이 보이고, 주변에 CCTV도 보
　　　　이고, 반사경도 보이는, 화면에서 본 재열이 싸웠던 논두렁도 보이는,
　　　　태용, 눈물이 나는, 두려운, 숨을 고르고, 전화하는, 신호 가면 받는,

재　열　　(E) 밤늦게 무슨 일이야?
태　용　　(속상한, 참고, 눈물 닦고, 괜찮은 척) 재열아, 너 아는 강우.. 어.. 걔 어느 학
　　　　교 다녀? 그리고 전화번호는 뭐야?

씬 38. 재열의 방 안, 밤.

재　열　　(컴으로 글 쓰다, 담담하게) 양수리 쪽 숭전고등학교. 전화번호는 왜?

　　　　그때, 해수(잠옷 차림, 다 씻은 듯한), 재열을 보고, 아무렇지도 않게, 재열의
　　　　등 뒤에서 안으며,

해　수　　착해, 밥 먹었네.
태　용　　(생각하다, E) ...그냥, 걔 글 쓴다니까, 음... 한번 내가 만나볼라 그러지. 출판
　　　　사 입장에서.
재　열　　(굳은 얼굴로, 해수가 안지 못하게, 팔을 푸는)
해　수　　(어이없는) 뭐야? (하며, 침대 맡으로 가 앉는)
재　열　　(아랑곳없이, 전화만 하는) 잘 생각했다. 내가 니 폰에 강우 집 전화랑, 핸드
　　　　폰 번호 넣어놓을게. (하고, 해수를 본척만척하고, 문자를 넣고, 해수 보는데,
　　　　화난, 차가운)
해　수　　(재열이 어이없는) 그 차가운 눈빛은 뭐야?

씬 39. 강우의 집 근처, 밤.

태 용   (문자 보고, 얼른 집 전화번호로 전화 거는)
E   이 번호는 없는 번호입니다. 다시 확인하시고..
태 용   (눈물 나는, 애써 진정하려 하고, 다시, 핸드폰 번호로 걸면)
E   이 번호는 없는 번호입니다. 다시 확인하시고..
태 용   (주저앉아, 멍한, 걱정되고, 두려운)

씬 40. 재열의 방 안, 밤.

        재열(답답한, 진지한, 의자에 앉아 있는), 해수(어이없게, 왜 저러나 싶어, 침대
        맡에 앉아 있는), 서롤 보고 있는,

해 수   목 아퍼, 내려와 옆에 앉아.
재 열   (가만 해수를 보는, 진지하게 화난) 혹시 말이야,
해 수   (아무 생각 없이) 혹시, 뭐?
재 열   너.. 내가 널 많이 사랑한다고 하는 말을, 마치 니가 날 함부로 해도 된다는
        말로, 오해하는 건 아니지?
해 수   (순간, 굳는, 이건 뭔가 싶은) ?!
재 열   만약 그렇다면, 그러지 마. 아주, 배려 없단 생각이 드니까.
해 수   (어이없이 보다, 웃고, 다시 진지하게 보며) 야, 내가 할 소릴 왜 니가 해?
재 열   내가 이사 가는 건,
해 수   (제 맘을 몰라주는 게 어이없어 보고, 머리 쓸어 올리고 다시 재열 보며, 화를
        참으며, 짐짓 담담히) 우리 사귀는 거 맞아?
재 열   (진지하게 보며, 화난) 아직도 헷갈려, 그게? 잠자리까지 하고 나서?
해 수   (화나, 머리 쓸어 올리고, 재열 진지하게 화나 보면)
재 열   (물 마시고, 진지하게 보며, 말하다 격앙되는) 너 일할 때, 나는 전화도 통화가
        가능한지부터 묻고, 너한테 허락받고 통화해. 니가 좋아하는 일, 방해하고 싶
        지 않아서. 내가 이살 가는 건,
해 수   (진지하게 보며, 서운한) 여기선 일이 안 되니까, 일 때문이지. 나 일하는 사람

인데... 그걸 이해 못하겠니? 이사? 니가 안 간대도 내가 등 떠밀 판이야.

재 열   (답답하게 보고, 옆으로 와 앉아, 진지한) 근데, 배려 없단 말을 니가 해야 된
        다는 건 뭐야? 아까, 내 애인 못 해먹겠단 말은 뭐고?

해 수   (보고, 답답하게, 진지하게) 배려 없단 말은, 밥 안 먹고 잠 안 자고 일하고,
        까칠한 모습으로 5일 만에 (진지하고, 속상한, 강조) 내 맘 아프게 나타난 걸
        말한 거고, 애인 못 해먹겠단 말 역시, 니 지금 모습 보는 게 (순간, 살짝 눈가
        붉어져) 너무 맘 아파서 한 소리야.

재 열   (순간, 살짝 눈가 붉어져, 감동받은, 미안한, 눈 감았다, 뜨고, 해수 보며, 작
        게 웃는) ...

해 수   (담담히, 보며) ... 할 말 없게, 훅 치고 들어가지?

재 열   (담백하게) 보고 싶었어.

해 수   (편하게) 그리고 또 있어,

재 열   ?

해 수   야, 이사 간단 말을 꼭 그렇게 다짜고짜 아무런 준비도 안 된 내 등 뒤에 대
        고, 해야 되니? 사람 뒤통수치는 것도 아니고, 충격받게!

재 열   (진심으로, 이쁘게 보며) 늘 쿨해서, 충격받을 줄 몰랐어.

해 수   (어이없게 보고, 웃으며) 아는 게 뭐세요?

재 열   근데, 충격받았단 말은 (순간, 작게 웃으며) 듣기 좋다. 사랑한단 말로 들리네?

해 수   (어이없이 보고) 너 이사 가면 이제 우리 언제 만나? 예전에 만나던 여자들이
        랑 어땠어?

재 열   글 안 쓸 땐 ..한쪽에서 원하면 언제든지, 내가 글 쓸 땐 어쩌다.

해 수   나도?

재 열   (깔끔하게, 화난) 어디다 비교질이야?

해 수   (조금 좋은, 설레는, 편하게 웃으며) 매주 금요일 어때?

재 열   ?

해 수   월화수목은 내가 근무니까, 우리가 만나는 날은, 금요일?

재 열   (답답한) 내 스케줄은 그렇게 딱, 너처럼 요일을 정해서, 할 수,

해 수   (말꼬리 자르며) 그딴 식으로 일하다, 몸 망가져,

재 열   (답답하게 보는)

해 수   계획적인 일 습관 이번 기회에 몸에 익혀. 양보 못해, 대신 1박 2일.

재 열   (바로) 콜!

해 수	(뒤로 그냥 눕는) 계획 없는 데이트는, 전화로 사전 양해 구하고, 딥 터치 없이는 가능.
재 열	(모로, 누워, 해수 보는) 장소는?
해 수	영화관, 음식점, 카페, 길거리 모두가 가능하지만, 이 집이나 모텔은 싫어. 이 집엔 밤잠 없는 조동민과 귀 밝은 수광이가 살고, 모텔은 그냥 싫어.
재 열	(귀여운, 웃고, 담백하게) 서초동 우리 집은 어때?
해 수	(새침하게) 나쁘지 않네.
재 열	(웃고, 해수 입에 입 맞추려 하면)
해 수	워워워.. (하고, 재열을 밀치고, 웃으며, 일어나, 누워 해수를 설레게 보는, 재열을 내려다보며) 계획 없는 짓 딱 질색이야.
재 열	(누운 채, 눈 감으며) 니가 너무 힘들어. 넌 파쇼고, 잔인하고, 악랄하고, 날 사육해. 수광이는 이미 날 집강아지래.
해 수	(웃고) 좋아, 니가 원하는 거 하나 들어줄게. 뭐야, 바라는 게?
재 열	(눈 감은 채) 낼모레, 내 프로에 패널로 나와.
해 수	(재열을 어이없이) 키스도 아니고, 패널?
재 열	(눈 뜨고, 누운 채, 해수 보며, 진지하게) 사랑해.
해 수	(웃고, 가며) 난 아직 아냐. (하고, 뛰듯 가는)
재 열	(누워 있는데)
해 수	(다시, 천천히 오며) 내가 곰곰 생각해봤는데, 우리 둘의 가장 큰 문젠, 너무 따지는 거 같애.
재 열	(눈 뜨고, 보고) 그래서?
해 수	(벽의 스위치 옆에 서서) 넌 날 사랑한다고 말해주고, 뭐 말다툼을 하지만, 대부분 져주는데, 난 사랑한단 말도 안 하고.. 내가 생각해도 난 너무해.
재 열	그래서?
해 수	불 끌까?
재 열	?! (눈 감고, 해수에게 최고란 뜻으로 엄지를 치켜세워주는)
해 수	(웃고, 불 끄는)

씬 41. 학교, 낮.

　　　　태용, 슬프고, 멍하니, 학교에서 걸어나와, 벤치에 앉는,

남　자　(E) 한강우란 학생은 저희 학교엔 없는데요. 김강우란 학생은 보셨지만, 찾는
　　　　분이 아니라면서요.
태　용　(넋이 나간 듯, 멍하다, 순간 생각난 듯, 전화하고) 어, 상숙아, 나 태용이다.
　　　　너 나 좀 만나자?

씬 42. 해수 모의 가게 앞, 낮.

　　　　해수 모, 가게 앞을 쓰는데,
　　　　그때, 재열 목소리 들리는, 조심스런,

재　열　어머니!
해수 모　(돌아서, 재열이 차에서 내리는 걸 보고, 반갑게) 어머, 재열이다! (하고, 가서
　　　　재열 팔 잡고, 팔뚝 치며) 왜 이제 와? 내가 얼마나 기다렸는데?
재　열　(어색하게 웃으며) 안녕하셨어요?

씬 43. 해수 모의 가게 안, 낮.

　　　　해수 부, 재열이 가지고 온 재열과 해수의 사진을 보고 웃고 있는,
　　　　도득, 열심히, 밥을 볶는,

　　　　* 점프컷, 시간 경과 》
　　　　재열, 해수 모와 마주 앉아 있는,
　　　　재열, 밥을 맛있게 먹는,

해수 모　(이쁘게 보며) 야, 난 너 이번 주에도 안 오면, 혼낼라 그랬어. 해수랑 사귀면

서, 감히 나한테 신골 안 함 되냐?

도 득 　(다른 테이블을 치우며) 아이고, 우리 어머니 진짜 해도 너무하네. 사위는 찬
　　　밥 취급하시면서, 재열이만 이뻐하고.

해수 모 　애도 사위 될지 아냐?

재 열 　?

도 득 　(재열의 멍한 얼굴 보고, 농담) 요즘에 누가 여행 한번 갔다고.. 결혼을 해요..
　　　안 그러냐, 재열아?

해수 모 　(재열 보며) ?

재 열 　(어색하게 웃으며) 해수도 저도 아직 일이 ..좋아서.. (어색하게 웃으며, 밥 먹
　　　는)

도 득 　(웃으며) 너 어머니 성화에 밥 한 끼 먹으러 왔다가, 괜히 코 꿰는 거 같다?

해수 모 　(도득 보고, 밥 먹는, 재열 보며) ?

씬 44. 버스정류장, 낮.

　　　해수(퇴근한), 버스 기다리며, 윤수와 통화 중인,

해 수 　(어이없이 웃으며) 뭐야, 다짜고짜 전화해, 결혼은 무슨 (어이없이 웃으며, 사
　　　이) 난 독신주의야.

씬 45. 카페 일각, 낮.

윤 수 　(구석에서 전화하는) 결혼도 안 할 거면서, 왜 잠을 자고, 재열인 엄마 가겔
　　　들락거리게 해, 지랄해, 아주!

　　　*교차씬 》

해 수 　(어이없는) 뭐, 가게?

윤 수 　엄만 이미 걔가 사위야? 그리고 니가 무슨 독신주의야. 우리 자맨 핏속까지
　　　결혼지상주의자들이야. 알아? 엄마한테 받은 피, 어디 갈 줄 알아?

해 수   (답답한, 어이없는) 결혼관도 유전이란 말은 들은 적이 없네.

윤 수   보고 배워. 내가 하루걸러 술 먹고 술만 먹음 보증 서고, 집 담보 잡는 니 형 부랑, 왜 이혼 못하는데, 몸 아픈 남편이래도, 한번 남편은 영원한 남편이다. 엄마, 그 의리, 보고 배워서 그래, 알어?

해 수   (어이없이 웃고) 늙었어, 잔소리가 심해.

윤 수   장재열은 딱 봐도 선수야. 걘 너랑 헤어져도 아무렇지 않을걸. 늘 하는 연애 에 늘 하는 이별일 테니까.

해 수   (그런가 싶은)?

윤 수   근데 기집애야, 넌 아닌 척해도 울고불고 인생 끝나.

해 수   (어이없는, 답답한) 전화 끊어. (끊는)

그때, 문자 오고 보면,

윤 수   (E) 애들도 아니고, 헤어질 때 헤어지더라도 결혼 전제로 만나. 장재열이 결혼 할 생각 없다면, 바로 끝내고, 나중에 상처받지 말고.

해 수   (구시렁) 결혼관도 유전이라고? 별말을 다 해. (하고, 버스 보고, 뛰어가는)

씬 46. 방송국 주차장, 재열의 차 안, 밤.

     재열, 차를 세우고, 양복 웃옷을 챙겨 입고, 전화 오면 받으며, 뛰어가는,

씬 47. 방송국 앞 + 안, 밤.

     해수, 뛰어오는,

재 열   (문 쪽에 서서) 왜 이렇게 늦었어!

해 수   (뛰며, 조금 멀리 재열에게) 장재열! 미안 미안, 내가 넘 늦었지?

재 열   말하지 말고, 뛰어. (하고, 엘리베이터로 뛰어가, 버튼 누르는)

해 수   (힘든, 엘리베이터 쪽으로 뛰어가는)

씬 48. 엘리베이터 안 + 복도, 밤.

　　　　　재열, 해수, 뛰어서, 안으로 들어오고, 문 닫히는,

해　수　(숨을 몰아쉬며, 미안하게 웃으며) 죽는 줄 알았어, 차 막혀서.. (하고, 볼에
　　　　입을 맞추려 하면)
재　열　(해수의 얼굴 돌려, CCTV 보게 하는)
해　수　(웃으며) 아.. (하고, 재열을 보고, 웃으며) 와우, 핏 좋네.
재　열　(웃으며) 닥터 지에 대한 배려죠.
해　수　(가방에서 거울 꺼내, 립스틱을 입술에 바르며, 무심히) 지금 그 존댓말의 의
　　　　미도?
재　열　(시계 보며, 무심히) 너도 지금부터 존대 써,
해　수　(립스틱, 살짝 고치며, 무심히) 왜, 그래야 되는데?
재　열　(문 열리면, 해수를 먼저 나가게 하고, 지나가는 사람들과 눈인사하며, 복도를
　　　　걷는)
해　수　(옆에서, 걷는)
재　열　방송국 사람들한테 우린 토크쇼에서 본 사일 뿐이니까. 같이 사는 것도 몰
　　　　라.
해　수　(순간, 뭔가 싶은, 화나는, 담백하게) 거짓말까지 하며 그런 설정을 하는 이유
　　　　가 뭔데?
재　열　(아무렇지 않게, 가며) 설명하기 귀찮아.
해　수　(순간, 멈춰 서서, 어이없이 보는) ?
윤　수　(E) 장재열은, 딱 봐도 선수야. 갠 너랑 헤어져도 아무렇지 않을걸. 늘 하는
　　　　연애에 늘 하는 이별일 테니까.
해　수　(뭔가 싶게 보며) 사귀는 사이입니다, 여덟 자가 귀찮아? 아님.. 어차피 헤어
　　　　질 여자니까, 알리기 싫어?
재　열　(멈춰 서서 보는데, 순간 화가 나는) ?
해　수　(보며, 화나) 뭘 봐, 내가 틀린 말해? (하고, 가면)
재　열　(화나, 한숨 쉬고, 보다, 해수의 팔 잡아 돌려세우며) 뭐 헤어질 여자?
해　수　그래, 헤어질 여자. 결혼할 여자 아님 헤어질 여자지, 뭐, 안 그래?
재　열　(화나, 말 끝나기 전에, 가는)

해 수 (재열의 옆으로 가 걸으며) 왜 아무 말이 없어?

재 열 (멈춰서 보며, 담담히 말하지만, **뼈** 있는) 무슨 말을 해, 니 말이 맞는데. (하고, 그냥 가는)

해 수 (어이없어, 화나 보는)

팽팽한 둘에서 엔딩.

11부

더 사랑해서 약자가 되는 게 아니라,
마음의 여유가 없어서, 약자가 되는 거야. 내가 준 걸 받으려고 하는 조바심!
나는 사랑했으므로 행복하다, 괜찮다. 그게 여유지.

씬 1. 방송국 복도, 밤.

재　열　방송국 사람들한테 우린 토크쇼에서 본 사일 뿐이니까. 같이 사는 것도 몰라.
해　수　(순간, 뭔가 싶은, 화나는, 담백하게) 거짓말까지 하며 그런 설정을 하는 이유
　　　가 뭔데?
재　열　(아무렇지 않게, 가며) 설명하기 귀찮아.
해　수　(순간, 멈춰 서서, 어이없이 보는) ?
윤　수　(E) 장재열은, 딱 봐도 선수야. 걘 너랑 헤어져도 아무렇지 않을걸. 늘 하는
　　　연애에 늘 하는 이별일 테니까.
해　수　(뭔가 싶게 보며) 사귀는 사이입니다, 여덟 자가 귀찮아? 아님.. 어차피 헤어
　　　질 여자니까, 말하기가 싫어?
재　열　(멈춰 서서 보는데, 순간 화가 나는) ?
해　수　(보며, 화나) 뭘 봐, 내가 틀린 말해? (하고, 가면)
재　열　(화나, 한숨 쉬고, 보다, 해수의 팔 잡아 돌려세우며) 뭐 헤어질 여자?
해　수　그래, 헤어질 여자. 결혼할 여자 아님 헤어질 여자지, 뭐, 안 그래?
재　열　(화나, 말 끝나기 전에, 가는)
해　수　(옆에 가며) 왜 아무 말이 없어?
재　열　(멈춰서 보며, 담담히 말하지만, 뼈 있는) 무슨 말을 해, 니 말이 맞는데. (하
　　　고, 그냥 가는)
해　수　(어이없어, 화나 보는)

재　열　(가다, 화나, 멈추고, 다시 돌아와 해수 보며, 진지하게 화난) 너, 말조심해.

해　수　(어이없어, 할 말을 잃은, 보면) ..

재　열　또다시 헤어질 여자네, 뭐네 하는 말, 한 번만 더 해.

해　수　(어이없는)

그때, 조금 멀리 스튜디오 안에서 작가 나오며,

작　가　장 작가 뭐해, 빨리 안 오고?!

재　열　(작가 보고, 편하게 웃으며) 어, 들어가. 준비해.

작　가　(해수와 웃으며, 눈인사하고) 빨리 와. 5분 남았어. (하고, 들어가는)

해　수　(재열을 뭘 봐 싶게 보며) 하면.. 어쩔 건데?

재　열　(보며, 진지하며) 궁금해? 그럼 해봐, 내가 어떡하나? 화끈하게 보여줄게.

해　수　(어이없는)

재　열　(보고) 우리 싸움은 방송 끝나고? 오케이?

해　수　내가 너처럼 프로가 아니라서 잘 될까 모르겠다, 암튼 최선을 다해보지. (하고, 스튜디오 안으로 들어가는)

재　열　(해수 답답하게 보며, 따라 들어가는데, 문자 오고, 보면)

태　용　(E) 재열아, 전번 날 니가 갈쳐준 한강우 전화번호 맞아? 내가 거니까, 아니라 던데..

재　열　(문자 넣는, E) 맞아. (하고, 들어가는)

씬 2. 카페 안, 밤.

태용, 참담하고 슬프게 한쪽에 앉아, 전화기를 귀에 대고 있는(강우에게 다시 전화하는 듯한, 확인하고 확인하고픈 맘이다),

E　　　이 번호는 없는 번호이니 다시 확인하시고,

태용, 전화기를 끄고, 눈가 붉어져, 참담하게, 물을 마시는, 재열 생각에, 자꾸 눈물이 삐질삐질 나는,

* 플래시백, 회상 ≫
재열, 혼자 싸우던, CCTV 화면,

* 점프컷 ≫
태용, 손수건으로 눈물 닦는,
그때, 상숙, 밝게 와, 앉으며,

상 숙   태용아?

태 용   (얼른 눈가 닦고, 애써 밝게) 상숙이 왔구나. 커피?

상 숙   어.

태 용   (테이블 치우는 윤수에게) 커피 좀, 부탁합니다. 급해서.

윤 수   (밝게) 네, 사장님. (하고, 가는)

태 용   (상숙에게, 애써 아무렇지 않게 웃으며) 잘 지냈냐?

상 숙   (밝게) 근데 무슨 일이야, 재열이한테 무슨 일 있나?

태 용   어, 그게 왜 니가 전번에 재열이한테 준 편지에 ..재열이 닮은 사람이 니네 집 와서 창문 깨고 갔댔잖아? 그게 뭔 소린가 싶어서, 내가 궁금해갖고?

씬 3. 방송국 안, 밤.

재열(얘기하고), 해수, 조금 쎄하게 원고 보며 앉아 있는,

재 열   (의외라는 듯) 정말 오늘 닥터 지가 추천하실 영화가 비포 미드나잇이라구요?

해 수   네.

재 열   좀 의외네요? 비포 시리즈를 좋아하신다면, 20대의 순수한 사랑의 설레임을 가득 담은 비포 선라이즈도 있고, 30대의 어긋난 사랑이 가슴 아프게 그려진 비포 선셋도 있는데, 왜 하필, 40대 중년 부부의 팍팍한 일상을 담은, 비포 미드나잇을.. 혹시, 결혼은?

해 수   ?

재 열   미혼처럼 보이는데, 결혼하셨어요?

해 수   (재열 연기가 어이없지만, 애써 웃으며, 메모하는) ...맞는데요, 미혼. (하고, 메

모 주는, E) 야, 너.. 연기 잘한다, 연기자 해라.

재 열   (메모 보며, 화나지만, 참고, 아무렇지 않은 듯 웃으며) 다행입니다. 설레는 미혼이셔서.. 근데, 왜 이 영화를?

해 수   엔딩 장면 때문이었어요.

재 열   (웃으며, 편한) 아, 그 영화의 엔딩 장면은 정말 압권이죠. 잠자리 직전, 두 부부가 침실에서 속옷 바람으로 원수진 듯 서로에게 갖은 욕설과 야유를 쏟아붓고 다신 안 볼 것처럼 돌아선 다음, 지중해의 앞바다에서,

해 수   (재열 보며, 맘에 안 들지만, 짐짓 편하게) 엉망진창이 된, 서로를 마주한 장면이죠.

재 열   (메모해 주는, E) 지금 우리처럼?

해 수   (메모 보고, 구겨버리고)

재 열   ?!

해 수   (비웃듯 재열 보고) 노팅힐이나, 귀여운 여인의 두 주인공처럼 누구라도 사랑할 만한 대상이어서, 너무나 이쁘고 섹시하고 멋있고 젊어서, 서롤 사랑하는 게 아니라, 그냥 단지 너여서, 단지 그래서, 부족하고 괴팍하고 늙었지만, 그럼에도 불구하고 사랑하는 관계가 정말 전 감동이었거든요. 그 감동을 장 작가님은 모르시겠지만,

재 열   ?!.. 무슨 말씀이신지?

해 수   (짐짓 편하게) 그냥요, 왠지, 장 작가님은,

재 열   (웃으며, 뼈 있게) 오래된 관계, 진지한 결혼, 뭐, 그런 것엔 전혀 관심 없는, 바람둥이로 보이나요?

해 수   (담백하게) 네.

재 열   (웃고, 사람들 쪽 보는) ?

작가, 피디 (재밌다고 신호하는)

재 열   (해수 보고, 진지하게) 아, 좀 실망인데.

해 수   (짐짓 편하게, 그러나 맘에 안 들게 보며) 뭐가요?

재 열   다른 사람은 몰라도, 정신과 의사이신 닥터 지만은 그런 생각 안 하실 줄 알았는데?

해 수   (웃으며, 비아냥) 우리 인간은 모두 자신이 늘 자유롭고 늘 새롭게 살아가고 있다고 착각하지만, 사실 우릴 지배하는 건 언제나.. (강조) 하던 대로 하는, 습관이거든요.

재 열   그 말씀은, 이별에 길들여진 사람은 이별이 별거 아닐 거다?

해 수   반드신 아니지만, 그러기 쉽죠.

재 열   반대급부도 있죠. 숱한 이별을 한 대가로, 이젠 그만 정착하고 싶단, 깊은 갈
         망이 생기는.. 솔직히 전 이제 그만 떠돌이 생활을 정리하고 싶단 갈망이 큰
         데?

해 수   (메모하는, 비아냥, E) 너무 진심 같아, 나도 속겠다, 야. (하고, 메모를 밀어주
         면)

재 열   (메모를 보고, 화나는, 참고, 불편하지만, 편하게 웃으며) 확실히, 정신과 의사
         선생님을 패널로 모시니까, 제 토크가 깊어지네요. ***의 ***를 듣고 다
         시 닥터 지와 영화 얘기 이어갑니다. (하고, 음악 틀고, 해수의 의자를 돌려,
         사람들을 등지게 하고, 자신도 의자를 돌려 해수 보며, 진지하게 화난) 사람
         들 앞에서 사귄단 말 안 한 게 화가 난 거야? 난 드러내놓고 떠드는 사랑이
         싫고, 그리고 너, 공항에서, 결혼할 여자도 아닌데, 돈 쓰지 말라며?

해 수   (물 마시다) ?

재 열   그래서, 난 나름 너 배려,

해 수   (어이없는, 맘에 안 들게 보고 물 마시고) 배려 무슨 배려? 그런 넌 마치 나랑
         결혼할 생각이라도 있는 거처럼 말한다?

재 열   (진지하게 화를 참으며, 바로 치고 가는) 없는, 니가 이상하지?

해 수   ?!

재 열   애도 아니고, 나이 서른이나 돼서, 진짜 괜찮은 상댈 간만에 만났는데, 이 사
         람하고 적당한 시기까지 간다면, 한번 어떻게, 결혼까지 가봐? 그런 생각, 너
         무나 자연스런 거 아냐?

해 수   (말꼬리 자르며, 당황스럽지만, 싫지 않은, 괜히 어이없단 듯 웃으며, 아무렇지
         않게 말하지만, 좋은) 쉿! 그러다, 프로포즈까지 할라. 참고로 난 독신주의야.

재 열   (어이없는, 진지하게 보며) 근데, 왜 웃어? 결혼은 싫은데,

해 수   (가볍게, 웃으며) 니가 날 결혼 상대로까지.. 보는 건 뭐, 나쁘지 않아서?

재 열   (어이없는) 왜 그렇게 이중적이야?

해 수   (뻐기듯, 재밌는) 그게, 나야.

재 열   (작게 한숨 쉬고, 참고 보며) 그래도 사랑은 하고.. 방송은 하자. (하고, 돌아
         서서, 물 마시고, 마이크 잡고, 원고 보는)

해 수   (재열이 좋고, 멋있단 생각이 드는, 물 마시고, 보는)

재 열   (마이크 대고, 편하게 말하는) 전 그렇게 생각합니다. 만약 에단 호크가 이혼
          의 경험이 없었고, 줄리 델피에게 상처의 경험이 없었다면, 아마 둘은 지중해
          앞바다에서 결코 뜨겁게 화해할 수 없었을 것이다.

해 수   (사람들 눈치 보며, 손을 뒤로 해, 재열의 의자를 톡톡 치고, 탁자 아래로 손
          을 내리는)

재 열   (손을 아래로, 내려, 해수의 손잡고, 해수 보고, 웃으며, 말하는) 그래서 제
          말씀은, 저를 포함한 숱한 이별을 한 모든 분들에게도 희망이 있다, 그거죠.

해 수   (맘에 들게 보며, 편하게 인정해주고) 아... (제 생각을 말하는) 많은 분들은
          이 둘이 결혼했기 때문에, 자식이 있어서, 어쩔 수 없이 산다고 얘기할지도
          모르겠네요. 그런데 전 이들에게 그 어떤 것보다도 서로 보내온 숱한 추억이
          있어서, 뜨거운 화해가 가능하단 생각이 들었습니다.

재 열   (웃고) 서로가 함께 겪은 숱한 추억... 저도 그렇게 (해수 보며) 숱한 추억을 쌓
          을 사람을.. 만나고 싶어지네요.

씬 4. 카페 밖, 밤.

          상숙, 편하게 가다, 뒤돌아보고, 태용에게 손 흔들고,
          태용, 뒤에 서서 그런 상숙에게 손 흔들어주다, 가면, 갑자기 슬퍼지는,

          * 점프컷, 회상 ≫
          4부, 강우 없는 상태로 편집된 상숙의 기억, 상숙이 깨진 창문을 열고, 밖을
          보면,

재 열   (현주(상숙) 보고 말하는) 애 이름은 강운데, 얘가 학생 좋아한대, 무지 많이!
상 숙   (보는, E) 첨엔 누구지, 그랬지? 난 강우란 애도 모르는데.. 무슨 소린가 싶
          고....

재 열   (현주(상숙)에게, 웃으며) 나중에 아는 척 좀 해줘. (하고, 강우(?)에게 가며)
          강우야..! (하고, 뛰어가며) 좋지! 봤지!

상 숙   (재열 보는, E) 근데, 다시 보니까, 재열이 같더라고.. 걔가 언론에 자주 나와
          서.. 얼굴을 알거든, 근데 좀 이상했던 게, 마치 옆에 누가 있는 거처럼.. 말을

했던 거 같애, 그 사람 재열이 맞아?

태 용   (E) 재열이 그날 옷은.. 뭐 입었대?

상 숙   (E) 밤이라, 잘 안 보였는데, (생각난 듯) 노란색 셔츠.

태 용   (애써, 거짓말하는, E) 아.. 그.. 그럼 재열이 아니다. 재열이 슈트 좋아하거던.

＊점프컷, 현실 》

태 용   (속상한, 걸어가는, 그러다, 동민의 병원을 올려다보는)

씬 5. 동민의 병원 진료실, 밤.

동민, 집단치료를 하고 있던 중인, 남자1(50대), 여자1(60대, 8부에 나온), 그리고, 남자2(20대, 불안장애를 앓는, 계속 산만하게 다릴 떨며, 사람들 눈치 보는), 여자2(30대 후반, 우울증에 걸린, 계속 우는), 남자3(40대, 남들을 비웃듯, 히죽히죽 웃는), 수광(동민처럼 진지한, 의사처럼 관찰하듯 보는)이 둥그렇게 앉아 있는, 모두 이름표를 달고 있는, 순서대로 '사과, 구름, 바다, 태양, 하늘, 감기(수광)'라고 쓴.

동 민   (사람들이 말하는 걸 포인트 잡아 메모하는, 따뜻하지만, 예리한 눈빛이다)

남자1   (화가 많이 난, 버럭 하는) 나도 나름 노력하는 거라고, 매일 주먹질하던 놈이, 한 달 만에, 그것도 지한테 한 게 아니고, 개새끼가 소파 뜯어서, 그걸 한 대 쥐팼다고,

남자2, 여자1   (싫은)

남자3   (남자1을 비웃는)

여자2   (그냥 우는)

남자1   너는 인간이 덜 됐네, 그따위로 할 거면서, 정신과 치론 왜 받느니, 이혼하고 말걸, 하면서, 온갖 욕설을 하고, 아주, 그냥 갈수록 양양이야, 갈수록 양양!

수 광   (버럭) 마누라분이 잘못했네!

모두들   (수광 보면)

수 광   아니, 매일 주먹 쓰다, 한 달에 한 번 주먹 썼는데... 그걸 왜 인정 안 해줘! 그건 너무 가혹하지?! 개새끼가 중요해? 남편이 중요하지! 나쁜 개새끼, 왜 소

파를 물어뜯고!

여자1 (말꼬리 끊으며, 버럭) 개니까, 그러지! 모르니까, 그러고! (여자2에게) 아니, 왜 자꾸 울어요, 짜증나게!

남자2 (다릴 떨며, 버벅대며) 우, 우울하시다잖아요! 아아아, 아주머니도 처첨첨엔 그러셨잖아요!

남자1 (여자1에게) 이 아줌만, 진짜 이상하네! 여기저기 사람들만 보면 딴질 걸고, 아줌만, 여기 시비 걸러 나와요!

여자1 왜 다들 나한테만 그래! 남편도 애들도 당신까지, 왜 나한테만 그러냐고!

남자1 아, 또 피해망상 나오네, 피해망상!

수 광 아니, 개 얘기하다, 왜 갑자기 두 분이 싸우고 그래요?! 개 얘기해요, 개 얘기!

다른 사람들 (짜증, 말리며) 그만 좀 해요, 들..

동 민 (종 울리는)

모두, 하던 말 멈추고, 정자세로, 눈 감는,

동 민 (차분히, 따뜻하게, 주변의 환자들을 관찰하듯 보는) 다들 아시다시피, 집단 치료의 기본은, 상담자 서로에 대한 이해입니다. 근데 잘 안 되죠? (눈 감고, 눈물 닦는 여자2를 안쓰럽게 보며, 말하는) 그래서 제가 말씀드렸죠, (여자1 보며) 이해가 안 가면, 가만 그냥, 듣는다. 한 가지 또 잊으신 게 있는데, 우리가 이해할 때 내 앞의 상담자 동료가 우선이지... 여기 없는, 남편, 부모, 애인, 친구, (여자1 보며) 여기 없는 (강조) 개의 새끼, 강아지는, 굳이 지금 말고.. 집에 가다.. 시간 나면 이해합니다.

수광, 남자3 (웃긴, 참는)

동 민 일단 여깄는 사람이 우선인 거 잊지 않습니다. (여자1, 손 잡아주고)

여자1 (동민이 좋은, 눈 감은 채, 밝게) 제가 개를 워낙 좋아해서.. 미안해요, 사과님.

동 민 (남자1의 등을 쓸어주며) 사과님, 서운하셨겠네, 부인한테.

남자1 (울컥하는) ..마누라도 화가 나니까..

수 광 (눈 감은 채, 남자1의 손을 잡아주는)

남자1 (눈물 나는) 선생님 부탁합니다.. 제발 제 성질을 고쳐주세요.. 이혼하기 싫어요..

동 민   (따뜻하고 안쓰레 보고) 그런 맘이면 이혼 안 할 수 있어요.. 자, 그럼 다시 시
        작할게요. (웃고, 종 흔드는)

씬 6. 대학교 앞 + 태용의 차 안, 밤.

        태용, 차를 멈추면,

씬 7. 태용의 차 안, 밤.

        동민, 태용 타고 있는,

동 민   (안전벨트 풀다, 무심히) 뭔 소리야, 그게? 사람이 없는데, 있다, 그런다는
        게?
태 용   (조심스런, 맘 아픈, 거짓말하는, 안 들키려 일부러 아무렇지 않게 말하려 애
        쓰지만, 안 되는) 그게.. 저기, 내가 아는 사람이, 막 혼자 싸우고..
동 민   (진지해지는)
태 용   ..그러다 다치고, 없는 사람을 있다 그러고..
동 민   (걱정스런) 누군데?
태 용   (두려운, 궁금한) 근데 그 사람은 그런 거 말곤 정말, 다, 다, 멀쩡해요! 나도 알
        아보고, 엄마도 알아보고, 말도 잘하고, 의리 있고, 글.. (하다, 순간 멈추는)
동 민   왜 말을 하다 말어?
태 용   만약 제.. 제가 아는 사람이 (더듬는) 저저, 정신분열처럼 미친 거라면, 그렇게
        정상적인 생활을 한다는 게 가능해요?
동 민   그럼 가능해.
태 용   그, 그거, 부, 불치병 아니에요?
동 민   불치병은 아니고 난치병이지, 의외로 흔한 병이고. 백에 한 명 꼴이니까. 근
        데, 정신분열일지 아닐지, 니 얘기만 들어선 모르겠다. 잘 아는 사람이야?
태 용   (피하는) 좀....
동 민   (시계 보고, 답답한) 일단 그 사람.. 병원은 가야겠다.

태 용   (슬픈) ..

동 민   약속 늦었다, 나중에 진지하게 다시 얘기하자. (하고, 나가는)

태 용   (가는 동민 보고, 속상해, 한숨 쉬고, 재열 모에게 전화하는, 짐짓 밝게) 엄마
         나 집에 가. (사이, 맘 아프게 웃으며) 그래, 잡채 해주라.... 어, 가서 만나. (하
         고, 가는)

         *점프컷 》
         동민, 가는데, 그때, 최호와 강변(40대 초반, 강인한 느낌인, 굳은)이 건물에
         서 나오는,

최 호   (달래는, 부탁하는) 저 변호사님, 그러지 마시고, 일단 딴 데 가서, 하던 말씀
         계속,

강 변   아무리 생각해도, 제가 드릴 말씀은 더는 없네요, 미안합니다. (하고, 동민 곁
         을 스쳐 지나가는)

최 호   (동민 상관없이, 차를 타려는 강변을 쫓아가는) 저, 변호사님, 아니, 교수님,
         수많은 수감자들을 생각하셔서, 다시 한 번만 생각해주세요,

강 변   (차 타고, 가버리는)

최 호   (가는 차를 보며, 답답하게, 보는)

동 민   (옆으로 와서, 최호에게) 왜 그래?

최 호   (답답한, 차를 보고, 동민 보며) 강 변호사가, 장재범 사건은 말하고 싶지가
         않대요.

동 민   웃기는 사람이네, 그럼 첨부터 사람을 오지 말라고 하지, 오라 그러고 가라는
         건 뭐야?

최 호   (보며, 답답한) 제가 첨엔, 장재범 사건이라고 말을 안 했거든요.

동 민   이유가 뭐야? 장재범 사건은 말하고 싶지 않은?

최 호   그 일로 자긴 변호사 일이 회의스러 관두고, 교수 하는 거래요.

동 민   ?!

최 호   그러면서, 그 사건은 말도 안 되는 판결이 난 사건이다, 장재범도, 장재범이
         범인으로 지목한 동생 장재열도 절대 범인이 될 수 없다, 분명한, 범인은 따로
         있다면서,

동 민   (무슨 말인가, 싶은) 분명한.. 범인?

최 호   네, 그러며, 더는 말 못한다고 가더라구요.

동 민   (최호 보고, 강변 보는) ?!

씬 8. 마트 안, 혹은 백화점 안, 밤.

재열, 카트 밀고, 해수, 그 옆에서 푸딩을 먹으며, 편하게 쇼핑을 하는, 물건들을 서로 보고, '이게 낫다, 아냐, 저게 낫다' 하며, 서로 의견을 물어보고 결정하는, 대부분 재열이가 져주고, 그렇게 물건 사고 가며,

재 열   (아무렇지 않게) 그래서, 넌 진짜 결혼 생각이 없다고?

해 수   (어이없단 듯 보며) 너도 알다시피 내 연앤 이제 시작이야? 고리타분한 결혼 얘기 그만해. 설렘만 가득한 이 순간이, 너무 좋으니까. 근데, 너 다른 여자들한테도 그랬(니?)

재 열   (말꼬리 자르며, 진지하게, 화난) 지나간 사람 얘기하지 마. 에티켓이 없어. 내가 첨이라 손해 본 거 같아? 그럼 딴 사람 만나고 오든가. 아닐 거면, 입 닫어.

해 수   (웃으며) 그러까? 그냥, 딴 사람 만나고 오까?

재 열   (어이없게, 화나 보고, 가는)

해 수   (깔깔대고 웃고, 푸딩 그릇을 카트에 올려놓고, 순간 재열의 얼굴 잡아, 입에 살짝 뽀뽀하는)

재 열   (해수 밀치며) 뭐해, 사람들 보는데?!

해 수   (윙크하며) 짜릿하잖아. (하고, 음식 고르러 가는)

재 열   (어이없는, 그런 해수가 귀여운)

씬 9. 동민의 집 마당, 밤.

해수, 재열, 풀밭에 자리 깔고 누워, 동그란 뻥튀기와 음료를 먹으며, 편하게 얘기하는,

해 수 (편하게, 아무렇지 않게, 뻥튀기 먹으며) 애기? 뭐... 굳이굳이 낳아야 한다면.. 하나. 넌?

재 열 셋.

해 수 (가볍게, 아무렇지 않게, 웃으며) 야, 애 셋 낳으면, 여자 인생 애 낳고, 키우다 종쳐. 넘 이기적인 거 아니니? 니가 키워줄 것도 아니면서?

재 열 (아무렇지 않게, 진지한) 난, 아빠 없이 자라, 애 키우는 게 꿈이야. 너만 알어, 나 인터넷으로 애 젖 먹이는 법도 배웠어.

해 수 (어이없이 웃고 보며, 음료 마시고) 그래도 애 셋은 너무 힘들거든. 전문직 종사자인 여자한텐?

재 열 전문직은 안 되지. 살림만 해야지?

해 수 (째려보면) ?!

재 열 왜, 째려봐? 희망사항 말하는 건데? 결혼에 대한 내 환상을 말해보라며?

해 수 (어이없는, 짜증나지만, 하늘 보며) 알았어, 계속 말해.

재 열 난 결혼하면 집과 분리된 작업실을 얻을 거야. 내가 작업실에서 퇴근하면 아낸 그 시간에 맞춰, 밥을 하지.

해 수 (어이없어, 허허허 웃으며, 음료 마시고)

재 열 아내가 할 일은 거기까지야. 같이 밥을 먹고, 설거진 내가 하지. 그때 아낸,

해 수 아주 피곤한 얼굴을 하곤 배까지 축 처진 가슴을 내놓고, 애들 젖을 먹이겠지, 애 하난 등에 업고, 둘은 양팔에 하나씩 끼고, 우울증에 걸려선, 울며, 애 젖을 먹이고 있겠지, 너를 원망하는 눈빛으로 (재열, 밉게 보며) 이렇게 보면서.

재 열 애는 순차적으로 세 살 터울로 날 거니까, 그럴 리 없어. 두 앤 그 시간이 되면, 지들끼리 방에서 놀 테니까. 하나만 안고 있음 돼.

해 수 (어이없는) 어우, 난 진짜 니 부인은 못하네. 세 살 터울이면 지금부터 낳아도, 마흔까지 낳아야 하는데.. (고개 저으며) 아우, 난 못하네. 진짜 못하네.

재 열 (웃고) 그러네.. 너, 왜 이렇게 늙었어?

해 수 (어이없게 보며) 난, 너처럼 전문직 남자 별로야.

재 열 (편하게 보는)

해 수 일단 넘 피곤하고, 난 집에서 살림하는 남자가 좋아, 돈은 내가 버니까. 뭐, 굳이 너처럼 돈 많은 남자가 필요하진 않거든.

재 열 (웃으며, 편하게 보는, 해수의 눈을 손으로 감겨주며) 상상해봐, 그 남자가 앞

치말 하고 맨날 밥 다 됐다고 전화해 빨리 들어오라고 잔소리하는 거?

해 수   (말꼬리 끊으며, 눈 가린 재열 손 탁 치며) 짜증나.

재 열   (웃고) 넌 내가 딱이야, 넌 돈에 얽매이는 스타일이라 사업하는 남잔 니 돈 날 릴까봐 싫을 거고,

해 수   (어이없이 보지만, 웃긴)

재 열   공무원은 너무 안정적이라 지루해 싫을 거고, 회사원은 자나 깨나 승진 걱정 하는 걸 싫어할 게 뻔해.

해 수   (몸을 데굴데굴 구르며 웃는) 크크크 ..

재 열   (해술 쫓아다니며, 귀에 대고) 교수는 잘난 척해 싫을 거고, 음악가는 음악 듣는 게 싫을 거고, 그림 그리는 사람은 여기저기 물감 튀기는 게 짜증날걸? 넌 내가 딱이야.

해 수   (굴러서 도망 다니며) 난 결혼 싫어.

재 열   (귀에 대고) 결혼하잔 말 안 했어, 그래도, 넌 내가 딱이야.

해 수   (웃긴) 귀 간지러... 하지 마.

재 열   (웃고, 해수의 머리 흩뜨리며, 담백하게) 일어나, 나 짐 싸야 돼? (하고, 가는)

해 수   (눈 흘기며) 으이.. (하다, 물총 호스를 보고, 재열 모르게 수도 틀고, 총을 잘 잡으며) 너 나감 니 방에 너보다 백배 천배 멋진 남자 들일 거니까, 그렇게 알 어.

재 열   (가며) 그런 남자 구하기 쉽지 않을 거다.

해 수   (그때, 물총 호스로 재열에게 물을 뿌리는)

재 열   야... 하지 마. (하고, 맞다가, 해수에게 가, 등 뒤에서, 해술 안는)

그때, 수광 들어오다, 물총을 맞는,

수 광   (버럭) 앗 차거! 달밤에 미쳤나. (하고, 뛰어가, 호스를 뺏어, 둘에게 쏘는) 싹 다 죽었어.

재열, 해수, 보호하고 안고, '야야야야, 하지 마! 해수한테!' 하는,

씬 10. 동민의 집 근처(바로 집 앞이 아닌, 삼거리가 있는 길), 아침.

재열, 가방 두어 갤 들고 나와, 차 트렁크에 싣고, 다시 집으로 들어가는,

씬 11. 동민의 마당, 아침.

한쪽에 가방 두 개 더 놓여 있는,
수광, 커피 마시며, 선글라스를 끼고, 일광욕하며, 누워 있고, 동민, 신문을 들
고, 머린 산발한 채, 항문을 긁으며 나오면서, 손가락 냄새 맡는, 그러며 수광
옆으로 와 의자에 앉아, 커피를 마시는, 그때, 재열 대문을 들어서면,

동　민　(신문 접고, 재열 보며) 가져갈 짐은 다 챙겼냐?
재　열　네. (하고, 수광 옆자리 앉아 커피를 마시는)
수　광　(일광욕하며, 커피 마시며) 동민 형님, 홈메이트 구인광고 내야겠다. 담 홈메
　　　　이트는 멋진 여자로 부탁해.
동　민　재열이가 짐 놀 데 없다고, 두 달만 그냥 두래.
수　광　(선글라스 벗고, 재열 보며) 핑계 좋네. 왜, 남자 들어옴 지해수 바람날까봐?
재　열　지해수 내가 좀 더 길들이고, 여자 홈메이튼, 그담에 하자?
동　민　(낄낄낄 웃으며) 수광아, 재열이가 지랄방구 같은 소리 하고 있지, 그지? 야,
　　　　해수 그건 너나 되니까 만나, 누가 그 지랄 같은 성격을 받아.
재　열　(작게 웃으며) 형님 수광이 나 우린 다 아는데.. 지해수가 모르니까, 그냥 모
　　　　르는 척, 해주게.
수　광　(재열 놀리는, 강아지처럼) 왈왈왈. 집강아지, 왈왈왈.
재　열　(밉지 않게 보며) 그만해라.
수　광　(웃으며) 근데, 누난 왜 안 나와, 서방님 가시는데? 벌써 출근했어?
동　민　(신문 펴며) 출근은 무슨.. 아까 머리가 산발이 돼 떡이 진 채, 돌아다니던데,
　　　　집 구석구석 찾아봐.
재　열　(시계 보며) 전화하죠, 뭐. 출근 시간이라 막힐 거 같아, 일찍 가게요.
동　민　(신문 접고) 그래, 이별은 짧게 하자. (하고, 가는)
수　광　(벌떡 일어나, 가방 양손에 들고) 나와.

재　열　(집을 한번 둘러보고, 짠하게 웃고, 가는)

씬 12. 동민의 집 근처(바로 집 앞이 아닌, 삼거리가 있는 길), 아침.

수광, 트렁크에 가방 싣고, 트렁크 닫는,

수　광　왜 남의 집 앞에 차를 둬서 우리가 여기까지 나오게 하냐..

재열, 오며,

재　열　(차문 열고) 들어가.
수　광　(차에 기대, 뻐기듯, 제 핸드폰의 문자 찾아, 보여주며) 이것만 봐주고 가.
재　열　? (수광의 핸드폰을 잡아서, 보면)
소　녀　(E) 나, 니가 좀 멋있어졌어, 만날래? 양다리 말고, 한 다리 해줄게?
재　열　(수광이 귀여운) 좋냐?
수　광　(괜히 뻐기듯, 짜증난 척, 핸드폰 뺏고, 웃으며) 고마워. 다 그쪽 덕분이야. (하고, 손바닥 내밀면)
재　열　(제 손바닥으로 수광의 손바닥 쳐주고)
수　광　근데, 사랑하는 관계에서 좀 더 많이 사랑하는 사람이 약자란 말 있잖아, 나 이번엔 약자 되기 싫은데, 강자 되는 방법 혹시 알아?
재　열　더 사랑해서 약자가 되는 게 아니라, 마음의 여유가 없어서, 약자가 되는 거야.
수　광　마음의 여유?
재　열　내가 준 걸 받으려고 하는 조바심! 나는 사랑했으므로 행복하다, 괜찮다. 그게 여유지.
수　광　(순간, 안고, 다시 떼고, 화난 듯) 콱, 씨, 맨날 지만 멋있고. 그걸 왜 이제 알려줘! 못돼 처먹었어. 아주. (하고, 가는)
재　열　(수광 이쁘게 보고, 차에 타, 안전벨트 하다, 룸미러 보고, 이상한, 뒤돌아보는)

씬 13. 재열의 방 안, 낮.

　　짐이 조금 빠진, 동민, 들어와, 메모판 보면, 욕실 버튼 키 번호가 적힌 쪽지가
　　보이는(재열이 해수에게 준), 그 번호를 보고, 욕실로 가, 번호 누르고 들어가
　　는,

해　수　　(E) 장재열의 색에 대한 집착은 욕실 그림에 있어.

씬 14. 재열의 욕실 안, 낮.

　　동민, 커튼 쳐진 욕조를 보고, 커튼을 젖히는, 욕조에 깔린 이불을 보고, 순
　　간, 맘 아픈,

　　＊플래시컷 ≫
　　5부, 간이화장실에서 자던 재열,

해　수　　(E) 화장실 아니면 잠을 못 자.

　　＊점프컷 ≫
　　동민, 작게 한숨 쉬고, 사막의 그림을 보는, 노란색이 선명하게 눈에 들어오는,
　　그리고 다시 밖을 보면, 노란색만 눈에 탁탁 들어오는, 걱정스런, 주머니의 핸
　　드폰으로 그림과 노란색 물건들을 사진 찍는,

씬 15. 재열의 차 안, 낮.

　　재열, 운전석에 앉아, 뒤돌아, 해수를 짠하게 보고 있고,
　　해수, 머리가 산발인 채, 따뜻하게 웃으며, 핸드폰을 켜, 핸드폰으로 제 눈앞
　　을 가리고, 슬라이드 문자를 재열에게 보여주고 있는,

*인서트, 슬라이드 문자 》
장재열이 이사 가서 할 일.
1. 매주, 금요일에 지해수 보기.
2. 밥 꼭 먹고, 잠은 의자 아닌, 욕조에서 자기.

재 열   (맘 짠해 웃는)

*인서트, 슬라이드 문자 》
쪽팔리지만, 너 가는 게 너무 서운해 울 것 같아서, 문자로 말함. 잘 가.

재 열   (눈가 붉은, 짠해 웃으며) 가.
해 수   (핸드폰 눈에서 내리면, 눈가 좀 붉은, 맘 짠해 웃고, 나가서, 집으로 가는데,
         조금 눈가 붉어져, 서운한)

재열, 앞서 가는 해수 이쁘게 보고 짠해 웃다가, 운전해 가는데, 차는 앞으로
가면서, 눈은 해수를 쫓는, 해수, 다른 길(큰길)로 먼저 꺾어지고, 재열, 그제야
시선 돌려 앞을 보면, 그때, 갑자기 앞에서 강우가 자전거를 타고 비탈길을 내
려오며 급브레이크를 밟지 못해, '어어어!' 하며 오는, 재열, 순간 놀라, 해수가
간 골목 쪽으로 핸들을 급하게 꺾으며 경적을 울리는, 해수, 가다, 놀라, 뒤를
돌아보면, 재열의 차가 칠 듯한, 해수, 피하려다, 넘어지는, 재열의 차, 전봇대
에 부딪쳐, 쾅 하는, 해수(무릎과 팔꿈치가 깨진, 다친 줄도 모르는), 너무 놀
라, 순간 눈가 붉어 일어나, '장재열, 장재열!' 하며 차로 가는,

씬 16. 재열 모의 집 전경, 다른 날, 낮.

태용, 외출복 입고, 비질을 하는, 슬픈 덤덤한,
그때, 재열 모, 문 열어 보며,

재열 모   (조금 걱정) 옷 다 입고 웬 비질이야?! 어지간히 쓸고, 출근해, 며칠 출
         근도 안 하고, 뭐하는 거야?

태 용   (비질만 하며) 할 거야.

재열 모 (어이없고, 걱정스런) 태용아.. 너 정말 별일 없어?

태 용   (비질만 하는, 속상해, 짜증) 그만 물어.

재열 모 (눈치 보며) 화채 먹고 가?

태 용   ...

재열 모 화채 해? 너 좋아하는 수박으로?

태 용   ... (안 보고, 속상한)

재열 모 (집으로 가려다, 돌아서서, 태용 보며, 짐짓 편하게 말하지만, 걱정되는) 엄마
         가.. 너 있는 게 귀찮아서 그런 게 아니라, 걱정되잖어. 며칠씩, 회사도 안 나
         가고, 말도 안 하고, 잠도 설치고..

태 용   (속상해, 재열 모 보며) 엄마, 늙었어? 말이 많어, 왜?! 내가 다 알아서 한다고
         내 일은! (하고, 비질을 거칠게 하는)

재열 모 (서운한, 집의 전화 오면, 받으러 가는) 아침부터 누구야, 재열인가?

태 용   (가는 재열 모 보고, 속상해, 울 것 같은)

씬 17. 교도소 전화 부스 앞, 낮.

         재범, 전화하고, 동료, 그 옆에서 재범을 보는,

재 범   (비웃듯 웃으며) 내가 전화 건 게 그렇게, 좋아?

재열 모 (E, 감격한) 그럼 좋지.. 얘는..

재 범   나, 나가면, (어색한) 어, 엄마.. 집 가도 되지?

씬 18. 재열 모의 집 안, 낮.

         재열 모, 집 전화를 받고 있는, 조금 감격한 듯한,

재열 모 (눈물 나는, 애써 밝게) 니가 여기 안 옴 어딜 가게, 그럼! (울지 않으려 하며)
         당연히, 엄마한테 와야지. 재범아, 오늘 정말 너무 고마워. (애써 밝게, 안 울

려 하며) 엄마한테 전화하고.. 말 걸어줘서.. 엄마가 오면 정말정말 잘해줄게.
어?

씬 19. 교도소 전화 부스 앞, 낮.

재 범   (엄마도 보고 싶고, 속도 상한, 머릴 박박 긁는) 야.. 기대되네.. 날 미워만 하
         던 엄마가 잘해준다니..

씬 20. 재열 모의 집 안, 낮.

재열 모   (눈물 닦고) 너 나오면 우리 세 식구 정말정말 행복하게 살자. 엄마가 맛난 것
           도 많이 해주고, 니가 원하는 거 다 해줄게. 여행도 가자, 우리, 어?
재 범   (E) 알았어, 끊어. (하고, 전화 끊는)
재열 모   (전화기 잡고, 울컥해 우는)
태 용   (들어서다) 엄마, 왜 그래?
재열 모   (순간, 눈물 닦고, 웃으며) 재범이가 전화했어. 조 박사님하고 상담하고, 내가
           보고 싶어졌다면서... 화채 해줄게. (하고, 일어나, 수박 화채를 하는) 어우, 십
           년 묵은 체증이 다 내려가네..
태 용   (재열 모 보며 맘이 짠한, 재열 모 뒤에서 안고, 맘 아픈 거 참는)
재열 모   엄마 인생도 이제 볕들 날만 남았다, 그지, 태용아? 재범이가 맘을 다 내주
           고, 그지?
태 용   (재열 모 등에 기대, 슬픈) 엄마, 나 갈래. (하고, 한쪽에 있던 가방 들고 나가
         는)
재열 모   (가는 태용 보며) 태용아, 화채 먹고 가..

씬 21. 출판사 안, 낮.

편집장   (답답한) 뭐야? 오늘 작가 미팅인데, 오늘도 안 옴 어떡해? (사이) 난, 인쇄소

가야지! (전화 끊긴, 소리치는) 여보세요, 여보세요, 야, 이 얼굴 빨간 돼지야! (전화 끊고, 다른 데로 가며) 뭐야...

씬 22. 달리는 태용의 차 안, 낮.

태용, 속상해서 가는,

씬 23. 교도소 복도, 낮.

재범, 가는, 동료 옆에서 걸어가다, 멈추고,

동　료　(걱정) 뭐, 조동민이 형 증언을 해줄 거라고?
재　범　(비웃으며, 보는)
동　료　자긴 의사라 말 못한다고 그랬다며?
재　범　그건 14년 전 사건 얘기고... 내가 출소해서, 동생을 다시 ..찌름.. 상황은 달라지지.
동　료　?!
재　범　그땐 조동민은 의사가 아닌 증인이 되거덩! 그땐 하기 싫어도 말해야겠지. (동민 흉내 내며) 장재범은 동생에 대한 억울함으로 이런 일을 벌였습니다! 선처 바랍니다! (웃고, 춤추며) 그렇게 되면 난 정상참작이 되고.. 날 억울하게 형을 살린 나라에 고소를 해 돈 받고, 동생한테 복수도 하고..
동　료　?

그때, 교도관 오며,

교도관　장재범, 조 박사님 전화 왔다?
재　범　(인사 구십 도로 하고, 말하는) 저, 청소해야 되는데.. 나중에 제가 건다고 해주세요. 그리고, 전번 치료로 개과천선했다고도 전해주시고요.
교도관　너, 담 주 금요일에 출소하는 건 말씀드렸냐?

재 범   교도관님이 말씀해주세요, 토요일에 나간다고?

교도관   금요일이잖아?

재 범   놀래줄라고요.

교도관   (웃으며) 자식.. (뒤돌아 가는)

재 범   개과천선.. 좋아하시네. 개짓거리도 안 했는데.. 무슨 개과천선! (하고, 기분 좋게, 춤추며 가는)

씬 24. 재열의 오피스텔 복도, 낮.

    태용, 화난 사람처럼 작심하고 초인종을 계속해서 울리는, 문 열리는 소리 나면, 태용, 문을 열고 들어가, 쾅 소리 나게 문 닫고 들어가는,

씬 25. 재열의 오피스텔 안, 낮.

    태용, 들어서고, 재열, 태용을 안 보고, 팔이 아픈지, 팔운동을 하고, 손가락을 폈다 쥐었다 하며, 해수와 전화하고 있는, 태용, 들어와, 자리에 앉아, 숨을 고르며 재열을 보는,

재 열   (달래는) 진짜, 괜찮아. 내 차가 정말 좋은 차거든. 범퍼만 좀 나갔는데, 뭐. 걱정 안 해도 돼, 난 진짜. (답답한, 걱정) 넌 어때? 팔 정말 괜찮아?

씬 26. 병원 일각, 낮.

해 수   (까진 팔꿈치 보며) 통증만 좀 있어. 치료도 받았고. 근데, 너 정말 병원 안 가도 돼?

씬 27. 재열의 오피스텔 안, 낮.

재 열　(담백하게, 해수 걱정) 약 잘 바르고 있지, 상처 안 생기게?

씬 28. 병원 일각, 낮.

해 수　(재열 걱정) 딴소린? 너 오늘 만나서 암튼 털끝만큼이라도 안 괜찮기만 해봐,

　　　　그때, 인턴, 오며,

인 턴　선생님, 이 교수님께서 찾으세요!
해 수　(가며, 진지하게 화난) 내가 가만 안 둘 거니까.

씬 29. 재열의 오피스텔 안, 낮.

재 열　(웃으며, 진지하게 농담) 너 오늘 나 만나서 암튼 가만두기만 해봐, 그럼 내가
　　　　진짜.. 가만 안 둘 테니까. 끊어. (하고, 전화 끊는)
태 용　(화난 듯, 속상한) 누구냐, 강우냐?
재 열　(아무렇지 않게, 의자에 앉으며) 지해수.
태 용　(이상한) 지해순.. 왜?
재 열　(컴 앞에서 글을 쓰며, 담백하게) 우리 만나. 진지하게.
태 용　?!

씬 30. 병원 복도, 낮.

　　　　영진, 해수, 서서 진지하게 얘기하는,

해 수　남편이, 기혼잘 치료자로 찾는 거 보면, 부부 문제 같아. 자녀들은 물론이고,

환자의 친지들도 둘 사이의 문젤 전혀 눈치 못 챈 거 보면.

영 진   (차트 보다, 덮고, 해수 보며) 경제적으로 여유롭고, 둘 사인 좋고, 사건 사고
도 없었고... 집안 문제도 없었다?

해 수   없는 게 아니라, 둘만이 공유한 거겠지? 남들은 모르게?

영 진   (진지한) 그지, 아무도 모르게 ..둘만 알고 있어야 할 이유가 있었겠지. 현재
남편의 환시 상탠?

해 수   어제부터 바퀴벌레 환시가 사라졌대요. 환청도 없고. 남편이 직접 전화해서
그러드라고. 그러면서, 오늘 아내랑 자길 상담해달랬어.

영 진   다행히, 스키존, 아닐 가능성이 높네?

해 수   (시계 보고) 환자들 곧 오겠다.

영 진   상담 후, 미팅하자.

해 수   그래요. (상담하러 가는)

영 진   (상담하러 가는)

씬 31. 해수의 진료실 안, 낮.

해수, 자리에 앉아 있고, 공유병 아내, 침대에 누워 있는,

해 수   (따뜻하게, 테이블에 놓인 물을 따라주는)

아 내   (일어나, 물을 받아 마시는)

해 수   천천히 ..하세요.

아 내   (물을 다 마시고, 누워, 어렵게 말 꺼내는, 맘 아픈) 남편은 대중교통을 좋아
해서, 차를 안 몰아요. 술을 마셔도 늘 ...버스를 타죠.

해 수   (진지하게 듣는)

아 내   늘 그랬듯이 그날도 남편을 기다리기 위해서, 전 아파트 뒷산을 지나고 있었
어요. 무섭지 않았어요. 맬.. 다니는 길이니까.

씬 32. 회상, 아파트 뒷산, 밤.

아내, 웃으며, 편하게 산길을 가는,

아 내   (E) 남편이 그 길은 위험하다고 싫어했지만, 정류장으로 가는 지름길이라 전
그 길로 다니는 게 편했어요. 근데, 그때,

그때, 순간, 남자 둘이 아내의 입을 틀어막는, 몸부림치는, 산으로 끌고 가는,

씬 33. 영진의 진료실 안, 낮.

영진과 마주하고 남편 앉아 있는,

남 편   (맘 아픈 담담히) 아내가 이상하게 오지 않더라구요. 집 전화를 해도 안 받
고, 핸드폰을 해도 안 받고, 문득 느낌이 이상하더라구요. 설마, 산길로 오나
싶어서, 그래서 부리나케 산으로 갔죠.
영 진   (맘 아프게 보며, 고개 끄덕이는)

씬 34. 회상, 뒷산, 밤.

남편, 산을 허겁지겁 가는, 그러다, 뭔가 이상해, 가던 길을 다시 내려가는데,
아내가 풀숲에 추행당한 채 혼자 엎어져 있는, 정신이 혼미한, 남편, 아내를
보면, 치마가 조금 들려 있고, 피가 난, 서둘러, 맘 아프게 달려가, 아내를 안
고, 어쩔 줄 모르는,

남 편   (E, 담담한) 괜찮았어요. 아내만 괜찮다면, 난 정말 괜찮았어요.

씬 35. 해수의 진료실 안, 낮.

해 수 (맘 아프게, 아낼 보면)

아 내 (눈 감고, 눈물 흐르는) 내 몸 하나, 못 지키는, 내가 넘 바보 같고, 더럽단 ..생각이.. 들었어요. 너무 더럽단 생각이..

해 수 (손잡아주는, 눈물 그렁한)

씬 36. 영진의 진료실 안, 낮.

남 편 (맘 아프지만, 애써 담담히, 영진 보며) 이후로도 잘 견뎠어요. 뭐, (어색하게 웃으며) 우리 나이에 살다보면 이런 일쯤 ..뭐, 별거 아니니까.. 근데 내가 왜 바퀴벌렐 봤는지.. (눈가 붉어, 어색하게 웃으며) 이해가 안 돼요, 난 정말 괜찮은데.

영 진 (안쓰레 보며, 따뜻하게) 아버님, 안 괜찮은 일이에요.

남 편 (눈가 그렇해, 눈물과 화를 참으려, 이를 앙다물고, 보면)

영 진 (맘 아픈) 이건요.. 아버님, 화낼 일이고, 울 일이에요.

남 편 (외면하며, 단호한) 울면 뭐해요, 다 지난 일이고, 사람이 긍정적으로 생각해야지. (영진 보며, 맘 아픈, 눈가 그렇해) 안 그래요?

영 진 긍정적일 수 없는 일이잖아요. 화낼 일에 울고, 소리치고, 그건 너무도 자연스런,

남 편 (울컥하며, 손수건 꺼내 울며, 맘 아픈, 목소리로) ..그래도 내가 긍정적이어야 마누라도, 편할 거 아닙니까!

영 진 (맘 아프게 보며) 제 앞에서만이라도 지금만이라도 아버님만, 생각하세요. 단 한 번만이라도 어머니 말고, 아버님만.. 네?

남 편 (맘 아픈) 솔직히, 죽여버리고 싶어, 이 개새끼들... (버럭, 울며) 내가 죽여버릴 거야, 이 개새끼들! 죽여버릴 거야! (하고, 책상에 얼굴 묻고, 손으로 책상을 쾅쾅 치는)

영 진 (남편의 어깨에 손을 얹는, 맘 아픈)

씬 37. 병원 회의실, 낮.

해수, 영진, 맘 아픈, 멍한, 레지1, 레지2, 인턴, 자리에 앉아 있는, 모두 참담한,

영 진 현재 두 부부는 환시, 환청이 사라진 상태로, 약물치료는 일단 보류하기로 하고, 한 달간, 두 부부는 현재 상태, 즉, 아내는 이모와 남편은 고모와 생활하면서, 심리치료와 상담치료를 병행하기로 했다.
레지1 그러면 고모와 이모분이, 그 사건을 인지해야 하는데,
영 진 오늘 두 분 다 오셔서, 말씀드렸어. 다행히 이해심이 깊은 분이시드라고. 환자들에게 충분한 지지가 될 거 같아.
레지2 (좋은, 따뜻하게 웃으며) 와, 고모까지.. 감동이다. 막장 드라마 같지 않아서.
인 턴 (눈가 그렁해, 맘 아픈, 구시렁) 정말 놀랍네요.... 아줌마도 그런 일은 힘든 일이란 게.....
영진, 해수 (사납게, 보면)
인 턴 (아차 싶은, 벌떡 자리 박차고 일어나, 바닥에 무릎 꿇고, 손드는)
레지2, 레지1 (화나, 차트로 인턴, 머릴 탁 치는)
영 진 (맘에 안 드는) 쟤 덱고 나가, 더 패!

레지들, 인턴 데리고 나가며 '나가, 나가, 나가!' 하고, 해수 제외한, 모두, 나가는,

영 진 (해수 안 보며) 요즘 난 우리 모두가 행복해야 한다고 강조하는 세상이 싫어.
해 수 (착잡한, 안 보고) 불행을 정면으로 보게 하는 법을 알려줘야, 힐링이 되는데..
영 진 이번에도 남편이, 긍정적이어야 한단 강박만 없었어도, 여기까지 일이 번지진 않았을 거야. (보며) 아내분의 자책감은 어떻게 지지했어?
해 수 아내분이 더러운 게 아니라, 그놈들의 행동이 더러운 거라고. 차분히 말할려고 했는데, (눈가 그렁해, 웃으며) 말하다, 같이 울어버렸어. (하고, 맘 아파, 눈물 나는, 손수건으로 코를 푸는)
영 진 (기특한, 따뜻하게) 가끔 같이 우는 것도 나쁘지 않아. 공감 부족 지해수가, 사랑을 하더니, 절대 공감자가 됐네. 참, 그리고, 전번에 절단 환자, 오철종씨

나한테 진료 신청했드라?

해 수   (울다 보며, 편하게) 갑자기 기쁘다.

영 진   (웃고) 전 같으면 환자 뺏겼다고 성질낼 건데, 오우, 성숙해졌네. 장재열 때문
      인가?

해 수   (웃고, 농담처럼) 그만 놀려. (그때, 전화 오고) 어머, 윤철 씨? 뭐, 우리 병원?
      (나가는)

영 진   ?!

씬 38. 병원 일각, 낮.

윤철, 해진, 서서 얘기하며 서로의 머릴 만져주며 기분 좋은데, 그때, 둘 사이
에 해수, 목소리 들리는,

해 수   뭐해?

두 사람 환하게 돌아보면,

해 수   (웃으며, 와서, 해진 안고, 반갑게) 어쩐 일이야, 어쩐 일이야?! 요양원에서 언
      제 나왔어?

윤 철   (웃으며) 벌써 한 달 다 돼, 오늘 산부인과 진료 왔어.

해 진   (좋은, 태아 사진 꺼내 보여주며) 울 애기래. 건강하대.

해 수   (사진 보며, 감동하는, 해진 안고, 좋은) 너무 축하해... 잘 견뎠어, 잘 견뎠어.
      (다시, 윤철 안고) 친구, 너도 너무 고생했고,

해 진   (떼놓으려 하며) 야, 우리 남편이야.

해 수   (안은 채) 쫌만 안자, 야!

씬 39. 재열의 오피스텔 안, 낮.

태용, 초췌해 앉아 있고,

재열, 일하다, 신경 쓰이는, 자판을 치다, 탁 소리 나게 치고, 태용 돌아보며, 조금 화난,

재 열 야, 너, 안 가!

태 용 니가, 강우한테 전화하기 전엔 안 간다고 했지! 걔 글 잘 쓴다며, 그럼 우리 출판사에서 계약을 해얄 거 아냐!

재 열 나 일할 때 건드리지 말라고 했지!

태 용 (안 지고, 대드는) 나도 안 건드리고 싶어. 그러니까, 빨리 연락해줘, 가게. (하며, 제 핸드폰에 강우 번호를 찾아 보여주며) 이 번호, 한강우 번호 맞지?

재 열 (어이없고, 진지하게, 화나, 보면)

태 용 (슬픔 때문에 치밀어오르는, 화를 참고, 짐짓 차분히) 맞아, 안 맞아?

재 열 (답답한, 화 참고, 보며) 맞아, 그래.

태 용 (전화기 눌러, 재열 주는) 받아.

재 열 너 담에 봐. (하고, 받고, 잠시 후) 어, 강우야. 너 뭐하냐? (하고, 콜록거리며 기침하는)

태 용 (재열이 들고 있는 전화기에 귀를 대는)

씬 40. 양수리 도로, 낮.

강우(친부에게 맞은), 자전거를 끼고 걸어가는, 앞에 강우 모(맞고, 맨발로 걸어가는), 걸어가는 걸, 눈가 붉어서 보며, 전화를 하며 가는,

강 우 (두어 번, 콜록거리며) 걸어요.

재 열 (E, 기침하며) 어딜 걸어? 차 소리 나는데.. 야, 너 내가 그 길로 다니지 말랬지, 거기 위험하다고?

강 우 이 길이 전 좋아요..

재 열 (E) 자식 진짜.. 맘에 안 드네.. 일단, 내가 출판사 하는 내 친구 바꿔줄게, 전화 좀 받아?

강 우 왜요? (하고, 기침하는)

씬 41. 재열의 오피스텔 안, 낮.

재열, 전화하고, 태용(눈가가 붉어지는), 전화기에 귀를 대고 있는,

재 열   친구가 니 책을 꼭 내고 싶대. (기침하며) 이상하다, 왜 나도 너처럼 자꾸 기
        침을 하냐.
태 용   (눈가 붉은)

태용의 귀에는, '이 전화는 없는 전화번호입니다'만 들리는,

재 열   암튼 그건 그렇고, 진짜 당부한다. 너. 그 길로 다니지 마. 어? (한숨 쉬고) 친
        구 바꿔줄게. (하고, 옆의 태용을 툭 치고, 전화길 태용 주면)
태 용   (먹먹하고, 눈가 붉어, 전화길 제 귀에 대고)
E   이 전화는 없는 전화번호입니다, 확인 후 다시 걸어주시기 바랍니다.
태 용   (전화기를 내리고, 재열 보며) 전화가.. 끊겼다.
재 열   (이미, 글을 쓰며) 소심한 놈이.. 또.. 그랬네, 일단 가 있어, 내가 다시 전화해
        볼게. 나, 더는 안 참는다, 당장 나가. (하고, 기침하는)
태 용   (나가는)
재 열   (글만 쓰는)

씬 42. 재열의 오피스텔 앞, 낮.

태용; 멍하니, 나와, 벽에 기대 주저앉아, 엉엉 우는, 그러다, 참고, 전화를 하
는,

태 용   (울지 않으려 애쓰지만, 안 되는) 동민 형님.. 저 좀 만나주십시오, 지금 당장
        저 좀 만나주십시오, 네, 동민 형님!

씬 43. 카페 안, 낮.

동민, 커피를 기다리고 서 있으면서, 전화를 받는,

동 민   (걱정) 알았어, 만나줄게, 왜 울어, 다 큰 놈이, 알았어, 내가 일 보고 곧 갈
         게, 어, 그래.. 태용아.. 끊어.. (구시렁) 뭔 일이래. (하고, 한쪽 보면, 수광이가
         커피 주면 받으려는데, 수광 안 주는) 뭐야?
수 광   (화난, 진지한, 테이블을 닦는 소녀 보며) 소녀가 나 만나재놓고, 아까 딴 놈이
         랑 만나자고 연락했어.
동 민   내가 혼내줘?
수 광   아니, 내가 끝내게. 알고나 계시라고 하는 말이야. 가요. (하고, 커피 주고, 테
         이블 닦는 소녀에게로 가는)
동 민   (가는 수광 보며, 기특한) 자존감이 듬뿍듬뿍 생기고 있구만... (하고, 가며,
         커피 마시며, 뜨거워하고)

         * 점프컷 》
         소녀, 테이블 닦는, 수광, 옆으로 와, 진지하게, 보며, 지갑에서 3만 원 꺼내
         테이블에 놔주는,

소 녀   뭐야?
수 광   그 돈 들고 샘이랑 클럽 가. 그리고 오늘부로 여기서 넌 아웃이야. 낼부터 카
         페 나오지 마. 너 짤렸으니까. (하고, 가는)
소 녀   (속상해, 화나는, 팔 잡으며) 너 뭐야, (테이블의 돈을 보며) 저 돈은 뭐고?
         너, 나 거지 취급해?
수 광   (담담하게) 어. 널 거지 취급하는 놈이랑 놀면, 너 스스로도 거지인 걸 인정
         하는 거니까.
소 녀   (속상해, 눈가 붉어, 화나는) 이게. (하고, 때리려고 하면)
수 광   (팔 잡고, 꺾는)
소 녀   아..
수 광   (팔 놓고, 진지하게, 화나는, 격앙되는) 사람이 사랑을 주면, 받을 줄 좀 알아!
         니 아버지가 널 위해 폐질 줏음 고마운 줄 알고, 니 엄마가 널 버렸어도 미안

해하며 찾아와 돈 줌 감사한 줄 알고, 제발 그따위로 살지 좀 말고!

소　녀　(눈가 붉어져, 소리치는) 울 엄마, 아빠 얘길 니가 왜 해!

수　광　니가 니 엄마 아빠 뱃속에서 나왔으니까! 기집애야! 나도 뚜렛이라고 울 아빠
　　　가 내쫓았어도, 아빠한테 일주일에 한 번 문안전환 해, 낳아준 게 고마워서!
　　　(하고, 가는)

소　녀　(눈가 그렁해, 걸레 놓고, 가려 하면)

수　광　(가는 소녀 팔 잡아, 돌려세우고, 진지하게) 한 번 더 기회 줄게. 양아치 샘이
　　　랑 끝내고, 나랑 진지할래, 어쩔래?

소　녀　(속상해, 보면, 울 거 같은)

수　광　나만 볼래, 어쩔래! 오 초 줄게, 일, 이, 삼, 사,

소　녀　(기죽은, 작심하고, 말꼬리 자르며) 좋아, 진지할게.

수　광　(아무렇지 않은 척, 남자답게) 일 끝나고, 클럽 가게 서둘러, 이층 테이블 다
　　　닦고. (하고, 돌아서며, 윤수 보고, 남자답게 삐기듯 활짝 웃는)

윤　수　(어이없는, 그러나 기특한, 웃고)

씬 44. 교수실 앞, 밤.

　　　최호, 서 있고, 동민, 뛰어오며,

동　민　미안하다, 근데, 강변이 어떻게 우릴 만나준대냐?

최　호　제가 사흘 밤 사흘 낮을 아침부터 밤까지, 여기서 기다린 효과?

동　민　(웃고, 어깨 쳐주고) 성깔 있네, 이거. (들어서는)

씬 45. 교수실 안, 밤.

강　변　(어렵지만, 말 꺼내는) 그 사건은, 두 형제가 범인일 가능성이 전혀 없습니다.
　　　(하고, 칼 사진과 일회용 '수 당구장' 라이터 사진(검게 그을린)을 꺼내 테이블
　　　에 놓고, 둘에게 보여주는) 퇴직을 앞둔 청소년 범죄에 냉혹한 판사와 사회적
　　　이슈가 필요했던 검사가 서둘러 엉터리 판결을 내린 끔찍한 사건이죠.

최호, 동민 (사진을 보는) ?

강 변 당시 전 힘없는 신임 국선 변호사였습니다. (자료 꺼내며) 양수리 의부 살인
 및 방화 사건에서 당시 검사가 제출한 증거물입니다. 칼엔 (다른 지문 검사한
 사진을 보여주며) 장재범과 장재열 둘의 지문이 동시에 뒤엉켜 있고,

동민, 최호 ?

강 변 라이터는 장재범이 단골로 다니던 당구장 이름이 있죠. 그래서, 증거물 두 개
 가 일치하는 장재범은 유죄.

최 호 그럼.. 범인이 장재범인 건 가능한 거 아닌가요?

동 민 라이터의 지문은요?

강 변 없습니다. 불에 그을려서 훼손됐죠. 그리고, (사체(그을린)의 가슴에 찔린 상
 처를 누군가 손으로 벌려서 찍은 사진을 보여주며) 이건 그 사건의 의부 사체
 입니다.

동 민 (진지하게 얘기만 듣는)

강 변 사체가 칼에 찔린 상처는 지금 보다시피 깊이가 없죠.

최 호 ?

강 변 (동민을 보며) 당시에도 칼에선 폐 조직, 심장 조직도 발견되지 않았어요.

최 호 (답답한) 무슨 말씀이신지, 잘 이해가 안 가네요.

강 변 이윤, 사인이 칼에 의한 자상이 아닌, 연기에 의한 질식사기 때문이죠.

동민, 최호 ?!

강 변 칼을 찌른 사람이 범인이 아니라, 불을 낸 사람이.. 범인인 거죠.

동 민 ?!

씬 46. 재열의 오피스텔 전경, 밤.

 물소리 나고, 잠시 후, 끊기고, 욕실, 문소리 조심스럽게 나는,

씬 47. 재열의 오피스텔 안, 밤.

 재열, 열심히 일을 하고,

해수(재열의 옷을 입은, 제 옷은 손에 들고), 욕실에서 나와, 재열의 일에 방해 안 되게, 재열 보며, 살살 가다, 앞에 제 가방이 놓인 탁자를 차서 부딪치는, 가방 떨어져 물건 쏟아지고, 아파하는, 재열을 방해할까 염려돼서 보면,

재열, 일에 빠져, 모르는,

해수, 다행이다 싶은, 가방에 물건 담는데(지갑은 멀리 떨어져 못 본), 그러다, 메모판을 보면,

*인서트 》

양수리, 도로에서 이삼중, 차사고 난 사고 기사가 여러 장 사진과 함께(지난 3년간 사고 난 기사를 인터넷에서 보고, 스크랩한 것) 스크랩이 되어 있고, 색볼펜으로 '강우에게 보여줄 것' 하고 쓰인,

*점프컷 》

해수, 그 사진과 메모를 보는데,

재 열 (컴만 보고, 일하며) 강우 동네에 차사고가 많은데, 놈이 꼭 그 길로 다녀, 그래서, 그거 보여주고 경각심 갖게 해줄라고.

해 수 넌 오나가나 강우구나.. 그날 차사고도.. 강우 같은 애 보다, 그랬다 그러고... 내가 좋아, 강우가 좋아?

재 열 (일만 하며, 담백하게) 니가 좋아. 30분만 기다려, 한 단락만 쓸게.

해 수 (시계 보고(12시 30분), 편하게) 알았어.. 나 신경 쓰지 말고 일해. 책 보고 있을게. (하고, 조심스레 침대로 가는)

*점프컷, 시간 경과 》

해수, 책을 읽다, 시계 보면, 2시가 다 돼가는,

재열, 안쓰레 보고, 다시 일하는,

*점프컷, 시간 경과 》

해수, 책을 읽다, 졸았는지, 순간, 움찔해 깨서, 시겔 보면, 새벽 4시가 다 돼가는,

재열, 일에 열심인,

해수, 다시 책을 보는, 그러다, 시계 보고, 안 되겠는지(서운하거나, 화난 게 아닌), 옷을 갈아입는,

재 열   (일을 하며, 안 보고) 정말, 미안.. 이제 진짜 30분이면 돼.

해 수   (편하게) 아냐, 일 더 해. (하고, 가방을 챙겨, 조심해 나가는)

재 열   (돌아보며)?

해 수   (웃으며, 따뜻하게, 의자에 앉아 있는 재열의 무릎에 앉아, 안고) 속 좁게 화 안 났어, 진짜 낼, 아니 오늘 아침에 급한 외래가 있어.

재 열   (미안하고, 답답한) 토요일엔 외래 없잖아.

해 수   (보며, 진지하게 달래는) 원래 없는데.. 낼은 있어.

재 열   (보면)

해 수   집안에 최근 우환이 있는, 강박증에 조울증 환잔데, 할 얘기가 많은지, 아침부터 오후까지 상담 시간을 잡아달래서.. 근데 여깄으면, 잠시 후, 난 너랑 열정적으로 사랑할 거고,

재 열   (어이없이 웃고)

해 수   그담에 다시 병원 가서, 그 환자한테 긴 시간 집중할 자신이 없어. 난 너만큼 체력이 좋진 않거든. 내 다리랑, 팔 봐, 가늘잖아.

재 열   (서운하지만, 어이없어, 웃긴)

해 수   병원 숙직실 가서 편하게 몇 시간 잘래. 진짜, 너 일하는 게 화나서가 아니라.. 나도, 일 때문에 가는 거라고.

재 열   우리, 일주일 만에 봤는데... 정말 이번엔 딱 30분, 아니, 15분,

해 수   글이란 건 그렇게 안 되잖아. 그리고 지금은 돼도 안 돼. (재열 꼭 안고, 입에 살짝 입 맞추고, 웃으며) 담 주에 보자. 일요일은 니가 일이 너무너무 젤 잘 되는 날이니까, 담 주에. (하고, 서둘러 가는)

재 열   (가는 해수를 보다, 컴을 보다, 문을 보다, 일을 하는, 그러다, 도저히 안 되겠는지, 서둘러 나가는)

씬 48. 재열의 오피스텔 복도 + 앞, 어두운 밤.

재열, 오피스텔 엘리베이터 안에서 내려, 뛰어서, 길가로 나가, 해수를 찾는데,

멀리 해수를 발견하지만, 해수, 그 순간 택실 타고 가는,

재 열   (서운하고, 답답해, 가는 해술 보고, 한숨 쉬고, 집으로 가다, 돌아서서, 다시
        해술 보는데 서운한, 다시 가는)

씬 49. 재열의 오피스텔 안, 밤.

재열, 들어와 침대를 보면, 해수가 누웠던 자리가 헝클어져 있고, 책이 널려 있
는, 작게 그리워 웃음이 나는, 그대로 두고, 한쪽 보면, 해수의 지갑이 보이는,
그 자리에 둔 채, 가만 보는, 그리고 욕실 쪽 보면, 문이 열린, 재열, 걸어가, 문
을 열고 보면, 세면대 위에 놓인, 해수의 칫솔, 비틀어져 아무 데나 놓여 있는
치약, 세면대 위에 머리 묶는 고무줄이며, 빗에 엉킨 머리카락이 보이는, 웃음
이 나는, 웃다 보면, 수건장이 열려 있고, 차곡차곡 쌓인 수건 옆에 아무렇게
나 놓인 수건도 보이는, 재열, 편안히 작게 따뜻한 웃음 짓고 수건을 보는,

씬 50. 동민의 병원, 낮.

동민, 생각 많게 앉아 있는,

    *점프컷, 회상 》
강 변   저와 부검의가 질식사인 걸 안 건, 최종 판결 전이었어요. 잘됐다 싶어 변호
        자를 준비하고 있었는데, 다음 날인가 연락이 왔더라구요. 사첼 소각했다고.
동민, 최호 ?
강 변   검사가 손을 쓴 거죠. 그리고, 최종 판결에서 동생이 형을 지목하고, 사건은
        그렇게 종료됐죠.

    *점프컷, 현실 》
동민, 답답하고, 속상한, 다시 생각하는,

＊플래시컷 ≫
어린 재범, 어린 재열 업고 나가는,
그때, 재열 모의 당황스런 얼굴이 보이는,

강 변   (E) 그때, 장재범이 동생을 업고 나가고, 그 집에 남은 사람은 단 한 사람 엄마뿐입니다. 불은 이후에 났죠.

＊플래시컷 ≫
재열 모와 악수하던 동민,

＊점프컷, 현실 ≫
동민, 맘 아파 눈을 감는, 그때, 노크소리 나고,

동 민   네.
태 용   (문 열고, 눈가 붉어) 형님... 저 태용이,
동 민   (애써 밝게) 그래, 앉아. 어제 내가 일이 너무 늦어서.. 연락 못했다, 미안하다.
태 용   (앉아, 갑자기 눈물을 뚝 흘리는)
동 민   ?!

씬 51. 병원 일각 + 숙직실 안, 낮.

해수, 머리를 쓸어 올리며 후 하고, 복도를 지나쳐, 숙직실로 가며, 재열과 전화하는,

해 수   (웃으며) 택시빈, 경비 아저씨한테 꿨어. 내 지갑 잘 갖고 있어. 뭐 별로 들어있는 것도 없지만, 카드는 다른 거 쓰면 돼. 근데, 글은 몇 장 썼어?
재 열   (E) 다섯 장.
해 수   와, 많이 썼네, 그지, 많이 쓴 거지?
재 열   (E) 어.
해 수   이제.. 뭐해? (보고 싶어서, 기대에 찬)

재 열   (E) 뭐하긴, 밤샜는데.. 자야지, 넌 뭐해?

해 수   (서운한, 숙직실 문에 기대) 글쎄 ...안 자도 되지만... 뭐, 토요일에 애인도 못
         만나는데 ..나도 잠이나 자려고. (하고, 문 열고, 순간, 굳는)

         *점프컷 》
         재열, 숙직실 침대 맡에 앉아, 전화하는,

재 열   (해수 보고, 따뜻하게 웃으며) 그래. 그럼 같이 자자?

해 수   (어이없이 웃으며, 문에 기대, 전화기 내리고, 보고, 눈 감고, 엄지손가락을 들
         어 보이며, 흔드는)

재 열   (깔깔대고 웃고, 팔 벌리면)

         해수, 웃으며, 안기는,

씬 52. 동민의 병원 안, 밤.

         동민, 눈가 그렁해, 맘 아프게 컴퓨터로 CCTV 동영상을 보고 있는,
         태용, 한쪽에서 멍하니, 앉아 고개 떨구고 있는,

         *점프컷, CCTV 화면 》
         재열, 혼자서 싸우는 장면,

         *점프컷 》
         동민, 다시 재생해서, 또 보며, 맘이 너무 아픈, 이를 앙다물고, 한숨을 후후
         내쉬며, 진지하게 보기만 하는,

씬 53. 도로 + 달리는 재열의 차 안, 밤.

         해수, 뒷좌석에 누워 있고, 재열, 운전하는,

재 열 무슨 생각해?

해 수 (눈 감은 채, 기운 없는) 기운 없어, 말 걸지 마.

재 열 (깔깔대고 웃고, 앞 보며, 담백하게) 내가 오늘 곰곰 생각했는데, 이렇겐 아무래도 우리가 ....오래 못 볼 거 같애.

해 수 헤어지자고 그래서?

재 열 (담백하게) 아니, 그게 아니고,

해 수 (누운 채, 눈 감은 채) 보약 사줘, 나.

재 열 (웃고, 담백하게) 사줄게, 그리고, 결혼하자.

해 수 (누워, 눈을 번쩍 뜨는) ?! (일어나, 재열 보며) 뭐랬어, 지금?

재 열 (아무렇지 않게, 룸미러로 보며) 결혼하자고?

해수, 멍하게 보고, 재열, 웃으며, 운전하는 데서 엔딩.

12부

내 그런 얘길, 듣고 보고도, 싫어하거나 불쌍하게가 아니라,
지금 너처럼 담담하게 들을 여자가 정말 이 세상에 또 있을까?
나는 없다고 생각해. 부탁인데.. 해수야, 만약 그런 여자가 있음 제발 알려줘.

내가 너한테.. 많이.. 매달리지 않게.

씬 1. 도로 + 달리는 재열의 차 안, 밤.

    해수, 뒷좌석에 누워 있고, 재열, 운전하는,

해 수   (누워, 눈을 번쩍 뜨는) ?! (일어나, 재열 보며) 뭐랬어, 지금?
재 열   (아무렇지 않게, 룸미러로 보며) 결혼하자고?
해 수   (어이없게, 한숨 쉬며) 뭐하자고? 밥 먹자고?
재 열   결혼하자고?
해 수   뭐, 술 마시자고?
재 열   왜, 부담스러?
해 수   그냥 아무 의미 없이 잽 날리지 마라. 그런 말 덥석 잡는 여자 만나면 고생해.
        (하고, 누우려다, 카페 발견하고) 어머머머, 저기다, 저기!
재 열   (웃다, 놀라, 운전대를 꺾고)

씬 2. 동민의 병원 안(11부 마지막 전 씬과 시간 경과 있는), 밤.

    동민, 눈가 붉은 채, 담담히 컴퓨터로 CCTV 영상을 보고 있는,
    태용, 한쪽에서 멍하니, 앉아 고개 떨구고 있는,

*인서트, CCTV 영상 》
재열, 혼자서 싸우는 장면.

*점프컷 》
동민, 한숨을 내쉬고, 컴퓨터 끄고, 손으로 얼굴을 부비는,

태 용   (울상) 동민 형님, 우리 재열이,
동 민   (맘 아프지만, 담담히 보며) 치료.. 해야겠네.
태 용   (왈칵, 엉엉 우는)
동 민   (맘 아픈)

그때, 수광, 들어오며,

수 광   형님, 게임하자? (하다, 태용을 보고, 이상한, 동민 보고, 눈짓으로 태용 가리
         키며) 왜? 여자 문제? 집안 문제? 돈 문제?
동 민   (수광 보고, 우는 태용에게) 오늘은 집에 가 자고, 낼 다시 보자. (수광에게)
         나가자. (하고, 나가는)
태 용   (울고)

씬 3. 동민의 병원 복도, 밤.

수 광   (창가로 우는 태용 보고, 동민에게) 왜, 그래요, 너무 우네?
동 민   (말없이 나가는)

씬 4. 윤철의 카페 안, 밤.

         윤철(손님들 서빙을 하고 있는), 해진(카운터에서, 누군가와 얘기하고 있는) 일
         하고 있는,
         해수, 재열(해진을 보는), 테이블에 앉아 기다리는,

그때, 윤철, 생맥주와 안주, 주스를 가져와 주는,

해 수 (맥주 마시고) 아우, 님 좋다, 진짜 좋다! 으.. 좋아.

윤 철 (웃고, 안주 주며) 서비스.

해 수 역시, 내 친구. 근데 (해진과 얘기하는 사람 보며) 누구?

윤 철 전에 요양원에서 만난 스키조 환자 가족인데, 환자가 재발했어. 의사가 약 중
       단하지 말랬는데, 굳이굳이 해서는... 낙심이 심해.

재 열 (해진과 얘기하는 사람을 보는)

해 수 (윤철에게, 진지하게) 해진 씨도 절대 방심하면, 안 된다? 평생 조심!

윤 철 (웃으며) 그럼. (재열에게) 사귄다면서요?

재 열 (편하게) 결혼하자고, 프로포즈 했어요.

윤 철 정말? (하고, 해수 보며)

해 수 (으스대듯) 내가 깠어.

윤 철 아주 복을 차라, 으이그.. (하고, 가서, 해진과 얘기하는)

재 열 (계산하는 해진 보며) 해진 씨, 일도 하네?

해 수 당연하지. 치료에 대단히 도움이 되지. 과로는 금물이지만.

재 열 애긴 건강해?

해 수 무척. 나중에 해진 씨 애기 내가 받기로 했다? 넘 기대돼.

재 열 (웃고, 주스 마시고, 가볍게) 결혼하자?

해 수 (어이없게 웃으며) 넌 무슨 결혼하잔 말을 그렇게 가볍게 해? 아님 말고 하는
       식으로?

재 열 (보며, 담백하게) 무겁게 해줘? 반지 사고, 무릎 꿇고, 진지하게,

해 수 (짜증) 그러기만 해, 아주.

재 열 (웃으며, 주스 마시고 가볍게) 결혼하자.

해 수 (웃고, 편안하게) 말이 되는 소릴 해. 우리 집안 빚은?

재 열 (편하게 보는) 내가,

해 수 (화나는) 갚아준다고 하기만 해봐?

재 열 (따뜻하게 보면)

해 수 난 대학원도 가야 하고, 내년엔 안식년 갖는다고, 말했지?

재 열 (편안하게, 주스 마시는)

해 수 사실 나는 널 만나는 것조차 원래 내 인생 스케줄에 없었어서, 솔직히 현재

도 대단히, 스케줄 문제가 혼란스러. 넌, 이미 돈도 많고 잘나가는 작가라, 안정적인 걸 꿈꾸겠지만, 난 이제 시작이야.

재 열   (귀엽고 편하게 보는)

해 수   따라서, 오늘 니가 한 말이, 난 결단코 진지한 말이 아니길 바래. (하고, 윙크하며, 맥줄 마시는, 웃으며) 캬..

재 열   (편안하게, 보며) 그래, 관두자. 결혼은. (하고, 윤철이 부르는 노랠 듣는)

해 수   (어이없는 웃음 짓고, 재열 보며) 갑자기 성질나네. 너무 쿨하게 나오시니까.

재 열   (웃는)

해 수   (재열 보며, 편하게) 근데, 우리가 언제까지 이렇게 좋을 수 있을까? 만약 우리가 헤어진다면 그 이유가 대체 뭘까? 집안의 반대? 막장 드라마처럼 니네 엄마가 내가 맘에 안 든다고 나보고, 막 돈을 주고 헤어지라 그러고,

재 열   (웃으며) 울 엄만 돈도 없지만, 만약 그럼.. 그 돈 갖고 나한테 와, 들고 튀자.

해 수   (웃고)

재 열   넌? 만약 엄마나 가족들이 반대하면?

해 수   일단 알았다, 그리고 뒤로 만나. 그러다 들키면 알았다 그리고, 또 뒤로 만나고. 설명, 설득 다 귀찮아.

재 열   (깔깔대고 웃고) 그럼 우리가 헤어질 이윤 단 하나네.

해 수   뭐?

재 열   니 성질 혹은 내 성질.

해 수   (맥주 마시다, 재열에게 뿜고, 깔깔대고 웃고)

재 열   (웃으며) 드러, 진짜. (하고, 제 옷으로 해수의 얼굴을 닦아주고)

해 수   (의심스런, 웃긴) 근데, 너 진짜 나랑 진지하게 결혼할 맘이 있어? 왜? 참, 너.. 다른 여자들하고도 그랬어?

재 열   (담백하게) 아니.

해 수   (의아한) 내가 첨이라고? 그럼 진지한 건가?

재 열   (시계 보며) 당연히, 진지지. 근데, 결혼할 생각 없음, 더는 묻지 마.

해 수   (웃으며, 편안하게) 궁금해, 말해봐? 왜 장재열은 지해수와 결혼을 하고 싶은가? 지해순, 애도 별로라 그러고, 살림도 못하고, 공부만 좋다고 하는데, 왜 장재열은 꼭 지해수와 결혼하려 하는가? 말해봐?

재 열   (아무렇지 않게) 가자. 나, 일해야 돼. (하고, 일어나려 하면)

해 수   (팔 잡으며) 말해봐.

재 열	피곤해, 너 집에 바래다주고 가면, 난 새벽,
해 수	(말꼬리 자르며) 따로 가, 너 피곤해 보여. 난 여기서 버스 탈 거야.
재 열	택시 타.
해 수	택시비 줘. (하고, 손 내밀면)
재 열	(해수에게 지갑(다른 것)을 주는)
해 수	뭐야?
재 열	니 건 내가 갖고, 새 거 샀어.
해 수	맘에 들어, 이 지갑. (하고, 받아서, 보면, 재열과 해수의 사진이 꽂힌, 보고, 웃고) 센스 있어. (하고, 지갑 속을 보면, 돈이 많은) 우와...... 돈이다!
재 열	(웃는) 지갑은 그냥 주면 안 된다며? 돈 준다고, 성질낼 줄 알았는데, 웬일이냐?
해 수	우리가 쫌 친해졌잖니.. 보약 사 먹어야지..
재 열	(웃고)
해 수	(5만 원을 꺼내 주는) 이거 갖고, 말해. 나랑 결혼해야 하는 이유.
재 열	(편안하게 보며) 안 듣는 게 좋을 건데... 부담스러울 거야. 들은 걸 후회하게 될 거고.
해 수	괜찮아, (하고, 귀를 손가락으로 가리키며) 이쪽 귀로 듣고, 이쪽 귀로 흘릴게.
재 열	(진지하고, 편하게 보면)
해 수	눈 감을게. (하고, 웃으며, 기대에 차 눈 감는) 넘 오글거리는 말은 하지 마.
재 열	(주스를 마시고, 몸을 앞으로 해, 해수를 진지하게 보고, 담담하게) 내가 침대 아닌 화장실에서 자고, 엄마가 1년 365일 겨울에도 문이 열린 찬 거실에서 자고,
해 수	(입가의 웃음이 점점 사라지는, 눈 감은 채 있는)
재 열	(맘 아프지만, 담담히) 형이 14년 감방에서 지낸 얘기, 너 말고 또다시 구구절 절 다른 여자한테 말할.. 자신이 없어.
해 수	(마음이 쿵 하는) ?!
재 열	(따뜻하고, 진지하게) 내 그런 얘길, 듣고 보고도, 싫어하거나 불쌍하게가 아니라, 지금 너처럼 담담하게 들을 여자가 정말 이 세상에 또 있을까? 나는 없다고 생각해. 부탁인데.. 해수야, 만약 그런 여자가 있음 제발 알려줘. 내가 너한테.. 많이.. 매달리지 않게.
해 수	(눈 뜨는, 재열의 맘을 알겠는, 그러나, 제 입장도 있는, 재열이 안됐고, 서운

하고, 감동적인, 눈가 붉은)

재 열　(해수 보며 따뜻하게 웃고, 윤철 보고, 손짓으로 간다고 인사하고, 다시 해수
　　　 보며) 그냥 농담으로 끝내고 싶었을 텐데, 안됐다. (해수의 머리를 흩뜨리며)
　　　 간다. (하고, 가며, 해진에게 눈인사하고 가는)

해 수　(맥주 마시려다, 놓고, 창가로 가는 재열을 보는, 머리 쓸어 올리며, 생각 많
　　　 은, 정말 진지해지는, 차 타고 가는 재열을 보는)

씬 5. 몽타주.

　　　 1, 달리는 재열의 차 안, 밤.
　　　 2, 버스정류장, 밤.
　　　 해수, 생각 많은,
　　　 3, 재열의 오피스텔 엘리베이터 전경, 밤.
　　　 핸드폰 벨소리가 나는,
　　　 4, 재열의 오피스텔 엘리베이터 안, 밤.
　　　 재열, 전화 받는,

해 수　(E, 담담히) 나.
재 열　(따뜻하게) 알아. (엘리베이터 문 열리면 나가는)

　　　 5, 동민의 집, 재열의 방 안, 밤.
　　　 해수, 외출복 차림으로 방에 들어와, 침대에 누워 전화하는,

해 수　장재열, 내가 너랑 결혼 안 하겠다면, 너 나 ..안 만나?

　　　 6, 재열의 오피스텔 안, 밤.
재 열　(따뜻하게 웃으며, 의자에 앉아) 아니.

　　　 ＊교차씬 ≫
해 수　(담담히, 차분히) 만나?

재 열   어.

해 수   다른 여자도 안 만나고?

재 열   다른 여잔 재미없어. 관심도 없고.

해 수   내가 니 말 안 들어줬다고, 짜증도 안 내고?

재 열   어.

해 수   왜?

재 열   사랑하니까.

해 수   날 왜 그렇게 사랑해?

재 열   몰라.

해 수   너, 부담스러.

재 열   미안해. 이제부턴 좀만 사랑할게. 안 부담스럽게.

해 수   (눈가 붉어져, 눈 감는, 눈물 흐르는) 보고.. 싶어... 안고 싶고..

재 열   (그리워지는, 따뜻하게) ...참어.

해 수   어. 일 좀만 하고 자. (하고, 전화 끊고, 침대에 누워, 웅크리는)

재 열   (일하는)

씬 6. 동민의 집 전경 + 이층 복도, 아침.

        동민, 초를 가는, 그때, 해수, 방에서 나오는, 졸린,

해 수   뭐해?

동 민   초가 다 탔드라고.... 일요일인데, 더 자지?

해 수   (벽에 기대, 담담히) 잠도 안 와.

동 민   (따뜻하게 웃으며) 별일일세, 잠꾸러기가..

해 수   (착잡한) 장재열이 나랑 진지하게 결혼하잔다?

동 민   (명한, 착잡한, 그 마음 감추고, 초를 마저 갈며) 그래서.. 넌 뭐라 그랬어?

해 수   말도 안 된다 그랬어. 출세해야 되잖아, 나.

동 민   (착잡한) 잘했네. (하고, 일층으로 가는)

해 수   무슨 말이 그래, 성의 없이?

동 민   (가며, 착잡한) 못했네, 그럼.

해 수   으이.. (하고, 가려는데)

그런 해수를 수광이 뒤에서 안는,

해 수   (놀라) 어머.
수 광   (담담하게) 간만에 안아본다?
해 수   (어이없이, 웃고) 좋니?
수 광   별로.
해 수   (때릴 듯) 콱! (하고, 내려가는)
수 광   (따라가며) 근데 누난 왜 결혼이 싫어?
해 수   (가며) 장재열한테 들어.
수 광   결혼이 싫음 동거해?

　　　 * 점프컷 ≫
동민, 주방에서 밥을 푸며, 얘기 듣는데, 맘이 불편한,

　　　 * 점프컷 ≫
해 수   (멈춰 서서, 보며) 나한텐 그게 그거야. 365일 한 남자와 한 집에서 각자의 사
　　　 생활 없이 모든 걸 공유하는 거, 생각만 해도 답답해. 일주일에 딱 한 번, 그
　　　 냥 옆방에 살았던 남자친구, 서초동에 떨어져 사는 남자친구, 만나는 게 딱
　　　 좋아.
수 광   (웃으며) 그건 그래. 동거든 결혼이든, 뭔가 지루해, 그지? 지금이 딱 좋지. 서
　　　 로 왔다 갔다, 밀당도 되고, 성적 긴장감 만빵 상태, 그지?
해 수   (어이없이 보며) 아침부터 성적인 얘기야, 이게.

씬 7. 주방, 아침.

수광, 동민, 해수, 밥을 먹고 있는,

수 광   (밥 먹으며, 밥풀 붙은) 나, 오늘 엄마 아빠 카페 오랬어, 소녀 보여줄라고? 어

떻게 생각해?

해 수   (수광 얼굴의 밥풀 떼서, 수광에게 먹여주고, 밥 먹으며) 혼자 만나, 그냥.

수 광   (먹으며) 울 엄마, 아빠가 세상에서 젤 걱정하는 게 뭔지 알아? 내가 여자 못
        만나고 총각귀신으로 늙어 죽는 거. 절대 그런 일은 없단 걸 오늘 알려줄 거
        야.

동 민   (재열 생각에 답답한, 맛없이 밥 먹으며) 그러지 마.

수 광   (버럭) 뭘 그러지 마! 설마, 형님도 소녀가 나 좋아하는 거, 순간이다, 뭐 그렇
        게 생각하는 거야? 형님은 형수님에 영진 누나까지 썸 타면서,

동 민   (밥 먹다, 수저 놓으며, 속상한) 밥이 뭐, 이따위야! 3년을 밥을 해도 (수광 보
        며) 자식이 어떻게 나아질 기미가 없어! 서걱서걱 이게 밥이냐, 모래냐?

해 수   (어이없어, 웃으며) 밥 서걱대는 게 그렇게 화가 나!

동 민   니가 내 나이 돼봐!

수 광   아, 그럼 형님이 하든가!

동 민   (버럭) 내가 저녁에 쌀에 물 뭐서, 불리라고 몇 번을 말해!

수광, 해수 (진심인 것 같아, 놀라는) ?!

동 민   내 말을 귀로 들어, 코로 들어!

해 수   (농담이 안 되겠다 싶은, 눈치 보며, 달래는) 선배, 그 말은 내가 들었고, 수광
        이한테 내가 못 전했어.. 근데, 왜 그래, 미국에서 뭐 안 좋은 연락 왔어?

동 민   (물 마시고, 나가며) 그런 거 없어.

수 광   갱년긴가? 남자도 갱년기 우울증 있다며?

해 수   (웃으며) 그럼 평생 갱년기게?

수 광   (낄낄대고 웃다, 멈추고) 아니다, 태용이 형 때문인가보다?

해 수   태용 씨가 왜?

수 광   어제 형님 병원에 갔드니, 글쎄 그 덩치가 무슨 일인지, 막 엉엉 울고 있더라고,

해 수   (걱정) 무슨 일이니...

씬 8. 달리는 태용의 차 안, 낮.

        동민, 조수석에 앉아 가고,
        태용, 운전해 가는,

동 민 (창가 보며, 생각 많은) 태용아.. 재열이가... 강우 얘길 언제부터 하디?

태 용 (골똘히 생각하며) 3년쯤 됐어요. (생각난 듯) 맞다. 재범이 형이 출소해서, 재
열이 어깨 포크로 찌른 날, 첨 봤댔어요.

동 민 (태용 보면)

＊점프컷, 회상, 1부 재범 사고 장면 ≫
재범, 재열 포크로 찌르던,

태 용 (E) 그날 팬들이 많아가지고.. 뭐, 난리도 아니었는데, 나중에 며칠 지나 자기
땜에 울던 학생이, 누구냐고, 나한테 물었었거든요.

＊점프컷, 현실 ≫

동 민 넌 못 봤는데?

태 용 당연히 못 봤죠. 근데, 뭐 정신이 없어서 못 봤나 했고, 그담에 한두 번인가
말하다가.. 최근 몇 달 새 자주, 얘길 하드라구요.

동 민 (진지하게, 심각하게) 최근 ...몇 달?

태 용 예, 최근 몇 달?

동 민 (생각하며) 아직, 멀었냐?

태 용 좀만 가면 됩니다.

동 민 (창가 보며, 생각 많은)

씬 9. 카페 야외(손님들 없는 한적한), 낮.

수광 부(정장, 회사원, 화난 듯, 굳은)와 수광 모(눈치 보는)가 앉아 있는, 수
광, 앉아 있는,

수 광 (기분 좋은, 수광 모에게) 엄마 아빠 몰라도 장재열이 젊은 애들한테 꽤 유명
해. 해수 누나가 완전 봉 잡은 거지. 크크크. 암튼 요즘 둘이 신나 죽어.

수광 모 (걱정) 너는 어떻게 지내?

수 광 나, 적금 곧 천만 원짜리 타. 그리고, 어쩌면, 나 매니저 될지도 몰라. 내가 장

	살 죽이게 하거든. (수광 부 보며) 아빠, 언제 상무 진급해?
수광 부	(속상해, 되려 화내는, 수광 보며) 상무가 뉘 집 개 이름이냐!
수 광	(서운한, 웃으며) 누가 개 이름이래요..
수광 부	(수광 모에게) 안 가냐?
수광 모	온 지 30분도 안 됐어, 좀 더 있다 가요.
수 광	(편하게) 그래, 내 여자친구도 곧 일하러 오는데, 보고.
수광 부	(속상해, 화내는) 니까짓 게 무슨 여자친구야.
수 광	(어이없어 고개 돌리는데)
소 녀	(테이블 닦다가, 수광과 눈 마주치는)
수광 모	여보...
수광 부	하라는 공부는 안 하고, 기껏 카페서 커피나 나르고,
수 광	(서운한, 그래도 웃으며) 아빠, 누구는 공부하고, 누구는 장사하고, 그러는 거지, 모두 아빠처럼 회사원이 되어야 하는 건 아니잖아?
수광 부	정신머리가 썩은 놈. 남들은 틱을 해도 서너 달, 1년이면 다 낫는데... 왜 여적까지.. 사내새끼가 발작이 날 거 같으면, 죽을 각오로 참아야지,
수 광	(서운해, 소리치는, 눈가 붉어, 말꼬리 자르며) 나도, 안 하고 싶어! 누군 하고 싶어 해! 아빠도 신경성 위염이잖아! 의사가 스트레스 받지 말래도 맘대로 안 되잖아! 그것도 정신과 치료받아야 돼, 알어?!
수광 부	뭐, 자식아!
수 광	내가 어려서 경련할 때, 아빠랑 애들이 싫어하지 않고, 아.. 쟤는 재채길 저렇게 하는구나, 기침을 저렇게 하는구나 하고, 대수롭지 않게 봐주기만 했어도.. 나 벌써 나았을걸!
수광 부	(속상해, 울 것 같은) 너, 그렇게 된 게 내 잘못이냐, 그럼! (울먹이며) 나쁜 새끼! (하고, 가는데 눈물이 나는, 눈가 닦고)
수광 모	(속상한, 수광을 안고) 수광아, 아빠, 너 그런 게 아빠 잘못만 같아서.. 속상해서, 그래.
수 광	(가는 아빠에게, 달려가다, 소녀와 부딪치지만, 아랑곳 않고, 아빠 잡으며, 속상하지만, 달래듯) 아빠, 잘못이 아니라고요! 나는 행복하니까, 아빠도 행복하라고요!
수광 부	(속상해, 밀치고, 가는)
수광 모	(수광 부, 따라가며) 여보, 여보.. (하고, 가는)

소　녀　(담담히 수광 보다, 일만 하는)

수　광　(뒤돌아, 속상해 가는)

씬 10. 재열 모의 집 안, 낮.

　　　재열 모, 마당에서 전화하고 있는,

재열 모　(반갑고, 고마운) 됐어, 너 괜찮음.. 근데, 조 박사님이 같이 있다고? 그럼 전
　　　화 좀 바꿔줘, 재범이 일 인사 좀 하게... 그래. (사이) 안녕하세요, 조 박사님.

씬 11. 재열의 옛집 근처 + 길가, 낮.

　　　태용의 차 세워지는,
　　　동민, 내리는, 맘 불편해도, 애써 밝게,

동　민　아이고, 고맙긴요... 제 할 일을 했을 뿐인데, 근데 정말 다행이네요. 재범이가
　　　그렇게 편해져서... (하고, 태용을 따라 걸어가는)

씬 12. 재열 모의 집 안, 낮.

재열 모　다, 조 박사님 덕분이죠, 뭐.. 언제 한번 정식으로 인사드릴게요. 너무 감사합
　　　니다. (사이) 네네.. 끊을게요. 박사님. (하고, 전화 끊는데, 고마운, 비질하는)

씬 13. 재열의 옛집 앞 + 집 안 + 방 안, 낮.

　　　동민, 불탄 집을 보고, 담담하면서도, 진지한, 태용, 기운 없이 조금 멀리 떨어
　　　져, 한쪽에 앉아 있는,

＊ 플래시백 ≫
CCTV 영상에서 혼자 싸우던 재열,

＊ 점프컷 ≫
동민, 생각하며, 집 안으로 들어가, 방으로 가는,
그 그림 위로, 재범이 말했던, 상황이 겹쳐지는, 실사와 회상이 공존하는,

＊ 점프컷, 회상(새로운 장면도 있음), 축약 ≫
어린 재열, 의부에게 맞고, 이내 어린 재범이 들어와 다투는 상황이 보이는,
동민, 그 장면을 진지하게 보는,
어린 재열이 칼을 집는 상황, 의부가 칼에 찔리는 상황, 그때, 재열 모, 들어오
고, 동민, 재열 모를 보는, 어린 재범이 어린 재열을 업고 나가고, 재열 모, 들
어와 허둥대며, 비닐봉지의 칼을 잡고, 나가려는데, 의부, 재열 모의 발목을 잡
는, 재열 모, 두렵고, 당황하는,

강　변　(E) 당시, 취조 시, 장재범 모친이 기억하는 상황은 거기까지였어요. 정신과 감
　　　　정의가 그랬죠. 해리(Dissociation; 정신과 행동의 일부를 정신 상태의 나머지
　　　　와 분리시키는 무의식적인 방어기제. 해리장애, 전환장애에서 나타남)가 왔을
　　　　가능성이 크다고.

＊ 점프컷 ≫
회상의 그림이 멈춰진, 동민, 답답한, 한숨 쉬고, 나가려다, 이상해, 창문을 보
면, 멀리 반사경이 보이는, 순간, 뭔가, 가슴이 쿵 하는,

＊ 점프컷, 창밖, 동민의 추론 ≫
어린 재범, 어린 재열을 업고 구시렁대며 가는 '정신 차려, 새끼야, 정신 차려'
하며 뛰어가는,
어린 재범의 등 뒤에 업힌 어린 재열, 그 소리에 정신이 희미하게 드는,

＊ 점프컷, 방 안 ≫
창 앞의 동민, 방 안을 보면,

재열 모, 발목이 잡힌,
재열 모, 놀라, 발을 차고, 악 소리도 못 지르고, 넘어지는데,
의부, 엎어진 채, 재열 모를 향해 다가가는, 재열 모, 두려워하며, 주변을 둘러
보다, 어린 재범이 켜던 라이터를 발견하고, 일어나, 라이터의 불을 켜고, 종일
들어, 붙이려 하며 겁주는, '나한테 오지 마, 불낼 거야' 하는, 의부, 그래도 재
열 모에게 가고, 재열 모 놀라, 의부를 밀치고, 종이에 불을 붙여 던지는,
동민, 반사경을 보면,

* 점프컷, 집 밖 》
어린 재열, 어린 재범의 등 뒤에서 반사경으로 재열 모가 불을 붙인 종일 던지
는 걸 보는, 반사경에 재열 모와 어린 재범 등 뒤의 어린 재열의 얼굴이 겹치
는,

* 점프컷 》
동민, 어린 재열이 불내는 재열 모를 봤구나를 알아채는, 맘 아픈,
시선 돌려, 방을 보면,

* 점프컷, 방 안 》
의부, 넘어진 채, 몸에 불이 붙는(창가에선 안 보이는), 재열 모, 겁에 질려, 정
신없이, 검은 봉지를 들고, 허둥지둥 나가는,
동민, 따라 나가는,

* 점프컷, 방 밖 》
재열 모, 맨발로 검은 봉질 들고 나오는데, 그때, 쾅 소리와 함께 집에 불이 활
활 나는,
재열 모, 쾅 소리에 정신을 잃고, 바닥에 쓰러지는,
동민, 그 모습을 보고, 멀리 어린 재범과 어린 재열을 보는,

* 점프컷 》
어린 재범, 쾅 소리 나자 집을 보는, (재열 모는 다른 각도에서 쓰러져 어린 재
범 눈엔 안 보이는),

어린 재열, 어린 재범 등 뒤에서 눈을 뜬 채 멍하니, 눈물을 흘리는,

강 변   (E) 추측이지만, 동생 장재열은 모친이 범인인 걸, 알고 있었을 겁니다. 그래서, 첨엔 묵비권을 행사하다, 내가 사인이 자상이 아니라, 화재로 인한, 질식사라고 하자, 법정에서, 엄마 대신 형을 범인으로 지목한 거죠. 안타깝게도.

       *점프컷 》
       어린 재범, 아무것도 모르고, 어린 재열을 업고 달리는,

       *점프컷 》
       동민, 그런 어린 재열을 맘 아프게 보는데 눈가가 붉은, 막막한,

영 진   (E) 16살 애가 스스로 치유? 절대, 그럴 순 없을걸, 경험상. 반드시 ..지금은 아니더라도, 어느 순간 장애가 발현될 거야. 숨겨둔 마음의 상천, 언제든 반드시 사람을 병들게 하지. 그래서 무서운 거고.
동 민   (맘 아픈, 태용 쪽으로 가는)

씬 14. 태용의 차 앞, 낮.

       동민, 차에 타고, 태용, 차에 타면,

태 용   근데 집엔 왜...?
동 민   나, 재열이 좀 만나야겠다, 나 서초동 데려다주고, 넌 들어가.
태 용   (걱정, 속상한) 어머니한테랑, 해수 씬,
동 민   (생각 많은) 말해야지. (하다, 전화 오면 받는) 어, 최호야.

씬 15. 방송국 안, 낮.

최 호   (담담한, 진지한) 오늘 장재범 사건, 방송 불가라고, 통보했어요.

동　민　(E) 잘했다, 고맙고.

최　호　장재열한테 언제 내가 술 한잔 산다고 해주세요.

동　민　(E) 그래.

최　호　(전화 끊고, 한쪽의 민영에게) 민영아, 우리 맥주 한잔하자. 나와. (하고, 나가는)

민　영　(좋아서, 따라 나가며) 야, 이제 내가 눈에 들어오는 거냐? 질기다, 진짜?

씬 16. 해수 모의 가게 근처, 낮.

　　　　해수, 걸어가며, 전화 받는,

해　수　울 엄마한테 전화로 무슨 얘길 했는데?

씬 17. 거리, 낮.

재　열　너한테 프로포즈 한 거 말씀드렸어.

씬 18. 해수 모의 가게 앞, 낮.

해　수　(멈춰 서며, 어이없는) 뭐? 그 얘기 어제 다 끝난 거 아니었어?

　　　　＊교차씬 》
　　　　재열, 걸어가며 편하게 전화하는, 수염이 난(이때부터, 수염이 까칠한 상태로 계속)

재　열　어제는 끝났고, 오늘 다시 시작하는 거지.

해　수　아주 뭐 하나에 꽂힘 끝장을 봐야 직성이 풀리지, 진짜, 지 멋대로야!

재　열　(모르겠다는 듯) 내가 그래?

해 수   몰라 물어?!

재 열   (웃는, 편한) 당장 말고, 1년 후에 해. 니 안식년 끝내고, 돌아와서, 바로.

해 수   그럼 그때 가서 얘기하면 되겠네,

재 열   (말꼬리 자르며) 너랑 난, 계획적이고, 목적의식이 분명한 사람들이야. 그러니까, 지금부터 니 인생의 계획표에 나를 넣어.

해 수   야, 넌,

재 열   난 이미 내 인생 계획표에 널 넣었어. 내 멋대로 살다가, 니 멋대로에 맞추는 중이라고,

해 수   난 지금이 딱 좋아.

재 열   지금이 딱 좋은 이윤?

해 수   난 긴장감 없는 관계가 싫어. 결혼을 전제로 하면, 니 거다, 내 거다, 맘 놓고, 대놓고, 지루해질 게 뻔한데,

재 열   (멈춰 서며) 절대, 그럴 리 없어.

해 수   (걸어가며) 없긴 뭐가 없어.

재 열   (진지한, 담백한) 니 말대로 난 이별에 길들여졌고, 그래서 널 배신할 수도 있으니까.

해 수   (멈춰 서며) ?!

재 열   너 역시, 내가 싫어지면 우리가 한 모든 약속을 뒤로하고, 날 배신하고 떠날걸. 그게 당연하고.

해 수   (진지하게 화난) 그럼 우린 배신자 모임이네.

재 열   맞아, 그래서, 우린 결혼해도, 서로한테 배신당하지 않고, 버려지지 않으려면, 지금보다 훨씬 더 서로에게 집중하고, 배려하고, 사랑하고, 노력해야 될 거야. 어때, 지루할 틈이 없겠지? (하고, 전화 끊고, 가는, 재열 화면 사라지는)

해 수   (전화기에 대고) 야야야, 내 출세는 어쩌고, 장재열... (어이없어, 전화 끊고, 가며, 구시렁) 하는 짓마다, 도발적이야, 정신없게. (하다, 해수 모 보고, 멈추는)

　* 점프컷 ≫
　해수 모, 김 사장과 통화하는 듯, 심각하게 '예, 예' 하며 길가 한쪽 편에서 쪼그려 앉아, 전화를 받고 있는, 그때, 윤수, 나오며, 해수 보고,

윤 수   왔니? (하고, 고개 돌리다, 해수 모 보는, 아차 싶은)

해 수 모   (윤수 소리에 해수 보고, 아무렇지 않게) 그래요, 김 사장님, 잘 가요. 네네,
           몸조심하시고... (하고, 전화 끊고) 엄마, 집에서 좀 쉬었다 나올게. (하고, 가
           는)
해 수   (해수 모를 보는데)
윤 수   (해수에게, 담담히) 김 사장님 부인이 폐암 말기래.
해 수   ?
윤 수   (아무렇지 않은 듯) 사업 다 접고, 두 분이 산에 들어가신대. 작별 전화야.
해 수   (답답한, 창가의 해수 부에게로 가서, 이마에 입 맞추듯, 유리에 입 맞추는,
           안쓰레 보고, 웃는)
윤 수   엄마한테 암말 말어. 엄마 도망가면, 난 아버지 모시게 될까봐. 넌 아저씨 없
           었음 의대 못 갈까봐. 우리 둘 다 이기적으로 눈감은 일이잖아.
해 수   (입을 유리창에서 떼고, 윤수 보며, 화나고, 서운한) 언니만 엄마 이해하니?
           나도 엄마 딸이야! (하고, 가는)
윤 수   (짠한, 기특한) 엄마랑 저녁 먹고 놀다 가.
해 수   (가며) 내가 알아, 해.
윤 수   (기특해서, 웃고, 가게로 들어가는)

씬 19. 술집 안, 낮.

           재열, 술집으로 들어와, 동민을 찾는,
           동민, 웃으며, 밝게,

동 민   재열아, 여기!
재 열   (웃으며, 앉으며) 웬 낮술?
동 민   얼굴이 그게 뭐야?
재 열   수염 때문에요. 깎을 시간이 없어서.
동 민   (걱정스런, 술을 마시다) 줄까?
재 열   먹고 싶지만, 글 써야 돼요. (시계 보고) 내가 형님한테 줄 수 있는 시간은 한
           시간.
동 민   지랄하네, 새끼. 오늘 니 스케줄은 다 내 거야. 내 귀연 동생 지해수도 가져가

고, 기껏 하루 니 스케줄도 못 줘! 얌통머리 없는 놈의 새끼. 마셔. (하고, 술을 주는)

재 열 (술잔을 보며, 입맛 다시고, 주저하다) ...에라, 모르겠다. (하고, 마시는)

동 민 (재열의 볼을 톡톡 치며) 에고, 내 새끼. 크크크... 너 조심해라, 이런 식으로 나한테 물들어서, 계획적이고 획일적으로 살다, 흥청망청 사는 인간들 무지 많다.

재 열 왜 그러고 살아요?

동 민 (술을 마시며) 정신건강을 위해서지. 아주 가끔은 팽팽한 정신줄을 탁 놓고, 헤벌레... 그게 진짜, 정신건강에 무지 좋거든. (술을 마시고, 재열에게 잔 주는)

재 열 (술잔 보며) 몸 버리는 느낌이다. (하고, 마시는)

동 민 (깔깔대고 웃는)

씬 20. 해수 모의 안방, 낮.

해수 모, 가만 누워 벽을 보고, 해수, 그 옆에 누워, 천장 보며, 과자를 먹고 있는,

해 수 (과잘 오드득거리며, 먹는)

해수 모 (생각 많은, 벽 보며) 나가, 먹어. 시끄럽게 사람 귀에다 대고 과잘 오득거려, 왜..

해 수 (과자 소리 내고 먹으며, 아무렇지 않게) 옷 사러 가자. 간만에 외식도 하고, 일어나.

해수 모 옷은 뜬금없이 왜 사.

해 수 돈 줄까?

해수 모 (보며) 왜 그래?

해 수 엄마 기분 풀어줄라고? 안 좋아 보여서?

해수 모 (의아한, 아무렇지 않게) 웬일이니, 니가?

해 수 별일이지, 내가?

해수 모 아, 싫어. 니 돈 받고, 줬다고 생색내는 꼴 보기 싫어.

해　수　(어이없단 듯, 웃으며) 생색 좀 내면 어때? 그게 돈 주는 맛이지.

해수 모　(보며, 담담히) 재열이가 결혼하자면 해.

해　수　나 결혼시킬 돈은 있어?

해수 모　너 돈 잘 벌잖어!

해　수　내년에 여행 가서 다 쓸 거야.

해수 모　(일어나 앉으며) 지랄, 쌩쇼를 하네, 기집애, 아주!

해　수　(일어나, 웃으며) 일어났으니까, 옷 사러 가자. (하고, 과자를 해수 모의 입에 넣어주고)

해수 모　(과자를 먹으며, 담담히) 니 아버지 저러고 있는 것도 다른 사람은 흉보라면 흉봐. 그런 거 괜찮다 그러기 쉽지 않어. 재열이가 하자 그럼 해.

해　수　별소릴 다 해. 아빠 아픈 거 뭐라 그러는 양아친 내가 초장부터 안 만나. 뭐 울 아빨 지가 돌봐, 엄마가 돌보는데.

해수 모　(괜히, 발가락을 만지며, 덤덤히) 김 사장 아저씨, 시골 갔어. 부인이 아퍼서. 이제 우리 연락 안 해. 알고 있으라고.

해　수　(아무렇지 않은 듯) 언젠 뭐 둘이 자주 연락했어.. 어쩌다 안부만 주고받은 거 아냐?

해수 모　(맘 짠한, 담담히, 보면)

해　수　왜.. 할 말 있어?

해수 모　(말하려다 말고) 없어, 그래 나가보자. (하고, 일어나, 옷장 열며) 대체 짠순이 딸내미가 뭘 대단한 걸 사줄지. 윤수도 부를까?

해　수　싫어, 오늘 엄만 내 거야. (하고, 나가는)

해수 모　(좋은, 작게 웃고, 옷을 고르는)

씬 21. 술집 안, 낮.

동민, 재열, 술에 취한, 깔깔대고 웃는,

재　열　(웃으며) 정말?

동　민　(깔깔대고 웃다가, 순간 멈추고, 편하게) 아우, 나 그때 안 놀란 척해도 진짜 놀랐네, 놀랐어. 다른 건 몰라도 성도착증 환잔 병원에 지 발로 절대로 안 오거든.

재 열   (안 믿기는, 웃으며) 그 말 지금 뻥이죠?

동 민   얘가 얘가 얘가... 의사가 뻥치니! 정말이라니까, 베이지색 바바릴 입고 진지한 얼굴로 와선, 사실 전 무슨무슨 고등학교에서 20년간 활동하고 있는 유명한 바바리맨입니다, 그러드라고.

재 열   근데, 왜 왔대요?

동 민   사연인즉, 어느 날 학교 앞에서 (일어나 바바리를 입은 듯 시늉하며) 딱 벌렸는데... (앉으며, 진지하게) 딸애 친구가 지나가다 보고.. 어머머머, 아저씨, 아저씨! 그러드래.

재 열   (웃다, 진지해지는) 아..

동 민   (자리에 앉으며) 다행인 거지. 딸애가 안 본 게.

재 열   (술 마시고) 그래서 고쳤어요?

동 민   내가 누구냐? 행동치료와 약물치료로, 3년 만에 게임 오버.

재 열   (궁금한) 어떤, 행동치료?

동 민   (진지하게, 손가락을 꼽으며) 일 단계, 집 안에 있는 모든 바바리를 없애라.

재 열   (술 마시다, 작게 뿜고 웃는)

동 민   이 단계, 집 안에 있는 쉽게 바질 내릴 수 있는 모든 고무줄 추리닝을 없애라. 모든 아랫도린 쪼그만 단추가 열댓 개 있는 걸로 바꿔라. (일어나, 제 바지의 단추 여는 시늉하며) 못 열게, 절대 쉽게 못 열게, 이게 키포인트지. 성적 흥분이 확 오를 때, 바질 확 내리고 싶은데, 단추가 안 열려, 하나 열면, 단추가 또 있고, 또 열면, 다음 단추가 또 있어, 그렇게 막 1분이 가고 2분이 가.. 그러다보면, 풀이 죽는 거지, 그게! 풀죽고 풀죽고를 반복하면, 뇌가 인지하지. 아, 담엔 풀죽을 때까지 기다려야지, 바지 안 내리고, 하고! (하고, 웃는)

재 열   (정신없이, 웃는) 아, 너무 웃겨, 아..

둘이 깔깔대고 웃는,
동민, 재열을 보며, 웃으며, 안쓰런,
재열, 모르고 웃는,

*점프컷, 시간 경과 》
동민(조금 취한), 재열(조금 많이 취한), 술 취한, 진지하고 편하게 얘기하는,

동 민   난 정말 아버지 말이 이해가 안 가드라고, 우리 공장에서 일하는 직원, 노조원과 그의 아들들이 왜 개만도 못한가. 나는 왜 그들과 놀면, 개만도 못하게되는가?

재 열   (술 취해 따뜻하게 보는)

동 민   그래서, 어느 한 날 공장에 가서 24시간 일하는 노동자들을 지켜봤지, 아버지 말대로 그들이 개만도 못한가.. 근데, 감동이드라고. 우린, 우리 아버진 그들 땜에 먹고살드라고. 근데, 그때부터 아버지가 미워 미치겠드라고. 그래서, 몰래, 외과 말고, 정신꽐 갔지. 안 미치고 싶어서.

재 열   (따뜻하게 보며, 조금 취한) 엄마가, 전화했어요, 형이 출소하면 집에 들르겠다고 말했다면서, 좋아해요. 고마워, 형님.

동 민   (술 마시고, 보며, 담담히) 참 강우는.. 병원 갔니?

재 열   ?

동 민   전에 아프댔잖아, 손이 떨리고, 기침한댔나?

재 열   괜찮다 그랬대요.

동 민   (관찰하듯 보며, 편안하게) 걔랑은 어떻게 친해진 거니?

재 열   (조금 취한, 작게 서글프게 웃고) 글? 우리한테 글은 전부라서? 아님, 맞고 살아서? 잘 모르겠어요.

동 민   (담담히, 그러다 관찰하며) 걜 언제부터 자주 만났니?

재 열   어... (생각하는) 예전엔 가끔씩 놈이 왔는데.. (아무렇지 않게) 지해술 만나고 부쩍 자주 오드라구요.

동 민   (걱정스레 보고, 고갤 끄덕이는, 편하게) 넌 원래 성격이 그렇게 밝았니?

재 열   (씁쓸하게 웃으며, 취한) 아, 그런 얘기하기 싫은데..

동 민   해봐, 임마. 오늘 나도 너한테 하기 싫은 얘기 다 했잖아.

재 열   (쓸쓸히, 웃으며) 아뇨, 어려선 완전 겁 많은.. 순둥이. 의부 사건, 나고 나서, 일부러 밝게밝게 긍정적으로 살자, 불쌍한 엄말 위해서, 약해지면 안 된다. 매일 거울 보고, 웃기지도 않는데, 웃는 연습하고, 농담하는 연습하고, 싸우는 거 연습하고, 마초 흉내 내고.

동 민   (맘 짠해 보는)

재 열   사막의 낙타.. 알아요?

동 민   알아. 트라우마에 얽매어, 평생 묶여 사는. 아침이 돼서, 주인이 끈을 풀어도, 끈이 묶여 있던 밤을 기억해서, 떠나지 못하는.

재 열 (눈가 붉어, 웃으며) 전, 그런 낙타가 되기 싫었거든요. 태양이 뜨면 뜬 줄 알
아야지.. 그래서 마인드 컨트롤을 하죠. 내 과거는 지나갔다! 없다! 난 자유
다, 강하다! 무지 강하다! 어둠을 몰아내는, 태양처럼, 환하고 밝게!

동 민 (맘 아프게, 재열 보는)

*플래시백 ≫
재열 방의 사막 그림의 태양, 노란색의 물건들이 컷컷 지나가는,

*점프컷 ≫
재 열 모든 어둠을 삼키는 빛처럼, 진짜, 진짜, 밝고, 강하게!

동 민 누구보다? 니 형보다?

재 열 (눈가 붉어, 애써 웃으며) 형은 ..약하죠.. 나한테도 당할 만큼.

동 민 (보는, 안쓰런)

재 열 보상이 필요해, 형은..

동 민 (뭔가 느낌이 오는, 짐짓 담담히) 보상했잖아, 태용이가 그러든데, 니 재산 거
의 줬다며?

재 열 (술 마시고, 취한, 애써 호기롭게) 맞아, 보상했지! 충분히! (순간, 맘 아픈) 근
데.. 그걸로 진짜 보상이.. 되나?

동 민 (보는)

재 열 아... 나, 술 취했다. 절대 취하게는 안 먹는데.. (머리가 아픈, 그때, 전화 오
는, 받으며) 뭐야..

동 민 (벨소리 못 들은) 왜?

재 열 (전화 받은 채) 강우예요.

동 민 (재열 손에 든 핸드폰을 보면, 불이 꺼진, 담담히 보는)

재 열 (술 취해, 힘들게 일어나, 밖으로 나가며) 말해, 임마.

씬 22. 양수리 도로, 낮.

강우, 자전거를 잡고 서서, 지나가는 차 보며,

강 우 (애써 밝게, 눈가 붉어) 작가님, 오늘 공모 발표 났는데.. 저 공모 떨어졌어요. 하지만, 괜찮아요, 뭐, 내년에 또 있으니까. 근데.. 작가님이 나한테 실망했을까봐, 걱정돼요.

씬 23. 술집 밖, 낮.

재열, 서서 말하는,

재 열 (답답한, 안된) 세상 사람 다 너한테 실망해도, 난 너한테 절대 실망 안 해... 나한테.. 올래?

씬 24. 양수리 도로, 낮.

강 우 (애써, 웃으며) 아뇨.. 엄마 보러 가야 돼요. 엄마 월급날이라.. 같이 밥 먹을 거예요. 끊어요. (하고, 자전거를 타고 가는데, 슬픈)

뒤에서 빵 하는 경적소리 나고, 강우, 돌아보는,

씬 25. 동민의 집 안 + 집 앞, 밤.

해수, 이층에서 내려오며,

해 수 미쳤나, 이 인간들이.. (하고, 대문을 나가, 계단을 내려가 보면)

계단에 재열(술에 많이 취한)과 동민이 앉아 있는,

동 민 (해수 보며) 아, 이 새끼 진짜 고집스럽네. 너한테 술 취한 모습 쪽팔린다고 보이기 싫어, 여기 있겠단다, 이게.

해 수   (재열 보고, 어이없는, 쪼그려 앉아, 보며) 고개 들어, 나 봐봐.

재 열   (술 취해, 눈이 풀린, 해수 보고, 수줍게 웃으면)

해 수   (어이없어 웃는) 아우, 눈도 못 맞추네. 미친다.

동 민   수광이 데려와. 얘 다리 풀려 걸음도 못 걸어.

해 수   수광이, 우울해.

재 열   왜?

해 수   소녀 보는 데서, 아빠랑 싸웠대, (눈을 찡긋하는)

동 민   에우.. 진짜..!

해 수   (재열에게) 혼자, 일어날 수 있지?

재 열   (일어나는)

동 민   어어어, (하고 잡으면)

해 수   내가 해, 내 애인이야. (하고, 재열의 손을 어깨에 올리게 하고) 천천히 걸어.

재 열   (해수의 이마에 입을 맞추는)

해 수   (재열의 턱 내려, 입술에 짧게 키스하고, 웃는)

동 민   (둘을 보는데, 맘 아픈, 애써 밝게) ..드럽게 쪽쪽대네.. 진짜.. 입술 닳어, 애지
         간히 해! (하고, 앞서, 가는데, 안쓰럽고, 맘 짠한)

해 수   (아랑곳없이) 한 발 떼고,

재 열   (발을 떼는) 한 발 떼고..

해 수   아우, 잘해, 우리 애인 아우 잘해요, 술을 드럽게 처먹고도 걸음도 잘 걷고..

재 열   (웃는)

씬 26. 수광의 방 앞, 밤.

해수, 재열 어깨동무한 채, 계단 올라와,

해 수   그냥 방에서 자지, 많이 취했는데?

재 열   수광이 보고 싶어.

해 수   오늘 밤은 나만 보면 안 될까?

그때, 수광, 방에서 나와, 벽에 기대서 재열에게,

수 광   소녀가 보재. 봐, 말어?
재 열   (조금 취한) 봐야지.
수 광   (전화하는)

씬 27. 동민의 집 앞, 밤.

소 녀   (전화 받으며, 편하게) 전화는 왜, 문 열지?
수 광   (E) 들어와. 마당에서 봐.

         문 열리고, 소녀, 들어가는,

씬 28. 이층, 밤.

수 광   저 싸가지가 울 아빠랑 나 싸우는 거 봤다고, 무시하러 왔으면 어떡하지?
재 열   사람 무시하는 여자앤 만나지 말어. 쪽팔리게 매달리지 말고. 너한테 안 어울려.
수 광   (어이없단 듯 웃으며) 이제 날 좀 아네.

         * 점프컷 ≫
동 민   (주방에서 물 마시고, 나오다, 마당 보며) 쟤 뭐니? 소녀가 왜 마당서 귀신처럼 어른대니?

         * 점프컷 ≫
해 수   내려가봐, 헤어질 땐 헤어지더라도 매넌 지켜야지.

         수광, 진지하게, 두 손바닥을 내밀면,
         해수, 재열 한 손씩 손바닥을 쳐주는,
         수광, 붙어보자 작심하고, 진지하게 빠르게 뛰어 내려가는,

해수, 재열 (보고) 홧팅, 박수광!

동　민　(가는 수광 보며) 이 앙다물지 마라, 이빨 다쳐! 편하게 만나, 편하게! (하고, 해수와 재열에게) 조용히 자라, 나 늙어갖고 귀만 밝다! (하고, 물 마시며, 방으로 가는)

해　수　어으, 왜 저래. (하고, 재열에게) 니 방 갈래?

재　열　(해수 보고, 웃으며 가며) 어.

해　수　결혼 얘기하지 마, 지금 딱 좋아.

재　열　알았어. (해수의 목을 안고, 따뜻하게 방으로 가는)

씬 29. 마당, 밤.

수광, 서 있는, 소녀, 헤드폰으로 노랠 들으며, 몸을 까딱대고 웃으며 서 있는, 수광, 잠시 생각하다, 소녀의 헤드폰을 빼는,

소　녀　?

수　광　왜?

소　녀　(수광 이쁘게 보며, 작게 웃으며) 그냥.. 보러.

수　광　봤으면 가.

소　녀　전번 날 클럽에서 니 춤 진짜 재밌드라?

수　광　그래서?

소　녀　그랬다고. 참 그리고 울 아빠가 쓰레기 집에 안 두고 판다?

수　광　(진지하게 보며) 울 아빠는, 내가 싫고, 부끄러운 게 아니라, 그냥 속상한 거야.

소　녀　(설레게 보는)

수　광　우리 집안 욕할 거면 꺼져. 돈 필요하면, 딴 데 가서, 알아보고, (하고, 돌아서는데)

소　녀　(잡아서, 수광에게 뽀뽀를 하는)

수　광　(놀란, 버버대는) 나는... 여, 여자가 먼저.. 키스하는 거 정말 싫.. 765, (애써, 죽어라 소녀를 보며, 참는) 음.. 큭.... 흠..

소　녀　(가만 담담히 수광을 보며, 담담히, 헤드폰을 수광 귀에 씌워주고, 기다리는)

수　광　싸.. 오.... 흠.... (하고, 숨을 후후 쉬며, 음악 들으며, 경련이 진정되는, 소녀를

보고, 진지하게 보고, 소녀의 입에 입술을 대는)

조심스레, 둘이 키스를 하는,

*점프컷 》
동민, 창가에서 보며, 따뜻하게 웃는, '아이고.. 드디어.. 오래된 감기가 지나가
네.... 욕이 많이 줄었네.. 기특한 놈', 커튼을 치는,

*점프컷 》
해수, 재열, 창가에서, 어깨동무하고 수광과 소녀 보며, 따뜻한 웃음을 짓고,
재열, 해수 머리에 입을 맞추며, 커튼을 치는,

씬 30. 동민의 방 안, 밤.

동민, 액자의 아내 사진에 입을 맞추고, 전화를 하는,

동 민   (담담한) 어, 영진아, 밤에 미안하다, 나 중요한 컨설트가 있는데, 낼 시간 되
니?

씬 31. 이층 복도, 새벽.

재열, 초를 갈고, 수광의 방 앞에 메모를 붙여주는,

*인서트, 메모 》
넌 내가 아는 남자 중에 남자다. 박수광.

그때, 해수, 목소리 들리는,

해 수   왜 나한텐 메모 안 해주고, 수광이한테만 해줘?

재 열　(보면) 그냥.

해 수　(벽에 기대, 재열을 보며) 그냥은... 괜히 애타게 할라고 그러지.

재 열　(웃으며, 계단 내려가며) 어.

해 수　왜, 어제, 오늘은 결혼하자고 안 보채?

재 열　지루하잖아, 계속 그럼.

해 수　(어이없이 웃으며) 금요일에 봐. 수염 깎고.

재 열　어. (하고, 가는)

해 수　(가는 재열을 그립게 보다, 돌아서는)

씬 32. 달리는 택시 안, 아침.

　　　재열, 전화 받고 있는,

재 범　(E) 놀랐지, 내가 넘 빨리 나가서. 크크크..

재 열　(담담한) ...

씬 33. 교도소 전화하는 곳, 아침.

재 범　엄마, 조 박사도 모르게, 너랑 나랑 단둘이만 보자. 둘이 옛 사건을 떠올려보
　　　는 거지. 진짜, 칼을 누가 찔렀나?

씬 34. 달리는 택시 안, 아침.

재 열　(눈가 붉은, 애써 밝게) 그래봤자야. 그 인간은 형이 죽었어. 알면서 그래.

　　　*플래시백 ≫
　　　반사경에 비친, 재열 모 불 지르던,

*점프컷 ≫
재열, 맘 아픈,

씬 35. 교도소 전화하는 곳, 아침.

재 범   엄마가 많이 슬플 거야, 니가 한 줄 알면, 그지? 하지만, 알아야지, 진실은.
        (하고, 전화 끊고, 가며, 춤을 추는)

씬 36. 달리는 택시 안, 아침.

재열, 전화 끊고, 강우에게 전화하는, 안 받는, 걱정되는,

씬 37. 다인실 병동 안, 낮.

해수, 여 환자(자는)를 답답하게 보며 관찰하며 서 있고, 레지1, 2, 인턴 서 있
는,

레지2   나타샤 예라스키, 26세, 국제결혼한 러시아인. 수도우시어시스(Pseudocyesis;
        상상임신)예요. 이틀 전 산부인과에서 초음파 검사로 임신이 아닌 걸 알고, 손
        목 자해해, 들어왔습니다.
레지1   자연유산 경험이 두 번이나 있어, 임신에 대한 집착이 심합니다. 배가 어제보
        다 오늘은 많이 꺼진 게, 병증을 인정하는 거 같고, 디프레션(Depression; 우
        울장애)이 심각합니다.
인 턴   (레지2에게) 상상인데, 어떻게 호르몬 변화도 있고, 젖도 나오고, 배까지 부르
        죠?
레지2   (팔꿈치로 치며) 정신이 몸을 지배한다고 했지.
레지1   애가 없으면 이혼당하고 러시아로 돌아가게 될까봐, 두려운 거 같아요. 근데,
        남편은 진짜 아낼 사랑해요.

해 수   (담담하게) 말이 안 통해, 오해가 있나보네. 다문화지원센터에 연락해서 도움
        청해. (가는)

씬 38. 병동 거실 안, 낮.

해수, 레지들과 나오는,
환자들, 누구는 인터넷을 하고, TV를 보는, 보호사가 있는,

해 수   (인터넷 하는 환자에게 웃으며) 재밌어요?
환 자   (밝게, 건강하게) 네. (하며, 인터넷만 하는)
해 수   (웃고, 가고)
인 턴   (뒤에서, 레지1에게) 근데 어제 이 교수님 환자는 왜 그런 거예요?
레지1   조울증 환잔데, 5년간 잘 버텼는데, 얼마 전 사업이 망해서, 힘들어했대,
레지2   그때 병원만 왔었어도... 혼자 일주일 동안 방에 있다가 ...
해 수   (가면서, 레지들의 말을 들으며, 속상한)

씬 39. 영진의 진료실 안, 낮.

영진, 창가 보고 있는, 해수, 노크하고, 들어오면,

영 진   (보며) 환자 잃은 거 얘기할려면 꺼져.
해 수   (문 앞에 기대) 안 해.
영 진   정신이 번쩍 나게 찬 거 하나 사와.
해 수   넵! (하고, 문 닫고 가는)
영 진   (창가 보는)

        *점프컷, 시간 경과 》
        영진, 해수와 음료를 마시는,

해 수 (편하게) 어떻게 해야 돼?

영 진 (해수를 이쁘게 보며, 편하게) 결혼해.

해 수 뭐? 결혼하면 내가 잃는 게 얼마나 많은데?

영 진 잃는 게 많단 생각이 들면 안 하면 돼.

해 수 (어이없게 보는) ?

영 진 (진지하게) 얻는 게 많다면 하면 되고. 근데 해수야, 내가 살아보니까, 내가 속물인 게 속상할 때가 있어. 어떻게 사랑하는 남자, 그리고 아일.. 한낱 출세와 비교했을까? 그래서 얻은 게 뭔가?

해 수 교수 됐잖아?

영 진 애길 낳아 키워봤다면, 더 좋은 의사가 됐겠지.

해 수 (웃으며) 그 말은.. 설득력 있다. (따뜻하게 보며) 지금 맘은 어때?

영 진 (맘 짠한, 환자 생각나는) 자책도 되지만, 다른.. 환잘 더 잘 보리라...

해 수 ..

영 진 내가 환잘 고칠 수 있다는 자만을 내려놓고, 환자의 의지를 더 북돋으리라, 다짐 중이야.

해 수 (영진 손잡고, 따뜻하게) 존경.. 해.

영 진 (해수 보고, 웃다, 앞을 보면) ?

동 민 (해수 보고, 조금 어색한) 둘이 같이 있었네.

해 수 난 빠져줄게. 데이트해. 단, 선은 지키시면서. (하고, 일어나 가는데)

동 민 (가는 해수의 손을 잡는)

해 수 왜?

영 진 (둘을 관찰하는) ?

동 민 (해수 따뜻하게 보고, 작게 웃고) 해수야, 넌 강하지?

해 수 (웃으며) 당연하지? 근데 뭐야? 이 눈빛은? 놔, 진료 보러 가야 돼. (하고, 가는)

영 진 (동민 보며) 얼굴빛이 왜 그래?

동 민 (옆자리에 앉으며, 착잡한) 장재열이 정신증이 있다.

영 진 ?! (가는 해수 보다, 동민 보며, 진지한) 심각해?

동 민 어.

영 진 니 병원으로 가자. (하고, 가는)

동 민 (일어나 가는)

씬 40. 동민의 진료실, 낮.

영진, 동민의 의자에 앉아, 착잡하고, 심각하게 컴퓨터로 재열의 영상을 본 듯,
컴 끄고, 동민 보는, 동민, 거실 쪽에 생각 많게 앉아 있는,

영 진 형에 대한 죄책감이 엄청났던 거 같네. 엄말 위해서였지만, 형을 범인이라 위
증을 하고, 16살 어린애가 건강하게 살긴 힘들었을 거야. 나라도, 그럴 거 같
다.

동 민 (제 생각에 빠져, 맘 아프게, 말하는) 매 맞고 힘들게 산 엄말 위해서, 나는 정
말 어쩔 수 없이 형을 버렸다, 엄마를 부양해야 했다, 나는 죄 없다, 이런 일
이 벌어진 게 문제지, 내가 무슨 죄냐! 그렇게 건강하게, 자기합리화를 해야
하는데, 놈이 넘 착해서, 자신은 용서 못하고, 자신 같은 강우를 만들어내 보
호하는 거 같애.

영 진 엄마가 더 문제였겠지. 진실을 알면, 엄마는 살 수 없었을 테니까. 진실을 모
르게 엄마를 현재의 해리 상태에서 머물게 하고 싶었을 거야. 그게 더 압박이
됐을 거고.

동 민 문젠, 강우에 대한 리얼리티(Reality Testing; 리얼리티 테스팅, 현실 검증 능
력)가 완전히 깨진 채로, 둘의 관계가 3년간이나 끈끈하게 지속됐단 거야.

영 진 최악의 케이스네. 환시와의 관계가 너무 치밀해서, 장재열한테 강우가 환시인
걸 인지시키는 게 쉽지 않겠다.

동 민 그러게, 전에 내가 아는 환잔, 없는 부인을 환시로 만들어내고, 20년간, 같이
살았어. 결국 병식을 인지하지 못하고, 현재까지 요양소에서 부인을 찾어.

영 진 (단호한) 당장, 해수한테 알려. 이 자료만 봐도, 충분한 강제 입원 요소야.

동 민 (담담히, 보면)

영 진 의심할 여지없이, (다친 재열의 정지화면을 보여주며) 자해 위험이 있다고. 강
울 위한답시고, 엉망진창이 되고 있잖아.

동 민 (생각 많은)

영 진 나, 오늘도 환자 잃었어, 아마 너보다 태용 씨보다 해수는 본 게 더 많을 거
야. 병증과 연관을 못 시켜서 그렇지, 죄책감이 발병 원인이면,

동 민 (막막한, 알아채는) 해수를 사랑하면 할수록 환시는 더 강해지고, 자해의 위
험도 높았겠지...

영 진   시간 끌다, 해수까지 다칠 수 있어. 전에 윤철이가 해진이 구하려다, 산에서
         떨어져, 머리 다친 거 기억해?
동 민   (후, 하고 한숨 쉬고, 핸드폰 꺼내, 해수에게 전화하는) 해수야, 근무 끝나면,
         내 병원으로 좀 와라. 어, 급해. 어.. 그때 보자. (하고, 전화 끊고, 얼굴 부비
         며 맘 아픈)
영 진   (컴을 다시 보는, 진지한)

씬 41. 달리는 버스 안, 밤.

         해수가 초대됐던 재열의 라디오 방송이 나오는,
         해수, 재열과 전화하며, 웃는,

재 열   (E) 왜 하필, 40대 중년 부부의 팍팍한 일상을 담은, 비포 미드나잇을.. 혹시,
         결혼은? (사이) 미혼처럼 보이는데, 결혼하셨어요?
해 수   이때, 너 진짜 재수 없었는데?

씬 42. 재열의 오피스텔 안, 밤.

재 열   (웃으며, 일하다, 전화 받은) 나도 그렇게 생각해.

         * 교차씬 ≫
해 수   밥은?
재 열   (말꼬릴 피하는, 작게 웃으며) 나, 일해야 돼, 전화 끊어.
해 수   결혼 싫어.
재 열   그래.
해 수   (어이없는, 서운한) 뭐야, 진지하지 못하게.
재 열   너 길들이는 중이야, 끊는다. (하고, 전화 끊는)

         * 점프컷 ≫

해　수　(어이없게 웃으며, 핸드폰을 접는데, 문자 오면 보는)

　　　　＊인서트, 문자 내용 》
　　　　사진이 첨부된,
　　　　해수가 다녀간 흔적(11부 재열의 오피스텔)에 노란 메모지가 붙은,

　　　　1, 욕실, 11부에 있던 그대로의 치약과 칫솔,
　　　　메모: 해수가 다녀간 흔적1
　　　　2, 방에 위치 그대로인 해수의 지갑,
　　　　메모: 해수가 다녀간 흔적2
　　　　3, 침대의 헝클어진 자리, 해수가 누워 있다 간 그대로인,
　　　　메모: 해수가 다녀간 흔적3
　　　　4, 해수가 벗어놓은 재열의 옷 그대로인,
　　　　메모: 해수가 다녀간 흔적4

　　　　＊점프컷 》
　　　　해수, 맘 짠해 웃는, 다음 첨부된 사진은 재열이 메모한 글이 온,

재　열　(E) 강박증인 내가 니가 그리워, 니가 다녀간 흔적들을 치우지 않고 그냥 내버
　　　　려둔다. 언젠간, 이 모든 흔적들이 일상이 되길 바라지만, 결혼하지 않아도..
　　　　사랑해.
해　수　(감동적인, 눈가가 그렁해지는, 문자하는, E) 나.. 오십일 프로.. 넘어갔다. (하
　　　　고, 맘이 따뜻해져, 편하게 창가를 보는)

씬 43. 동민의 진료실 안, 밤.

　　　　해수, '나 왔어요!' 하며, 들어오면,
　　　　동민, 영진, 자리에 앉아, 진지하게 해술 보는,
　　　　해수, 이상한,

해 수   뭐야, 왜 그래, 얼굴들이?

영 진   (편하게, 애써 웃으며) 앉아.

해 수   (앉고) 왜 그래?

동민, 영진 (답답하게 서롤 보고)

        해수, 의아한, 얼굴에서 엔딩.

13부

장재열이 맘 아프게, 과거 애길, 형 애길 할 때.. 진짜 내가 공감했나? 의심쩍어.
힘들었겠다, 말은 했지만... 내 속마음은..
난, 그 정도는 이해해, 난 의사니까. 어때, 나 멋지지..
그렇게 잘난 척을 했던 거 같애.

씬 1. 버스 안 + 밖(12부 씬 42. 이후 상황), 밤.

해수, 버스를 타고, 가며, 재열이 보내준 사진을 보는(12부에서 보고 다시 보는 상황), 그 그림 위로, 음악 흐르는,

재 열   (E) 지금 들으신 곡은, ***의 ***였습니다. 그럼 오늘은 여기서 인사드리죠. 굿 나잇 나의 친구들..

재 열   (E) 강박증인 내가 니가 그리워, 니가 다녀간 흔적들을 치우지 않고 그냥 내버려둔다. 언젠간, 이 모든 흔적들이 일상이 되길 바라지만, 결혼하지 않아도.. 사랑해.

해 수   (조금 설레서 웃으며, 손톱을 물어뜯으며, 창가를 보는)

해 수   (E) 뭐야, 왜 그래, 얼굴들이?

씬 2. 동민의 진료실 안, 밤.

동민, 영진, 자리에 앉아, 진지한, 들어오는, 해술 보는,
해수, 이상한,

해 수   (웃으며, 의아한 얼굴로 자리에 앉는) 왜 그래?

영 진   뭐 마실래?

해 수   시원한 거.

동 민   (자기의 잔을 주며) 방금 따랐어.

해 수   (웃으며, 이상한, 음료 마시고) 이상하네들.. (하다, 순간 조심스레) 내가 뭐 ..잘
        못했어.. 요?

동 민   (맘 아프지만, 담담히) 재열이가 많이 아프다, 해수야.

해 수   (마시다, 정지한, 가슴이 쿵 하지만, 안 믿기는, 어색하게 웃으며) 무슨.. 소리
        야? (하다, 동민과 영진을 번갈아 보고, 심각하구나를 안, 냉정하게, 잔을 천
        천히 내려놓고, 영진 보는, 진지한)

영 진   (맘 아파도, 담담히, 해수만 보며) ..우리가 확인한 바론.. 스키.. 조(Schizo-
        phrenia; 조현병 또는 정신분열병) 같애.

해 수   (미동 없이, 영진을 가만 보는, 그러다, 동민을 보는)

동 민   (안쓰레, 가만 보는)

해 수   (시선 흔들림 없이, 맘과 몸이 놀라, 떨리지만, 냉정해지려는, 잠시 둘을 보다,
        애써 담담히) ....확인된.. 액티브 심텀(Active Symptom; 정신분열병에서 환청,
        망상, 와해된 언어나 행동 등 활성기 증상을 말함)은?

동 민   (따뜻하게 보며, 담담히) 강우에 대해 아니? 얘기하다?

해 수   (뭔가 이상한, 가슴이 떨리는, 애써 담담한 척 가만 보며, 떨리지만, 담담히)
        ..자주.

        그때, 태용, 들어와 동민 옆에 앉는,
        해수, 동민만 보는,

동 민   강우가 환시다.

해 수   (천천히 눈가 붉어지는, 빤히 보는, 정지된 듯한) ?!

태 용   (속상한, 울먹이며, 애써 침착하려 하지만, 안 되는) 강우는 없는 놈이에요, 해
        수 씨. 내가 다 알아봤어요, 학교도, 집도, 어디에도.. 강우는 없는 놈이에요.
        오늘도 내가 니가 읽어본 강우 소설이 어딨냐고, 다그치니까, 동민 형님네 지
        방 서랍에 있대서 가서, 다 찾아봤는데.. 없어요.

해 수   (가슴이 쿵 한 채, 동민만 뚫어지게 보는)

* 점프컷, 회상 ≫

1. 8부, 야외음식점 안.
재열, '강우야?' 하며 전화 받던, 해수, '벨소리 났어?' 하던,

2. 8부, 길거리, 낮.
재 열   (짠하게 웃으며, 짐짓 편하게) 3년 전, 내가 형의 포크에 찔렸을 때. 다른 팬들
        처럼 날 위해 울고 있었지.

3. 9부, 바닷가, 밤.
재 열   (정신없는 가운데, 다시 배를 보면, 피가 천천히 사라지는, 순간 놀란 맘이 진
        정이 되는, 고갤 끄덕이는, 해수가 걱정 않게 짐짓 차분히) 강우가.. 사고가...

* 점프컷, 현실 ≫

해수, 온몸이 떨리지만, 냉정하려 하며, 눈가 붉어져, 팔짱 끼고, 동민을 뚫어
져라 보는데, 팔이며, 입술이 떨리는, 애써 입술 떨리는 걸 감추기 위해, 입술
을 무는,

씬 3. 재열의 오피스텔 안, 밤.

재열, 피곤해서 샤워를 했는지 화장실에서 나와, 머릴 말리며, 전화기를 켜면,
해수의 문자 와 있는, 보면,

해 수   (E) 나, 51프로 넘어갔다.
재 열   (깔깔대고 웃는, 해수가 귀여운)

씬 4. 동민의 병원, 밤.

해 수   (애써, 냉정하게, 맘은 떨리는) 그것만으론.. 좀 그렇지 않아?
영 진   (맘 아파도, 담담하게, 책상을 가리키며) 책상에 컴퓨터 봐.

해 수   (맘 아파도, 침착하게, 일어나, 동민의 책상 의자 뒤에 서서, 자판을 툭 치는,
        영상 나오는, 전화 오는, 보면, 재열이다, 순간 맘이 쿵 해도, 그냥 전화 받는,
        짐짓 편하게) 어, 나야.

모두들   (해수를 보는) ?

해 수   (영상을 보며, 애써 냉정히 전화 받는, 핸드폰 안 든 손으로 책상을 짚는데, 담
        담한 척해도 팔이 떨리는)

        *점프컷, 영상 》
        재열이 혼자 싸우는 게 보이는,

        *점프컷 》

해 수   (눈가는 붉고, 마음 아픈, 애써 흐트러지지 않으려 애쓰는, 눈은 영상의 재열
        을 보며, 애써 담담하려 하는)

재 열   (E) 야, 지해수, 대체 뭐냐, 이 문잔?

해 수   (영상만 보며, 애써 담담히) 뭐.. 가?

씬 5. 재열의 오피스텔 안, 밤.

재 열   (웃음 띤 채) 니가 나한테 넘어온 프로테이지가 51이면, 다시 원점이잖아?

씬 6. 동민의 병원, 밤.

해 수   (눈가 붉은, 맘이 아픈, 가슴이 떨리고, 눈가 붉어져도, 영상 보며, 짐짓 담담
        히) 원점은.. 영이지.

씬 7. 재열의 오피스텔 안, 밤.

재 열   (깔깔대고, 해수가 귀여워 웃고, 담백하게) 졌다, 좋아, 다시 시작해. 근데, 어디?

씬 8. 동민의 병원, 밤.

해 수 (영상만 보며, 맘 아파도, 애써 담담히) 미팅 중.

씬 9. 재열의 오피스텔 안, 밤.

재 열 (따뜻하게, 웃음 띤, 편하게) 어쩐지 조금 긴장한 거 같드라. (따뜻하게) 조심해
       들어가고, 전화하지 마, 글 쓸 거야. 사랑한단 말, 너 지루할까봐, 안 할게. (하
       고, 끊고, 책상 앞에 앉아, 바로 일에 몰두하는)

씬 10. 동민의 병원, 밤.

       해수, 맘 아프지만, 짐짓 담담히, 전화 끊고, 컴 화면 보는,

해 수 (맘 아프게 영상만 보며, 애써 담담히) 이.. 에피소든.. 뭐야?
태 용 두 달 전, 재열이가 강우 아빠랑 싸웠다고, 그랬는데, 그게 근처 씨씨티브이에
       찍힌 거예요.
해 수 (화면만 보는데, 생각이 나는)
재 열 (E) 아는 애가 아버지한테 맞았어. 강우라고 내가 이뻐하는 놈인데,

       * 점프컷, 회상, 플래시컷, 6부 욕실 안 》
재 열 (담담한) 아버지한테 맞는 걸 보고, 참을 수가 없었어.

       * 점프컷, 회상 》
재 열 내가 엄마가, 의붓아버지한테 맞을 때도 사람들은 그랬지.

       * 점프컷, 회상 》
재 열 남의 가정사니까, 아무도 껴들지 않았어. 그래서 우리 집은 결국 세상이 시끄
       럽게 아주 큰 일이 났지.

*점프컷, 영상 》
재열, 영상에서 다치는 장면,

*점프컷, 동민의 병원 안 》
해 수 (맘 아픈, 눈물 주룩 흐르는, 그냥 담담히 눈물 쓱 닦고, 의자에 앉는, 머리로
       손을 짚고, 정신 차리려, 애써 담담히, 냉정하려 하는)

동민과 영진이 해수에게 말하지만, 윙윙하는 소리로만 들리고 몇 마디만 확연
(빨간색)하게 들리는,

동 민 14년 전 사건에서 범인은 모친이었던 거 같애. 칼 사건 이후에 화재가 났는데..
       모친은 해리 상태에서 불을 질렀고, 상황을 보면, 현재도 기억 못해.
태 용 (고개 숙여, 울고)
동 민 당시, 재열인 엄말 위해 형을 범인으로 지목하고 감당할 수 없는 죄책감에 시
       달린 거 같애.
영 진 강우는, 장재열의 어린 시절의 모습이 투영된 것 같아. 가장 큰 문제는.. 장재
       열이 강우의 환시를 보는 것보다, 강우를 보호하다 다치는 게, 형에 대한 죄책
       감에서 비롯된 무의식적 자해라는 걸 모른다는 거야.

*점프컷, 시간 경과 》
태용, 뭔가 말하고, 해수, 멍하고, 맘 아픈,

해 수 (얼굴을 부비고, 아무도 안 보고, 힘들지만, 정신을 차려야 한단, 객관적이어
       야 한단 생각밖엔 없는, 안 보고) 검살 더 해봐야겠다. 브레인 엠알아이(Brain
       MRI; 뇌 자기공명영상), 심리검사... 펑션(Function; 사회적, 직업적, 학업적 기
       능)은 어떤지도,
영 진 (진지하게, 떠보는) 정신증이 아닌, 브레인의 문제로 보여?
해 수 (맘 아픈, 보며, 정신증으로 몰아가는 게, 속상해, 화도 나는, 애써 담담히) 그
       럴 가능성도 배제할 수,
영 진 (말꼬리 자르며, 맘 아프지만, 단호히) 3년간 지속된 발병 기간은 어떻게 설명
       하고? 난 당장 입원시켜야 된단 생각인데, 넌 어때?

해 수   (맘 아프게 보며, 냉정한) 검사해보고, 얘기할래.

영 진   (진지하고, 담담하게) 니가 확인한 다른 무의식적 자해 행동은 없었어?

해 수   ...

＊점프컷, 플래시컷 ≫

1, 1부에서 재열, 위험하게 운전하던,

2, 6부, 재열, CCTV 영상에서 다치던,

3, 8부, 재열, 바닷가에서 위험하게 놀던,

4, 9부, 잘 때 재열 몸 곳곳의 상처들,

5, 9부, 재열, 공항에서, 차에 치일 뻔하던,

6, 11부에서 재열의 차가 해수와 부딪치려던,

그림 위로, 영진의 말소리 들리는,

영 진   (E) 자해 정도가 심하면, 시간을 줘선 안 돼.

＊점프컷, 현실 ≫

해 수   (거짓말하는, 힘들어도, 단호히) 없.. 어. (하고, 머리 쓸어 올리는, 목에 땀이
        나는)

영진, 동민 (해수의 떨리는 팔이며, 목덜미의 땀을 관찰하고, 해수의 표정으로, 거짓말인
        줄 알겠는)

해 수   (맘 아픈, 애써 참고) 장재열이 검살 받을 수 있게, 설득할게. (하고, 나가는)

영 진   (동민에게, 걱정스런) 거짓말이야.

동 민   ...

영 진   심퍼시(Sympathy; 동정. 대상 인물의 감정을 똑같이 느낌)라고. 치료자에 포
        함시킬 수 없는 건 물론, 해술 장재열 곁에 둬서도 안 돼. 둘 다를 위해서.

태 용   (속상한) 형님, 재열이한테 제가, 강우는 없으니까, 정신 차리고,

영 진   함부로 접근하면, 더 위험해요. 태용 씬, 일단 재열 씨한테 가 있어요.

태 용   (속상해 가고)

영 진   (생각 많은 동민에게, 진지하고, 냉정하게 말하는) 대부분의 자해 심리의 클라
        이막슨, 결국 자살이야.

동 민   (얼굴 부비는, 답답한)

영 진   해수가 그걸 인정하긴 쉽지 않을 거야. 자길 두고, 어떻게, 장재열이 무의식이
        래도 자살을 생각하나.... 답이 안 나올 거라고, 심퍼시 상태에선.

동 민   장재범이 곧 나와. 재범이가 나오면, 진실이 밝혀질 거란 생각에 재열인 죄책감
        과 압박이 더 심해질 거고,

영 진   그렇게 되면, 무슨 일을 저지를지 상상 불가야. 나오기 전에 입원시키자.

동 민   서둘지 말자. (하고, 나가는)

영 진   (가는 동민 보며, 답답한)

씬 11. 동민의 집 거실, 밤.

        해수, 주방에 서서 물을 마시고 있는데,
        동민, 들어와 보며,

동 민   해수, 넌 치료자에서 **빠져.**

해 수   (속상하고, 맘 아픈, 동민 안 보는) ...

동 민   죄책감이 문제면, 너랑 있어서 행복하면 할수록 자해 충동은 더 극심할 거야.

해 수   (맘 아픈, 소리치는) 그 정돈 알아, 나도! 선배 니가 키웠잖아!

동 민   니가 할 일은,

해 수   (눈가 그렁해, 맘 아프지만, 속상한, 참고, 소리치는) 니들만 의사야! 현상학적
        관점에서 진단할 때, 필요한 펑션 저하를 느낀 적이 없다고, 나는! 경미한, 뇌
        종양일 가능성은 왜 배제해! 스키조라고 왜, 단정해! 니들은 그딴 식으로 진단
        해! (하고, 가는)

동 민   (맘 아픈, 돌아서는데, 수광과 소녀가 서 있는)

소 녀   (아무렇지 않게) 스키조?

동 민   (방으로 가는)

수 광   (상황을 대충 알겠는, 소녀에게) 집에 가. (하고, 동민 방으로 가려는데)

소 녀   (수광의 팔 잡고, 수광 보며, 아무렇지 않게) 스키조? 정신분열 맞지! 내가 전
        에 집단치료 받을 때 그런 사람,

수 광   (말꼬리 자르며, 속상하고, 화나, 무섭게, 보면)

소　녀　(눈치 보며, 움찔하는, 미안하기도 한) 미.. 안. 나는 그냥 ...가끔 말이 생각 없이 나와. (가다, 돌아서며, 눈치 보지만, 편하게) 나 미워?

수　광　(담담하게) 안 미워. 집에 가.

소　녀　(웃고) 어. (하고, 가는)

수　광　(생각하는)

＊점프컷, 회상 》

10부, 카페에서 혼자 말하던 재열(강우와 얘기하던),

＊점프컷, 현실 》

수　광　(느낌이 오는, 얼굴 부비고, 동민 방으로 가며) 형님, 저랑 얘기 좀 해요.

씬 12. 동민의 집, 재열의 방 안, 밤.

해수, 전화를 하며, 가슴 떨리지만, 애써 담담히, 들어오며,

재　열　(E) 태용이가 부탁했다고?

해　수　필요하다는데, 찾아주지, 뭐. 강우.. 소설, 정확히 어디다 둔 거 ..같애?

씬 13. 재열의 오피스텔 안, 밤.

재　열　(일하던 중인, 답답한, 생각하며) 자식.. 진짜.. 그게... 어딨냐면.. 그때, 니가 내 방에 온 날인데..

＊점프컷, 회상, 3부 재열의 방 안, 낮 》

해수, 문 열면,

재열, 원고를 들고 서서 '들어와요' 하던,

　　　　＊점프컷, 회상 》
　　　　재열, 원고를 흔들며 화내던,

재　열　(화 참고) 결론은, 형에서 나, 아니, 장재열로 범인만 바꾼 게! 너 나한테 다신
　　　　연락하지 마! 이쁘다 이쁘다 하니까, 자식이.. 뭐하는 거야, 대체! (하고, 원고
　　　　뭉칠 책상에 던지고, 전화를 확 끊는)

재　열　(E) 왜 그때... 내가 강우랑 전화하며 막 화냈을 때, 내가 원고 들고 있었잖아?

씬 14. 동민의 집, 재열의 방 안, 밤.

　　　　해수, 전화하며 그땔 기억하는,

　　　　＊점프컷, 회상 》
　　　　재열, 빈손을 들고, 같은 장면에서 화를 내는,

재　열　너 나한테 다신 연락하지 마! 이쁘다 이쁘다 하니까, 자식이.. 뭐하는 거야, 대
　　　　체! (하고, 빈손으로 뭔가 던지는 듯한, 전화를 확 끊는)

　　　　＊점프컷, 현실 》
해　수　(눈가 붉어, 멍한)

씬 15. 재열의 오피스텔 안, 밤.

재　열　(생각하며) 그때, 니가 나가고... 내가 원고를 주워서,

　　　　＊점프컷, 회상 》
　　　　재열, 소설을 주워서, 서랍에 넣는,

재 열   (E) 맞다, 거기다, 내 책상, 오른쪽 첫 번째 서랍이다.

씬 16. 동민의 집, 재열의 방 안, 밤.

해수, 재열이 말한, 서랍을 열면, 빈 서랍이다,

해 수   (막막한) ..
재 열   (E) 해수야, 원고 있어?
해 수   (짐짓 차분히) 없어... 니가 기억을 잘 못하나보다.. 장재열.. 나, 졸려.

씬 17. 재열의 오피스텔 안, 밤.

재 열   (조금 실망한, 이해가 잘 안 되는) 그럴 리가 없는데.... (포기하고) ...알았어,
         자, 해수야. (하고, 전화 끊고, 고개 갸웃하고, 다시 글을 진지하게 쓰는)

씬 18. 이층 복도(시간 경과), 밤.

해수, 참담한, 두 개의 촛불 켜고 기도하는,
수광, 한쪽에 서서 그런 해술 보며 말하는,

수 광   (맘 아파도, 담담한 척) 스키존 당뇨병이나 고혈압처럼 약만 잘 먹으면 조절 가
         능한 병이다, 약을 복용하면, 환자 중 70프로가 정상적 생활이 가능하다, 누
         나가 숱한 환자와 보호자들한테 했던 말이야, 기억해?
해 수   (기도하고, 말꼬리 자르며, 방으로 가는)
수 광   나 외박해. (하고, 제 방으로 가서, 뭔갈 들고 나와, 전화하며, 빠르게, 그러나
         침착하게, 전화하며, 나가는) 어, 태용이 형, 장재열한텐 내가 가요. 형은 집에
         가.

씬 19. 동민의 방 안, 밤.

동민, 정신분열 사례에 대한 책을 심각하게 보는,

씬 20. 재열의 오피스텔 안, 밤.

재열, 초인종 소리 나면, 글 쓰다, 일어나, 문 쪽으로 가 인터폰 보고, 이상한,
문 열면,
수광, 맥주를 두 병 들고 쓱 들어오는,

재 열　뭐야?

수 광　(아무 일 없는 듯, 맥주병을 따, 잔에 따라 마시고) 갑자기 홍대 집이 싫어지고,
　　　그쪽이 그리웠어.

재 열　(어이없게 보며) 뭐?

수 광　뭘 놀래? 내가 지해술 사랑한다고 한 것도 아닌데. 참, 소녀가 요즘 나한테 은
　　　근 매달린다, 귀찮게? (하고, 크크크 웃는)

재 열　아우, 잘난 척, 진짜.. (하고, 책상으로 가 글을 쓰는)

수 광　(재열을 등 뒤에서 안는, 맘 짠하지만, 덤덤한)

재 열　(어이없는, 답답한) 뭐하는 짓이야?!

수 광　(아무렇지 않은 척, 툭 말하는) 내가 세상에서 가장 멋진 남자란 말에 대한 보
　　　답이야. 참고로, 남잔 첨 안아본다. (하고, 웃으며, 침대로 가, 맥주를 마시는)

재 열　(어이없는) ?!

수 광　생각 있음 와, 같이 마시게.

재 열　(답답한) 너 진짜 여기서 자?

수 광　(보고, 마시며) 내쫓아도 소용없어. 또 들어올 거니까.

재 열　(어이없는, 한숨 쉬고, 참고) 여깄을 거면, 숨소리도 내지 마. (글을 쓰는, 열심
　　　인)

수 광　(재열을 보는데, 안쓰런)

씬 21. 해수의 방 안, 밤.

　　해수, 침대에 앉아 생각 많은, 눈가 붉지만, 오기에 차, 생각하는, 아직까지 확
진할 수 없단 생각이 가득하다, 정신을 차리자 싶은,
　　그런 해수의 모습과 즐거웠던, 재열과 해수의 한때가 교차되는,
　　그렇게, 건강하게 보이던 재열이가 왜 이런 병에 걸렸나 싶은,
　　DIS.

씬 22. 동민의 거실, 아침.

　　해수, 출근 준빌 하고 나오는,

동　민　(주방에서, 머리가 산발인 채, 계란을 부치며) 미안하다, 오늘 내가 식사 당번
　　　　인데, 늦잠을 잤네, 조금만 기다려, 달걀 후라이만 해서 먹자.
해　수　(그냥 말없이 가버리는)
동　민　해수야, 해수야!
해　수　(이미 나간)
동　민　(걱정스레, 문을 보고, 착잡해, 맛없이 후라이를 먹으려다) 앗 뜨거, 앗 뜨거,
　　　　앗 뜨거!

씬 23. 병동 거실 안, 낮.

　　환자1, 창가에 서서 정신이 나간 채, 멍하니 있는,
　　영진, 레지, 인턴들 조금 멀리서 그 환자를 보며, 서서 말하는,

영　진　(환자1 보고, 차트 보면)
레지1　오상민. 33세. 스키조. 3일 전서부터 액티브 심텀이 사라져, 오늘부턴, 약물을
　　　　줄일까 합니다. 할로페리돌(Haloperidol; 항정신병 약물) 10밀리, 클로르프로
　　　　마진(Chlorpromazine; 항정신병 약물) 300밀리, 리스페리돈(Risperidone;

항정신병 약물),

영　진　(차트 주며, 환자에게서 등 돌리고, 차갑게, 나가며) 이번 주까지 약물 급성기 때로 맞춰.

레 지 1　(따라가며) 환자가 너무 힘들어서, 전번에.. 지 선생님이,

영　진　(멈춰 서며, 차갑게, 격앙되는) 5년 동안, 세 번이나 재발한 환자야! 환자의 안전이 중요해, 환자의 기분이 중요해?!

모두들　(눈치 보며) 알.. 겠습니다.

영　진　(가다, 환자2(핸드폰을 든, 영진에게 밝게 인사하는)에게 가며, 웃으며) 핸드폰 받으셨네? 좋겠다, 핸드폰 받아서? (하고, 병동 밖으로 나가는)

씬 24. 병원 복도, 낮.

영진, 레지, 인턴들과 오는데, 해수의 말소리가 들리는,

해　수　(E) 대체 몇 번을 말해요! 안 된다고 했죠!

영진 외　(해수를 보면)

　　　＊점프컷 ≫
　　　해수, 환자 모와 다투고 있는 듯한, 해수, 가면, 환자 모(30대 후반), 팔 잡으며,

환자 모　선생님, 약 처방해주세요, 우리 앤 심하게 산만하다구요!

해　수　(화난, 버럭) 내 말 못 들었어요? 검사 결과, 애는 지극히 정상이라구요, 정상!

환자 모　아니, 이 여자가, 왜 이렇게 소릴 질러!

영　진　(답답하게, 해수 보는)

해　수　(지지 않고 보며) 내가 당신 애가 정상이라고 말한 게, 당신은 그렇게 화가 나?

환자 모　뭐, 당신?

해　수　ADHD(Attention Deficit Hyperactivity Disorder; 주의력결핍 과잉행동장애) 약 먹음 애가 집중력이 높아져 공불 잘한다고 누가 그래요?

환자 모　우리 옆집 아줌마가,

해　수　(화난) ADHD 약은 환자가 먹으면 효과 좋은 약이지만, 멀쩡한 애가 먹음, 효

과는커녕 부작용이 얼마나 많은지 알아요! (속상한) 어디서 그런 말도 안 되는 소릴 듣고, 와선.. (하고, 영진 곁을 스쳐 지나가는)

환자 모   (어이없는) 니가 안 주면, 딴 병원 가면 그뿐이야!

영 진   (레지, 인턴들에게 턱으로 가라고 하고, 제 옆을 스쳐가는 해수 보고, 환자 모에게 가서, 담담히) 멀쩡한 애 약 주는 병원이 어디예요? 내가 고발하게.

환자 모   (어이없는, 영진에게) 뭐야, 이건.. (하고, 가는)

영 진   (가는 환자 모 보며) 애들이 어릴 땐 다 산만하게 커요. 좀만 참고 기다리세요! (하고, 답답하게 보고, 해수가 간 쪽으로 가는)

    *점프컷 ≫
    해수, 전화하고 있는, 영진 오다 그 모습 보는(영진의 시점),

해 수   그럼 거기서 뵙겠습니다, 네, 네. (하고, 끊고, 돌아서는데, 영진이 서 있는)

영 진   (걱정되지만, 차분히 보며) 외래, 김 선생한테 맡기고,

해 수   (담담히) 이미 그렇게 했어.

영 진   그럼, 나랑 나가서 차 한 잔,

해 수   장재열 어머니 만나기로 했어. (하고, 가는)

영 진   (해수 팔 잡으며, 담담하게) 조동민하고 같이 가. 너 심퍼시 상태야.

해 수   (팔을 천천히 빼고, 화나는, 그러나 냉정하게, 영진 보며) 근거가 뭔데?

영 진   (따뜻하지만, 담담하게) 조동민과 나한테 도움을 요청하지 않는 거. 니가 도움을 요청할 때, 그때가 니가 정상인 때야. (하고, 가며, 전화하는) 조동민, 어디야?

해 수   (참담한, 돌아서서 가는, 차가운)

씬 25. 재열의 오피스텔 안, 낮.

    수광, 요리 하고, 재열(얼굴이 까칠한), 일만 하는,

수 광   (요리만 하며) 밥 먹자.

재 열   (일만 하는)

수　광　(보며) 쌩까지 말고.

재　열　(집중해, 일만 하는)

수　광　(책상 앞으로 와서, 아무렇지 않게, 재열의 컴 마우스를 움직여, 저장하고, 코드를 뽑아버리는)

재　열　야야야, 너, 뭐하는 짓이야?

수　광　(핸드폰으로 음악을 크게 틀고, 아무렇지 않게, 웃고) 첨 봤지, 세상에서 이런 새끼.. 크크크.. (웃음 가신, 진지한 으름장) 어제 한 시간도 못 자드라. 화장실에 들어가는 시간 체크했어. 콱, 죽을라고, 밥 먹어. (하고, 재열의 어깰 툭 치고, 식탁으로 가는)

재　열　(어이없게 보면)

수　광　(식탁에 앉아, 밥 먹으며) 나 같은 놈을 어떻게 상대해야 하나, 기깔난 방법 하나 갈쳐줄까?

재　열　(어이없게 보며) 줘패는 방법 말고 뭐, 다른 방법 있어?

수　광　(웃음 띤) 져주는 방법.

재　열　(어이없어, 보고) 설마 날 지해수가 길들인 집강아지가 아니라, 홍대 집 사람들 전체가 길들인 동네강아지로 보는 건 아니지?

수　광　(밥을 먹다, 깔깔대고 웃다, 반찬을 넣어주다, 일부러 장난치려 재열 입가에 묻히는)

재　열　아, 얘가 왜 이래, 진짜! (하고, 수광 패며) 너 좀 맞어, 맞어! 맞어!

수　광　(웃고)

재　열　웃기는.. (하고, 밥을 먹는데, 욱 하고 구토할 거 같은, 개수대에서 뱉고, 힘들어하고, 다시, 와서, 밥 먹으며) 지해수한테 말하지 마, 단순한 신경성 위염이야. (다시, 힘들게 먹는)

수　광　(아무렇지 않게 그 모습을 보며, 핸드폰으로, 문자 넣는, E) 해수 누나, 장재열, 어제 수면 시간 1시간 남짓에, 밥을 못 먹고 구토 증세 있어. (하고, 재열 보고, 밥 먹으며) 우와, 맛있다.

씬 26. 병원 일각, 낮.

　　　해수, 문자 보고, 속상한, 다시 주머니에 넣고 가는,

씬 27. 운동장, 낮.

수광과 재열, 농구를 하는데, 재열이 일방적으로 이기는, 수광, 안간힘을 쓰지
만, 안 되는, 재열, 볼 넣으며, 소리치는, '45!', 다시 3점슛 넣고, '48!' 하는, 수
광, 볼 뺏어 넣고 '33!' 하면, 재열, 볼을 뺏어 넣고, '51, 땡!' 하고 기진맥진 바
닥에 눕고,
수광, 재열의 몸 상태를 본 듯한, 별로 지쳐하지 않고, 앉는,

재 열   이겼다, 제발 이제 꺼져, 자식아!
수 광   (서서, 가방에서 물병을 꺼내, 위에서 재열에게 붓고) 잠 못 자고 못 먹음 병인
         거 알아? 농구 내가 져준 거야. 해수 누나한테 도움받지?
재 열   (물을 맞으며, 시원해하는) 내가.. 해결할 수 있어.
수 광   늘 그렇게 살았어? 혼자 뭐든 해결하면서?
재 열   어.

수광, 옆에 앉아, 물 마시고, 가방에서 퍼즐을 꺼내 주는, 재열, 일어나 앉아
수광의 물병의 물 마시고, 퍼즐(해수와 재열이 웃으며, 사진 찍은)을 보며,

재 열   (감동한) ..뭐냐, 이 감동은?
수 광   둘이 첫날밤 했단 말 듣고, 누나 줄려고 만든 건데.. 뭐 이제 둘이 한 몸이니
         까.
재 열   분명히 말한다, 우린 따로 또 같이지, 늘 같인 아냐.
수 광   (웃고, 순간, 재열이 잡은 퍼즐을 뺏어, 퍼즐을 뒤집어, 땅바닥에 확 뿌리고,
         퍼즐을 흩뜨리는)
재 열   (어이없고 놀라는) 뭐야?
수 광   (편하게 말하지만, 따듯하고, 진지하게) 무식한 사람들이 말하는 내 정신 상태.
재 열   ?
수 광   혹은, 스키조를 앓는, 해진 누나의 정신 상태.
재 열   ?
수 광   (퍼즐 조각을 흩뜨리며) 다 헝클어진, 뒤죽박죽 쓰레기통 같은 뇌를 가진... 부
         모 형제도 못 알아보고, 사랑하는 사람도 못 알아보고, 남을 해코지하고도 죄

책감이 없는.... 하지만, 우린 이렇지 않아. 대부분 정상이고, 일부분만.. 아프지.. 인정해?

재 열 (따뜻하고 안쓰럽게, 수광 보며) 어.

수 광 (빠르게 퍼즐을 붙이는, 시간 경과, 다시 완벽한 퍼즐을 만들고 퍼즐 하날 빼서 뺐다 꼈다(껴 있는 상태가 오래 지속되는) 하는) 내 경운, 이 정도. 어쩌다 365일 중, 단 몇 초 몇 분만 방해받는..... 해진 누나 같은 스키조의 경운.. (퍼즐을 다 맞추고, 한쪽 모서리에서 일곱 조각을 뭉텅이로 빼는) 이 정도. 뇌전달물질의 이상 혹은 맘의 상처로, 온전한 세상이 이렇게 찢겨져 나간 거지.

재 열 (빠진 조각들을 담담히 보는) 현실과 비현실로?

수 광 (생각하는) 뭐, 대충 그럴걸.

재 열 (빠진 두어 조각을 맞추며) 이 조각을 완전히.. 맞출 순 있나?

수 광 (재열 보며, 담담히) 환자 본인의 의지가 있고, 의사의 도움을 받으면.

재 열 (작게 웃고, 퍼즐을 보며) 신기하다.

수 광 (안쓰레 보다, 벌떡 일어나며) 간다.

재 열 다신 오지 마!

수 광 아마, 올 거야. (하고, 나가는)

재 열 (퍼즐 다 맞추고, 퍼즐 속, 해술 보며, 환하게 웃고, 살짝 입 맞추고, 일어나, 농구를 하는)

*점프컷 》

강우, 맘 아프게 눈가 그렁해 재열을 보고, 재열이 간 자리에 와서 앉아, 재열이 맞춘 퍼즐의 조각을 빼고, 재열을 슬프게 보는,

씬 28. 교도소 운동장, 낮.

재범, 밥알을 뭉쳐, 꽃을 만드는, 동료, 옆에서 보며,

동 료 근데, 그 꽃은 왜 만들어?

재 범 (아무렇지 않게) 엄마한테 줄라고... 재열이가 없어짐 슬플 거니까. 꽃이라도 바쳐야지. (웃다가, 문득 생각나는)

재 열 (주먹으로 치고, 안고, 재범 귀에 대고 작게) 가만있어. 형, 너 이번에 감방 가
       면 다신 못 나와.
재 범 ? (순간, 놀라, 주변 보는)
재 열 ('경찰에 신고해' 하는, 사람들 보고) 변상할게요, 부탁해요, 신고하지 마세요!

       * 점프컷, 현실 》
재 범 (꽃을 만들며, 재열의 얼굴을 기억하지 않으려, 머리 흔들고) 괜히.. 쓸데없이...

씬 29. 동민의 거실, 낮.

       재열 모, 집 구경하고, 해수, 차를 준비하는,

동 민 (E) 모친은 해리 상태에서 불을 질렀고, 상황을 보면, 현재도 기억 못해. 당시,
       재열인 그 사실을 알고, 엄말 위해 형을 범인으로 지목하고 감당할 수 없는 죄
       책감에 시달린 거 같애.

       재열 모, 의자(옆에 쇼핑백 놓인)에 앉고, 해수, 차를 가져와 앉는,

재열 모 (웃으며) 아이고 집이 넘 이쁘네.. 재열이 놈은 지 사는 집에 날 한 번도 초대한
        적이 없는데, 해수 씨, 아니. 해수 덕분에 내가 여길 다 와보고.. 간만에 재범이
        온다고 옷도 사고.. 진짜, 좋다....
해 수 (안쓰럽게 웃는) ...
재열 모 (웃으며) 근데 어쩐 일이야, 날 만나자 그러고...
해 수 (차마 말을 못 떼는) 저기 어머니,

       그때, 동민, 태용(애써 담담한 척) 오며, 애써 밝게,

동 민 아이고, 어머니 오셨네. (하고, 손을 내미는)
재열 모 (일어나, 반갑게 악수하며) 아이고, 선생님.

해 수   (어색하고, 착잡하게, 일어나는)

         그때, 태용, 슬픈 얼굴로 와서, 재열 모를 꽉 안고, 울컥 울어버리는, 참으려 해
         도 안 되는,

재열 모   (이상한) 어머, 얘가 얘가 왜 이래... 태용아, 너 왜 그래....
해 수   (눈가 붉어, 외면하면)
동 민   (태용의 등을 쳐주고, 해수에게) 해순 잠깐 자리 좀 비워주라.
해 수   (맘 아프게, 이층으로 가는)
태 용   (재열 모를 놓고, 수건으로 눈물 닦고, 재열 모의 손을 꽉 잡는)
재열 모   (가는 해수 보는, 뭔가 싶고, 걱정스런)
동 민   (애써 가볍게, 작게 웃음 띠고) 어머니, 말씀드리기 어렵지만, 재열이가 좀 아프
         네요.
재열 모   (보는) ?!
태 용   (맘 아픈, 재열 모를 안고, 못 참고, 우는)
재열 모   (이게 뭐지 싶은, 멍한) ...

씬 30. 해수의 방 안, 낮.

         해수, 바닥에 골똘히 생각 많게 앉아 있는,

수 광   (E) 뭐? 니가 의사가 돼?

씬 31. 카페 안, 낮.

소 녀   (웃으며) 그래, 만약 언니가 장재열 아저씨를 고침 나도 언니처럼 정신과 의사
         될 거야. 장하지? 이런 생각을 다 하고?
수 광   (어이없는, 설거지하며) 웃기고 있네, 의산 뭐 아무나 되냐? 가서 일이나 해.
소 녀   (서운하고, 화난) 너도 결국엔 다른 사람들하고 똑같구나. 못사는, 날라린 공

부도 못하고, 꿈도 없고.

수　광　(설거지하며) 조용히 해라.

소　녀　(화난, 팔 잡으며) 야,

수　광　(팔 뿌리치며, 답답해 소리치는) 제발 사람 눈치 좀 보고 살어! 나도 누나도 장
　　　　재열 땜에 힘들어하는 거 안 보여! 니가 좋아하는 내가 힘들어한다고, 지금!

소　녀　니가 힘들어하니까, 나도 편하게 해줄라고, 말 시키는 거잖아. 그럼 내가 언니
　　　　처럼, 너처럼 울고불고 얼굴 구기고 있어야 돼? 그게 맞아! (하고, 가서, 테이블
　　　　을 열심히 치우는)

수　광　(순간, 감동인, 작게 웃고) ...철드네, 저게... 오소녀.

소　녀　(서운해 보면)

수　광　사랑해. (하고, 그때, 손님 오면, 밝게) 오셨네요?

소　녀　(웃으며, 일하는)

씬 32. 동민의 집 거실, 낮.

태용, 맘 아프게 고개 숙이고 울고,
재열 모, 눈물이 뚝뚝 흐르는 채, 멍한, 그러나 담담한 것처럼 가방에서 수건
꺼내 눈물을 닦아도, 눈물은 흐르는, 해수, 맘 아프게, 내려오는,

동　민　그럼 재열이 입원, 어머니가 허락하신 걸로 알겠습니다.

재열 모　(맘 아픈, 참으려 해도, 눈물 나는, 애써 참는)

동　민　(그때, 이층에서 해수(맘 아픈) 내려오는 걸 보고, 다가가, 해수 귀에 대고 작
　　　　게) 이런저런 말 안 하고, 글에 대한 스트레스 같다고... 병증만 간단히 설명했
　　　　다. (하고, 나가는)

해　수　(재열 모 옆에 앉는)

태　용　(일어나, 나가는)

해　수　(눈가 붉지만, 애써 아무것도 아닌 척, 재열 모의 손을 잡아주는) 저.. 어머니..
　　　　재열 씨 병은, 불치병이 아니에요. 얼마든지, 고칠 수(있는),

재열 모　(맘 아파도, 해수 보고, 애써, 따뜻하게) 선생님한테 설명 들었어.. 니, 니가
　　　　..마, 많이, 놀랐겠다?

해 수   (그렇게 말하는 게 더 맘 아픈) ?!

재열 모   (애써, 맘 아파도 괜찮은 척, 눈물 흐르면, 닦고, 해수 보며, 애써 웃으며) 벼,
        병인데 고침 되지 뭐.. 고침 돼.. (울컥하는, 참고) 나, 간다. 나오지 마. (하고,
        가는)

해 수   (맘 아픈, 고개 숙이고, 막막한) ...

씬 33. 도로, 낮.

태용의 차 가다, 멈추는,

태 용   (E) 엄마, 괜찮아?

씬 34. 태용의 차 안, 낮.

태용, 맘 아프게 보면, 재열 모, 옆 좌석에 앉아, 맘 아픈, 창가를 보며, 눈물이
그렁한,

재열 모   (금방이라도 울 것 같지만, 애써 참고, 강해지려 하는) ..안 괜찮음.. 어쩌게.. 괜
        찮아야지.. 남편 죽고, 아들놈 14년간 감방살이 하는 것도 내가.. 지켜본 년인
        데.. (맘 아파, 가슴이 떨리는) 조 박사님 말이, 부, 불치병도 아니고, 치료받고,
        약 먹으면.... 낫는다고.. (하다, 더는 말을 못 잇고, 엉엉 우는)

태 용   (재열 모, 맘 아프게 보며, 고개 숙이고, 우는)

씬 35. 이층 복도, 밤.

동민, 계단을 오르다, 두 개의 초를 보는데, 해수(외출 준비를 한), 방에서 나
오는,

동　민　(따뜻하게 웃으며) 초가 두 개네, 재열이 거냐?

해　수　(아무렇지 않게, 가며) 장재열 만나러 가. (하고, 가면)

동　민　(가는 해수의 팔 잡아, 벽에 서게 하는, 담담히 보며) 재열이 만나면.. 뭐라고.. 말할래?

해　수　(보는, 아이처럼 눈물이 차오르는)

동　민　(따뜻하게) 말해봐, 가서 뭐라 그럴 건데?

해　수　(동민을 빤히 보다, 순간 울컥하는) ...나도 ..몰라. (하고, 울며, 주저앉아버리는)

동　민　(서서 그런 해수를 멍하니, 맘 아프게 보다, 내려가는)

해　수　(울고)

동　민　(음악을 틀고, 주방으로 가는)

*점프컷, 계단 》
해수, 울다 지친 얼굴로 앉아 있고, 동민, 그 옆에 앉아 있는, 두 사람 다 찻잔을 들고 마시는,

해　수　(참담한, 눈가 붉어, 담담히) 등신 같애, 내가.

동　민　(따뜻하고, 담백하게) 뭐가?

해　수　(생각하며, 담담한, 동민 안 보고) 다른 사람도 아닌, 의사면서, 16살짜리 어린 애가... 그런 끔찍한 사건을 겪고도, 건강하게 자랄 수 있다고, 섣불리 믿어버린 거.

동　민　(따뜻하게, 안쓰레 보며) ..또..

해　수　(담담히, 자조적인) 많이 사랑한다면서... 장재열의 상처에 단 한 번도 (맘 아픈, 자책) 깊게 공감한 적, 없는 거. 장재열이 맘 아프게, 과거 얘길, 형 얘길 할 때.. 진짜 내가 공감했나? 의심쩍어. 힘들었겠다, 말은 했지만... 내 속마음은.. 난, 그 정도는 이해해. 난 의사니까. 어때, 나 멋지지.. 그렇게 잘난 척을 했던 거 같애. (맘 아픈, 자조) 나랑 잘 때 장재열이 악몽을 꾸는 걸 봤으면서도, 넌 강하고, 자유로우니까, 반드시 이겨낼 거야! 그건 니 일이지 하며, 외면했던 거 같고.

동　민　자책 마. 그건 외면이 아니라, 믿음이야.

해　수　(여전히 안 보고, 자조적인) 의사로서도 (맘 아픈, 눈물 나는, 애써 담담히) 애인으로서도.. 빵점. 태어날 때부터 이기적인 기집애. (동민 안 보며, 맘 아픈) 강

제 입원하는 상황만은.. 막고 싶은데.. 될까?

동 민   (안쓰레 보는)

해 수   다녀올게요. (하고, 가는)

수 광   (그때, 수광 들어오며, 나가는 해수 안고, 애써 힘내, 버럭) 홧팅, 지해수!

해 수   (수광의 몸 떼어내고, 그냥 가고)

동 민   (수광에게) 재열이 펑션은 어때?

수 광   (답답하게 해수 보다, 동민 보며, 엄지손가락을 아래로 내리는)

동 민   (보고, 답답한, 방으로 가는)

씬 36. 재열의 오피스텔 전경, 밤.

재 열   (E, 어이없게, 웃으며) 외로워?

씬 37. 재열의 오피스텔 안, 밤.

재 열   (재열 모 전화를 받고 있는, 편하게 웃으며) 어쩌냐, 난 글 써야 되는데, 엄마가
         외로워서?

씬 38. 재열 모의 집 안, 밤.

         재열 모, 앉아서, 전화하고 있는, 태용, 그 옆에서 과일 깎는,

재열 모   (맘 아파도, 안 들키게, 담담히) 글 쓰지 말고, 엄마한테 와서 ..같이, 자.

씬 39. 재열의 오피스텔 안, 밤.

재 열   (따듯하고 단호하게) 안 돼. (그때, 초인종 울리고, 일어나 나가 문 열면)

해 수   (애써 밝게, 씩 웃는) 하이!

재 열   (조금 의외다 싶은) ?

해 수   (까칠한 얼굴을 보고, 맘 아픈) 문득 보고 싶어서... 금요일이 아니라 안 되나? 가?

재 열   (따뜻한 웃음 짓고, 한 손으로 해수 안고, 전화하는) 안 된다니까.

해 수   (재열 못 알아채게, 안긴 채, 왈칵하는)

재 열   (해수 귀에 대고 작게) 엄마.

해 수   (맘 아픈, 참고, 몸 떼고) 나, 물 마실래. (하고, 가는데, 속상한)

재 열   (해수 이쁘게 보며, 전화하는, 웃으며) 아, 왜 이러실까, 울 엄마?

씬 40. 재열 모의 집 안, 밤.

재열 모   (맘 아픈, 속상함 감추려 애쓰며, 버럭) 이제 밥 먹고 사는데, 글 좀 쉬엄쉬엄 써도 되잖아? 나는 뭐 맨날 니 짐이야?! 지금까지 니가 준 돈도 다 못 쓰고 죽어! 나 때문에 글 쓰지 말고, 엄마한테 와!

씬 41. 재열의 오피스텔 안, 밤.

재 열   (걱정되는, 기침하며) 엄마, 무슨 일 있어? (기침하는) 왜 안 하던 말을 해?

해 수   (재열 안 보고, 물 마시며, 재열의 기침소릴 들으며, 양키스 모잘 보는)

재 열   (E) 강우가 기침을 하고, 손이 떨려. 무슨 병이야?

해 수   ?! (쿵 하는, 재열을 보면, 전화 안 받는 손이 떨리는지, 터는)

재 열   (재열 모에게) 괜찮아, 그냥 목이 잠겨서... 근데, 엄마 해수 왔는데..

씬 42. 재열 모의 집 안, 밤.

재열 모   (속상하지만, 눈물 나면, 닦고, 참고) ..알았어... (하고, 전화 끊고, 가만있는)

태 용   (담담히, 과일을 주며) 엄마 먹어라. 저녁도 안 먹고.

재열 모   (일어나, 주방으로 가 설거지하는) 재열이한테나 가봐.

태 용   (과일 들고 와) 엄마.. 이거 먹는 거 보고,

재열 모   (과일 주는 태용을 툭 치고, 아랑곳없이, 맘 아프게, 설거지하는)

태 용   (과일 줍고, 다시, 과일 한 쪽을 주며, 맘 아파 단호히) 엄마가 정신 차려야 된
         다, 토욜엔 재범이 형도 오잖아! 먹어라, 좀! 그래야 나도 안심하고 재열이한테
         가지!

재열 모   (설거지하다, 과일 접실 받아들고, 맘 아파도 먹는, 우적우적 맛없어도 먹는)

씬 43. 재열의 오피스텔 안, 밤.

해수, 메모판의 사진(해수의 흔적 사진들)들과 지갑이 줄에 매어져 있는 걸 보
는, 재열의 글귀, '니가 다녀간 흔적..', 해수의 '51프로 넘어갔다..'가 쓰인 글도
붙어 있는, 해수, 애써 담담히 보고 서 있는, 재열, 그 뒤에서 해수를 안고 서
서 웃음 띠고,

재 열   발이랑, 손가락.. (하고, 기침하는)

해 수   (사진만 보며, 애써 편하게) 좋아, 그럼 넌 대신 면도하기.

재 열   (간신히, 기침 잦아들고) 글 쓸 땐 별론데.

해 수   내 발이랑 손 안 찍고 싶구나? (하고, 보면)

재 열   (바로 돌아서서, 가는)

해 수   (재열 보고, 작게 따듯하게 웃는)

         * 점프컷, 식탁 》
         재열, 카메라로 해수의 한 손과 양손을 찍고,
         해수, 재열을 안쓰럽게 보는,

         * 플래시컷, 회상, 8부 》
재 열   그냥 놈을 보면, 어렸을 때 나 같애.

         * 플래시컷, 회상 》

재　열　나라도 이놈을 지켜주자 싶은 맘이 들어.

　　　　*점프컷 ≫
　　　　해수, 사진 찍는 재열을 차분히 안쓰레 보며, 담담히 머릴 만져주는,

영　진　(E) 강우는, 장재열의 어린 시절의 모습이 투영된 것 같아. 가장 큰 문제는..
　　　　(중략) 강우를 보호하다 다치는 게, 형에 대한 죄책감에서 비롯된 무의식적 자
　　　　해라는 걸 모르는 거야.

　　　　재열, 해수의 발도 찍는, 해수, 서글프게 웃으며, 사진 찍는 재열을 안쓰럽고,
　　　　이쁘게 보는, 그러다, 양키스 모자에 눈이 가는,

해　수　양키스 등번호 4번.. 타자.. 헨리 루이스 게릭 알아?
재　열　(사진 찍으며) 알아, 최초로 루게릭 걸린 사람이잖아. 넌 헨릴 어떻게 알아? 야
　　　　구 좋아해?
해　수　(서글프게 보며) 신경과 공부할 때, 배웠지, 넌 어떻게 알아?
재　열　책에서 봤나.. 모르겠네.
해　수　(맘 아픈, 참고, 발을 뻗어, 애써 장난치는)

　　　　재열, '그러는 거 아냐' 하고, 진지하게 사진 찍는,
　　　　해수, 그런 재열을 안쓰레 보며, 생각하는,

　　　　*시간 경과 ≫
　　　　메모판에, 해수의 손 사진과 발 사진이 붙어 있는, 사진 밑에 메모지가 붙은,
　　　　손 사진엔 〈내 이마 위에 언제나 얹어두고 싶은, 해수의 손〉, 발 사진엔 〈절대
　　　　로 걷길 멈추지 않을, 해수의 발〉이라고 쓰인,

씬 44. 재열 오피스텔 욕실 안, 밤.

　　　　재열, 세면대에 기대 눈 감고, 서 있고,

해수, 서서, 재열의 턱에 거품을 내, 면도기로 수염을 깎아주는,

해 수 (웃으며) 가만히 잘 있네..

재 열 (눈 감고, 편하게) 난 이미 너한테 모든 걸 맡겼으니까.

해 수 착한 애인. (하고, 조심스레 정성스레 깎아주며) 만약 니가 아퍼서, 병원에 들어가면 넌 뭐가 젤 걱정돼?

재 열 왜 그런 말을 해?

해 수 언젠간 모든 사람들이.. 한 번은 아프니까.

재 열 글 못 쓰는 거.

해 수 니가 글을 안 써도 난..

재 열 (눈 뜨고 보면)

해 수 (따뜻하고, 가볍게) 좋아할 건데?

재 열 언제 사랑한다고 할 거야, 대체 넌? (눈 감고) 암튼.. 글 안 쓰는 장재열은 장재열이 아냐.

해 수 (짐짓 담담한 척) 강우는...?

재 열 (눈 감은 채, 걱정) 연락이 안 와... 전화도 안 받고..

해 수 많이 걱정되는구나?

재 열 꼭 놈이 죽을 거 같아.

해 수 ?! (쿵 하지만, 참는)

재 열 소설 공모도 떨어지고, 몸도 아프고,

해 수 (순간, 모순을 찾았나 싶은, 조심스레, 그러나 가볍게 묻는) 아픈.. 건, 괜찮다고 했다며?

재 열 놈이 거짓말한 거야.. 놈은 루게릭이야.

해 수 ?!

재 열 나한테 전화할 때 병원 앞에서 강우 놈... 표정이 안 좋았어.

* 점프컷, 8부, 재열의 상상 컷 》
강우가 병원 앞에서 전화하며 눈가 붉은,

* 점프컷, 현실 》

해 수 (쿵 하는, 아무렇지 않은 듯) 병원에.. 같이.. 갔어?

재　열　(무심히) 아니... 안 갔지.. 난 너랑 있었지.

해　수　(면도를 하며, 무심히) 근데, 병원 앞에서 강우 표정이 안 좋은 건.. 어떻게 알
　　　　아? 마치 영화나 소설을 본 것처럼.

재　열　(천천히 눈 떠 해수 보는, 진짜 내가 왜 그러지 싶은)

해　수　(수건장에서 수건 꺼내는)

재　열　(강우 생각하는) ?!

　　　　* 점프컷, 지나간 강우의 단독 씬 》

　　　　1, 3부, 강우가 울며 맨발로 뛰어가던,

　　　　2, 11부, 강우가 강우 모를 보며 걸어가던,

　　　　* 점프컷 》

재　열　(뭐지 싶은) ....내가 강우가 혼자 있던 땔.. 진짜 ..어떻게 알지?

해　수　(수건 꺼내, 맘 아프지만, 애써 밝게, 면도를 다 한 재열의 얼굴을 닦아주고 보
　　　　며) 와, 우리 애인 이제 다시 멋있어졌다, 이뻐.

재　열　(순간 강우 생각 잊고, 웃고, 해수를 품에 안는)

해　수　(이내 떼고, 담백하게) 피곤해 보여, 목욕해.

재　열　당직 있어서 좀 있다 간다며, 그냥 이렇게 보면 안 돼?

　　　　그때, 문자 오고, 재열, 옆에 둔 핸드폰 보고, 실망스런,

해　수　뭐야?

재　열　태용이 자식이 집 앞이래. 아.. 진짜 ...친구지만 싫다.

해　수　낼 또 올게. 금요일이잖아.

재　열　(따뜻하게) 그냥 가면 안 되지.

해　수　(말 끝나기 전에, 재열의 입을 맞추는데, 왈칵하는, 맘 아파하는 것 재열이 눈
　　　　치 채지 못하게, 떼내고, 애써 웃으며, 얼굴 만져주고) 씻어. 면도비누 냄새 나.
　　　　(하고, 나가려 하면)

재　열　사랑해. 아주아주 부담스럽겠지만, 미치게.

해　수　(애써 웃고, 나가는)

재　열　(웃옷을 벗는)

씬 45. 재열의 방 안, 밤.

해수, 책상 앞에서, 물소리 나는 걸 확인하고,

해　수　(의자에 앉아, 컴을 치면, 재열의 원고가 보이는, 제 가방에서 USB를 꺼내, 저장하고, (화장실에서 물소리 나는) USB를 분리해, 가방에 넣다가, 책상 위의 수광이 준, 퍼즐이 보이는, 맘 짠한, 보고, 나가며, 전화하는) 태용 씨, 어디에요, 나 좀 봐요.

그때, 핸드폰 오고, 재열, 씻은 얼굴로 나와, 해수가 갔구나 싶어, 아쉬운, 전화 받는, 음악소리가 들리는,

재　열　(따듯하게 웃는)

씬 46. 양수리 도로, 밤.

강우, 자전거를 타고, 기분 좋게 바람 맞으며, 이어폰을 끼고, 음악을 들으며 가는, 그러다, 손을 놓는, 바람을 맞는,

재　열　(E) 자식... 무사하구나? 다행이다, 걱정했는데?

씬 47. 재열의 오피스텔 안, 밤.

재　열　(창가로 와 문 열고, 바람 맞으며) 강우야, 너 절대, 혼자라고 생각하지 마라, 니 옆엔 내가 있다. 알지?

씬 48. 양수리 도로, 밤.

강우, 바람 맞고 가는,

* 점프컷 》
두 사람의 그림이 분할돼서 보여지는,

씬 49. 재열의 오피스텔 근처 + 태용의 차 안, 밤.

태용, 해수가 준 USB를 꽂고, 핸드폰을 보는,
해수, 그런 태용을 담담히 보는,

태　용　(핸드폰 끄고, 착잡한) 첨부터 끝까지.. 다 전에 썼던, 지 소설.. 짜깁기예요...
해　수　(맘이 쿵 하는, 눈 감는, 눈 뜨고 보면)
태　용　새로운 걸 쓴.. 흔적은 거의 없어요. 지난번 소설도 두어 단락 그러더니,
해　수　(보면)
태　용　(보며) 생각해보니, 재열이가 재범이 형이 포크로 어깨 찍은 날부터, 이상했어
　　　　요. 보통 8개월이면 집필 기간이 끝나는데, 2년 넘게 글을 쓰고, 몇 군데 안 되
　　　　긴 하지만 자기가 쓴 글을 자기가 표절하고, 근데 본인은 잘 모르는 거 같고..
해　수　(참담한, 맘 아픈 것 참고) 재열 씨 옆에서 한시도 떨어지지 마세요. (하고, 내
　　　　리는)
태　용　해수 씨, (하며, 따라 내리는)

씬 50. 태용의 차 밖, 밤.

해　수　(맘 아프게, 참담하게, 걸어가는)
태　용　(해수, 안쓰레 보며) 해수 씨, 해수 씨!
해　수　(E, 참담한) 더 이상.. 현상학적 관점에서 확인할 게 없어.

씬 51. 해수의 진료실 안, 낮.

영진(진지하게 듣는), 해수 서 있는,

영 진 (진지하게 해수 보는)

해 수 (맘 아픈, 그래도 담담히, 안 보고) 수면장애, 식사장애에, 글을 못 쓰는 건 작가에겐 분명한 펑션 저하야. 게다가, (영진 보며, 참담하지만, 담담하게, 단호히) 이제 와 알아챈 게 말도 안 되지만, 그간 무의식적인 자해 수시로 있었어요, 다친 상철 방치하고, 자신을 위험한 상태로 몰아가고.. 자살의 시나리오도 분명해요.

영 진 (진지하지만, 담백하게, 해수 눈 보며, 떠보는, 몰라서 묻는 게 아닌) ..자 ..살?

해 수 글이 전부인 강우가 루게릭에 걸리고, 작가 데뷔 못해서, 극단적인 선택을 할 거라고 믿어. 답이 뻔하잖아?

영 진 (안쓰런, 해수의 머리카락을 넘겨주고, 주머니에 손 넣고, 보며, 담담한) 사랑하는 널 두고 장재열이 무의식이지만, 죽고 싶어하는 심리는, 어떻게 이해했니? 인정하기.. 힘들었을 건데?

해 수 (눈가 붉어져, 담담한, 영진의 눈 피하지 않고) 사랑하는 날 두고 죽고 싶어하는 건, 이유 불문, (맘 아프지만, 담담히) 분명한 병이니까. 장재열은 아퍼. 그게 의사인 내 결론이야.

영 진 (짠하고, 기특한, 담담히) 장재열이 병증을 인지하지 못하는 현재 상태라면, 순차적인 입원 설득은 무리야. 강제 입원밖엔,

해 수 알아요. 일단 입원시켜, 약물로, (맘 아프지만, 담담히) 액티브 심텀을 가라앉혀야지. 상황 봐서 전화할 테니까,

영 진 앰뷸런스 대기시킬게, 보호사도, 김 선생 대기시키고. (해수 어깨 툭 쳐주고, 전화하며, 나가는) 김 선생 어디니? 최 선생이랑 나 좀 보자?

해 수 (가운을 벗고, 전화하며, 나가는) 태용 씨, 저 지해수예요.

씬 52. 거리(방송국 근처 설정), 낮.

태용, 차 앞에 서 있고, 편집장, 속상한 얼굴로 와, 차에 기대, 눈물 찍는,

편집장   피디 만나, 말했어.. 장 작가 몸이 좀 아퍼.. 이제 방송 다신 못한다고.. (하고, 태용에게 안겨, 수건으로 코를 푸는)

태 용   (속상해, 안고, 등을 쳐주는, 울지 말 것)

씬 53. 병동, 낮.

　　　텅 빈, 1인실(재열이 있을 곳), 영진과 동민, 재열 모(맘 아파도 담담히), 방을 확인하는,

영 진   우리 정신과 병동은 철창 대신 모든 유리가 강화유리예요.

동 민   (편한) 다른 병원들도 이래야 할 건데...

재열 모   (확인을 위해, 창문을 열려 하면 안 되는)

영 진   더 이상은 안 열려요. 안전을 위해서. 만에 하나 유릴 뚫고 나간다 해도, 이층이라, 큰 상처는,

동 민   (말꼬리 자르며) 30밀리 강화유릴 도구도 없이 누가 깨?

재열 모   (조심스런) 근데, 화장실은?

영 진   (재열 모 보며) 공동이에요. 보호가 필요한 곳이라.

재열 모   우리 앤.. 화장실에서밖엔 잠을 못 자는데..

동 민   (편하게 웃음 띤) 약을 쓰면 침실에서 잘 겁니다.

재열 모   입원 기간은 .. (차마 묻기 두려운) ..설 ..마, 몇 달 ..몇 년이 걸리진 않겠죠? 텔레비전이나 책 보면, 그러든데.

영 진   산속에 있는 요양소의 경우엔 그럴 수도 있죠. 거긴 만성 재발 환자들이 가니까, 장재열 씨 경우는, 빠르면 한 달... 보통 두 달 정도를 입원 기간으로 봐요.

재열 모   (슬프면서도, 한편 맘이 놓이는) 두 달이면.. 뭐.. 참을 만하네요.

동 민   (웃으며, 편하게) 화장실도 가볼까요?

재열 모   네. (하고, 나가는)

영 진   (나가는)

씬 54. 병동 거실 안, 낮.

동민, 영진, 재열 모(환잘 관찰하는, 밝은 사람들을 보는, 어두운 사람도 보는), 주변을 보는,

동 민   환자가 절로 낫겠네. (재열 모 보며) 좋죠?

재열 모   (화장실 밖의 거울을 보는)

영 진   거울은 저거 하나예요. 간호사와 보호사 있는 공간에만 비치했죠. (시계 보고, 동민 보며) 회의 잡아놨는데..

재열 모   그럼 전 이만 가볼게요... (하고, 둘에게 인사하고, 가는)

동 민   조심해 가세요, 어머니, 멀리 안 나갑니다.

영 진   (동민 보며) 장재범 곧 나온다며, 장재열 일 알려야 되지 않아?

동 민   낼 나오니까, 오늘 가서, 미리 말하게.

영 진   장재범은 뭐가 문제야?

동 민   재열이에 대한 원한보다, 엄마에 대한 집착이 문제지. 나이만 들었지, 엄마의 사랑이 필요한, 품행장애를 앓는 애야. 해순,

영 진   며칠 오프 냈어.

동 민   가자. (하고, 가는)

영 진   (가는)

씬 55. 병원 회의실, 낮.

동민, 영진, 레지, 인턴들 모두 모여 회의를 하는,

동 민   (일어나, 인사하고) 훌륭한 의료진과 협진할 수 있게 되어 영광입니다. 저는, 이번 장재열 씨 치료 과정이 그 어느 정신증 케이스보다.. 힘들 거라고 예상합니다. 그 이유는, (말 이어지는)

씬 56. 강가, 낮.

택시 서면, 재범, 내리고, 택시 가면, 재범, 강가로 가서 앉아, 생각하는, 어린 재열과 재열 모가 씻는 모습이 보이는, 재열 모의 웃는 모습을 속상하고, 멀멀하게 보다, 침 뱉는, 강우, 멀리서, 그런 재범을 담담히, 그리고, 진지하게 보는,

씬 57. 재열의 오피스텔 안, 밤.

재열, 글을 쓰다가, 세수한 얼굴로, 문 열고, 나오다, 순간 멈춰 서는, 해수, 식탁 앞에 앉아 있는,

재　열　(조금 놀라고, 웃으며, 해수 보며) 기가 막히게 왔네, 나 씻었는데? (하고, 해수에게 가려 하면)

해　수　(맘 아파도, 짐짓 밝게) 스탑.

재　열　(멈춰, 보며, 이상한) 왜?

해　수　침대에 앉아.

재　열　(이상하지만, 웃고, 침대 맡에 앉아, 해수 따뜻하게 보며) 왜? 내가 옆에 가는 게 싫어?

해　수　(맘 짠해, 애써 웃으며, 테이블에 팔을 괴고, 손으로 머릴 받치고, 그렇게 재열을 보며, 농담) 그냥 좀 보게.. 왜 그렇게 잘생겼어, 사람 설레게?

재　열　.. (웃고) 나.. 언제까지 이러고 있어야 돼? 안고 싶은데?

해　수　(보기만 하는데, 핸드폰 오는, 받는)

영　진　(E) 해수야, 난데.. 앰뷸런스 대기시켰어. 언제 떠날까?

해　수　(맘 아픈, 참고) 다시, 전화드릴게요. (하고, 끊고, 팔 벌리고, 오라는 신호하면)

재　열　(웃으며, 다가가, 의자에 앉은, 해술 안고, 머리에 입 맞추고(해수 맘 아프게 눈 감는), 눈 감은 채, 안은 채) 사랑해.

해　수　(안긴 채, 맘 아픈) 우리…. 조금만 이렇게 있자. (하고, 눈 감는데, 눈물 흐르는)

재　열　(해수 우는 것 모르고, 안고, 눈 감은 채) 그래.

그런 둘의 모습에서 엔딩.

14부

늘 강하고, 독하고, 이기적인 내가, 너한테만은, 무너져도 될 거 같거든.
나한테 사랑은 그런 거니까.
철저히 그 사람 앞에선 맘 놓고 초라해져도 되는 거.
잘난 척 않고, 의지해도 되는 거.

씬 1. 재열의 오피스텔 안, 밤.

　　　　재열, 서서, 의자에 앉은, 해수를 안고 있는(13부 연결).

영　진　(E) 해수야, 난데.. 앰뷸런스 대기시켰어. 언제 떠날까?
해　수　(맘 아픈, 참고, 천천히 재열을 떼내고, 운 것 안 보이게 화장실로 가는)
재　열　(가는 해수 보며) 빨리 씻고 나와.
해　수　(가며, 짐짓 장난스레, 편하게) 너 애타게.. 늦게늦게.. 나올 거야. (하고, 화장실로 들어가는)
재　열　(웃고, 불 *끄는*)

　　　　* 점프컷 》
　　　　재열, 해수, 잠자리하고 난 듯한, 속옷 차림으로 이불로 몸을 가리고, 무릎을 세운 채, 서로 마주 보며 앉아 있는.

재　열　(해수의 머리카락을 만져주며, 따뜻하게) 기억해. 첫날밤.. 바닷가에서.. 니가 왜 울었는지, 무슨 생각이 났는지, 나중에 말해준다고 했던 거. 그러면서, 니가 한 말을 듣고도 널 사랑한다고 말하면... 넌 그때서야 진짜 내가 널 사랑한 걸 믿을 거라고.. 그리고, 너도 날 사랑한다고... 말해준다고 했지.
해　수　(재열을 그립게 보고, 따뜻하게) 오늘 그때.. 못한 말을 하게.

재 열	(따뜻하게 보는)
해 수	내 얘기 다 듣고, 나한테 정이 뚝 떨어질까 무섭지만.. 할게.
재 열	(따뜻하게 보며, 담담히) 힘들면.. 하지 마, 해수야..
해 수	(맘 아프지만, 담담히) 아니, 하고 싶어. 늘 강하고, 독하고, 이기적인 내가, 너 한테만은, 무너져도 될 거 같거든. 나한테 사랑은 그런 거니까. 철저히 그 사람 앞에선 맘 놓고 초라해져도 되는 거. 잘난 척 않고, 의지해도 되는 거. 엄마와 아빠, 해진 씨와 윤철 씨 보면서 ..내가 배운 거지.
재 열	(보는)
해 수	고3 때였어. 학교로 연락이 왔어, 아빠가 응급실에 있다고. 난 놀라지 않았어. 그전에 수없이 반복된 일이니까. 그날 내가 병원으로 뛰어가면서, 바랐던 건, 아빠가 사는 게 아니었어. (눈가 그렁해지지만, 담담히) 제발 ..끝나라. 더 이상 병원비 들지 않게... 내가 의대에 가게.
재 열	(안쓰레 해술 보며, 담담히 듣는)
해 수	(맘 아픈, 애써 담담히) 근데.. 아빠가 또 살아난 거야.

씬 2. 회상, 응급실 안, 밤.

   해수 부, 심폐소생술을 하고, 해수 모와 윤수, 옆에서 우는,
   어린 해수, 눈가 그렁해, 안 울고 독하게 있다가, 나가는,

해 수	(E) 기쁘지 않았어. 그냥, 다시 모든 게 원점으로 돌아가는 느낌.

씬 3. 회상, 응급실 밖, 밤.

   어린 해수, 벽에 기대, 한쪽의 전화 부스를 눈가 그렁해 보다, 부스로 가, 전화
   해, 모질게, 소리치는,

어린 해수	김 사장 아저씨, 왜 울 엄마 안 만나요?! 전엔 만나더니, 왜 안 만나고 돈도 안 줘요! 나, 대학은 어쩌라고, 울 엄말 안 만나냐고, 왜, 왜! 왜! (하고, 전화 끊고,

벽에 기대 우는)

해수 모   (응급실에서 나오다, 해수가 모르게 그 소리 들은)

해 수   (E, 담담한) 그래서, 엄마랑 김 사장은 다시 만났지.

씬 4. 재열의 오피스텔 안, 밤.

해 수   (눈물 그렇해 보는, 담담한) 엄말 그렇게 김 사장한테 팔아서, 난 의대에 갔어.
         엄마만.. 죄인이 되고, 난 지금까지 .. 모르는 척이지.

재 열   (맘 아프게 안는)

해 수   (눈 감고, 눈물 흐르는, 맘 아픈) 장재열, 이래도, 정말 날, 사랑할 수,

재 열   (눈 감고, 맘 아픈) 사랑해.

해 수   (맘 아픈, 얼굴 떼고, 재열 보며) 나도.. 너, 많이 사랑해. 아니?

재 열   (따뜻하게 보며, 고개 끄덕이는)

해 수   (맘 아프게 울며) 정말.. 아니?

재 열   오래전에.. 알았어.

해 수   많이 사랑해. (재열의 머리 안고, 울음 참지만, 잘 안 되는)

재 열   (맘 아프게, 눈 감고, 해수를 다독여주는) 사랑해. 해수야, 많이 사랑해. (하는
         데, 핸드폰 소리가 들리는, 눈 떠 보면, 재열 핸드폰에 강우가 전화를 건, 환청
         이라, 해수는 못 듣는, 벨소릴 들으며, 한쪽을 보면, 달력에 재범이 나오는 금
         요일에 동그라미로 표시되어 있는)

재 범   (E) 재열아, 나, 나가는 날.. 우리 둘이만 보는 거 안 잊었지? 전화할게. 기다리
         고 있어라.

         *점프컷 ≫
         재열의 핸드폰, 진동으로 울리는, 핸드폰 화면에 강우라고 떠 있는,

         *점프컷, 시간 경과 ≫
         재열, 해수 쪽으로 몸을 돌린 채, 누워 자는, 해수는 안 자는, 재열 얼굴을 꼼
         꼼히 그립게 보고 있는,
         그때, 해수의 전화 오는, 옆에서 핸드폰 들어 보면, 윤수다, 끄는,

재 열 (자다, 뒤척이는)

해 수 (조심스레, 몸을 빼면)

재 열 (자는)

해 수 (자는 재열을 토닥이는)

재 열 (자며) 졸.. 려..

해 수 (따뜻하게 보며) 여기.. 침.. 실인데... 잔다?

재 열 (졸린) 그러네.. 내가.. 침대에서... 니가.. 날 고치나..

해 수 (따뜻하게, 안쓰럽게 보고, 다독여주는) ..말하지 마.. 자...

재 열 (자는)

해 수 (순간 자는 재열 보며, 맘 짠해, 울컥하지만, 이내, 일어나, 옆의 옷과 핸드폰을
       들고 화장실로 들어가는, 문 닫는)

       재열의 핸드폰, 진동으로 문자가 오는, 재열, 보는,

재 범 (E) 사건 장소로 와라. 엄마, 너, 내가 살던, 끔찍한 우리 집.

재 열 (착잡한, 자다 깨, 피곤한, 그때, 전화 오는) 여보.. 세요? 어, 강우야.. 미안, 지
       금은 안 돼.... 해수도 있고, 형을 만나기로 해서... (순간, 이상한) 무슨 말이
       야? 마지.. 막이라니? (하는데, 욕실에서 전화벨 울리는, 욕실 보는)

씬 5. 재열의 욕실 안, 밤.

       해수, 욕조의 커튼을 열고, 낙타 그림(두 개가 있다는 설정)을 보는, 맘 아픈,
       울리는 전화를 보다, 아무렇지 않게 받으며,

해 수 (별일 없는 듯) 어, 언니, 왜?

윤 수 (버럭, 소리치는, E) 야, 기집애야, 너 어디야!

해 수 (알았구나 싶은, 담담히) 야밤에.. 다짜고짜 뭐야?

씬 6. 카페 일각, 밤.

윤　수　(주방에서 앉아, 전화하는, 눈물 닦고, 독하게, 말하는, 재열의 상태를 다 안) 소녀한테 얘기 들었어, 장재열이 미쳤다며, 기집애야?!

수　광　(답답하게 와서, 윤수의 전화 뺏고, 전화 끊고) 장재열은, 미친 게 아니라, 아픈 거야! (하고, 윤수의 전화기 가지고 가는, 속상한)

윤　수　(수광 잡고, 속상해, 때리며) 너, 전화기 내놔, 전화기 내놔!

수　광　(윤수 안고, 다독이는) 진정해, 누나, 진정해.

씬 7. 재열의 욕실 안, 밤.

해　수　(참담한, 애써, 참고, 문자를 넣고, 영진에게 전화하는, 신호가 가는)

영　진　(E) 어, 해수야.

해　수　선배, 지금 장재열 집 주소 문자 넣었어요.. (왈칵하는, 참고, 수도꼭지 틀어, 물소리 나게 하는, 눈물 나는, 애서 참고) ..앰뷸런스 타고 와. (하고, 울지 않으려 하지만, 흐느끼는)

씬 8. 영진의 진료실 안, 밤.

영　진　(걱정되는, 진정시키려 하는, 따뜻하게) 지금 가면.. 되겠어? 아님 좀만 더 기다릴까, 둘이 좀 더 있을래?

씬 9. 재열의 욕실 안, 밤.

해　수　(울음 참으려 하지만 안 되는, 손바닥으로 눈물 닦고) 첨으로 장재열이 .. 침대에서 편히 자.. 잠시만이라도 저대로 좀 재우고.. 싶은데....

씬 10. 영진의 진료실 안, 밤.

영 진 (맘 아픈) ...그럼 ..30분 후에 출발할게.

씬 11. 재열의 욕실 안 + 오피스텔 안, 밤.

해 수 부탁해, 아무것도 모르고 자면서.. 이송할 수 있게.. 주사 (울컥하지만, 참고) 준비해주라.. (하고, 전화 끊고, 전화길 한쪽에 놓고, 두 손으로 얼굴 가리고, 흐느끼는(뒷모습으로 보여줄 것), 그렇게 울다, 애써 진정하고, 옷으로 눈물 닦고, 수돗물 잠그고 나가는, 순간, 굳는, 가슴이 쿵 하는, 침대(쪽지 있는 것 못 보는)를 보면, 아무도 없는, 멍한, 달력을 보면, 동그라미가 표시돼 있는, 본능적으로 뭔가 있구나 싶은, 전화벨 소리 나는, 화장실 보는) ?!

씬 12. 달리는 태용의 차 안 + 차 밖, 밤.

동민과 태용(핸즈프리로 전화하는, 속 타는) 타고 있는, 각자 전화하는, 급하게 달리는,

동 민 (급하지만, 짐짓 침착하게 전화하는, 신호음 소리 나는)
편집장 (E) 어머머머, 장재범이 왜 벌써 출소해?!
태 용 고만 말해, 시간 없어, 빨리 파주 엄마네 가! 어서!
편집장 (E) 아, 알았어, 알았어, (하고, 전화 끊기는)
동 민 (신호음 소리 가는 것 들으며, 태용에게) 차분하게 운전해라. (그때, 전화 받는, 애써 담담히) 어, 해수야, 재열이 같이 있니?

씬 13. 재열의 오피스텔 안, 밤.

해수(얼굴에 진땀이 잔뜩 난, 눈가 붉은, 그러나 애써 냉정하게), 침대의 메모

지를 들고, 가슴은 떨려도 침착하게, 메모판을 보는,

재 열   (E) 해수야, 미안한데, 나, 아무래도 강우가 걱정돼서 만나고 와야겠어. 마지막
으로 나한테 전화했단 말이 아무래도 걸려서. 그리고 형이 나왔어. 강우 얼굴
보고, 형 만나고 올게. 자고 있어. 사랑해.

동 민   (E) 해수야, 내 말 들어? 해수야, 해수야?

해 수   (메모판의 양수리 기사 스크랩을 보고, 나가며, 급한 맘 다잡고) 선배, 양수리
16번 국도로 가. 장재열 그리로 갔어. (하고, 집을 나가며, 재열에게 전화하는)

씬 14. 달리는 태용의 차 밖 + 차 안, 밤.

동민, 전화하고 있는,

동 민   (영진과 통화하는) 영진아, 양수리 16번 국도야! 88도로 타고, 우회전하면 수
리검문소 지나서 직진! 서둘러! 장재범이 출소했어. 이리터블(Iritable; 흥분한)
상태일 가능성이 높으니까, 주사 더 준비하고! (사이) 112엔 내가 전화했어!

씬 15. 몽타주, 밤.

1, 국도변 + 차 안, 밤.
재열(땀이 뻘뻘 나는, 긴장해, 옷이 흠뻑 젖은), 핸드폰을 거치대에 놓고, 스피
커폰으로 강우에게 전화하며(신호음만 울리는) 운전해 가는, 강우가 걱정돼
차를 거칠게, 몰아 가는데,

*점프컷, 재열의 회상 ≫

강 우   (농담처럼) 나 이번 공모 떨어짐 거기서, 콱 죽을 거예요. (자전거를 타고, 빙빙
돌며, 농담처럼) 그럼 사고 보험금 나오겠죠? 그럼 그거 울 엄마 줘야지. (하고,
손가락이 아픈지, 주먹을 쥐었다 폈다 하는)

＊점프컷, 현실 》
재열, 걱정 많게 운전을 하는, 그때, 전화 오는, 해수의 번호가 뜨는, 재열, 보는,

2, 국도변, 택시 안, 밤.
해수, 택시를 타고 전화하며, 가는데,

재　열　(E) 미안해, 해수야.
해　수　(쿵 하는, 애써 침착하게) 어디.. 야?

3, 다른 국도변, 재열의 차 안, 밤.
재　열　(강우 걱정에 긴장한, 전화하며, 한손으로 운전해 가는) 강우가.. 있잖아.. 강우가.. 해수야, 내가, 나중에 전화하면, 안 될까?

4, 국도변, 택시 안, 밤.
해　수　(냉정하려 하며) 어딘지만 말해, 장재열, 니가 지금.. 어딘지만,

5, 국도변, 재열의 차 안, 밤.
재　열　강우네 집 가는 길이야, 이제 거의, (하고, 앞을 보는데)

그때, 앞차가 역주행해 재열의 차에 달려드는, 재열, 놀라, 전화길 떨어뜨리며 (해수, '장재열! 장재열!' 하는) 핸들을 꺾으며, '악!' 하면서, 달려오는 차를 피하려 빙그르르 도는,

6, 국도변, 택시 안, 밤.
해　수　(놀라, 가라앉은) 장재열.. (전화기 끊겨, 뚜뚜 소리 나는, 멍한)

7, 서울의 도로, 밤.
앰뷸런스, 레지1과 영진, 간호사1, 타고 가고, 영진, 주사에 약을 넣어 준비하는, 뒤에 응급벨을 붙인, 봉고차에 보호사가 타고 있는,

8, 도로통제실 안, 밤.
경찰들, CCTV를 보며, 재열의 차를 보며, 전화하는,

경 찰　차 넘버 서울 ***, **색, *** 차종, 국도 12번으로 진입! 국도 12번으로 진
입!

9, 도로의 경찰차, 두어 대 질주하는,

10, 도로, 밤.
해수, 재열에게 전화하며(신호음만 가는) 택시에서 내리고 택시 가는, 이내, 태
용의 차 와서 서면,
해수, 타는, 태용, 차를 급히 몰아 가는,

동 민　(룸미러로 긴장하고, 해수 보면)
해 수　(눈을 감고, 숨을 쉬며, 진정하려 하는, 목에 땀이 흥건한, 신호음을 듣고 있
는)

11, 도로, 양수리 근처, 밤.
재범, 걸어가며, 재열에게 전화하는,

재 범　어디긴, 나도 가는 중이지?
재 열　(E, 힘든) 근데, 형... 나 좀만 늦음 안 될까?
재 범　뭐?

그때, 거칠게 도로를 질주하는 차가 빵 하고 경적소릴 내며, 재범을 획 하고 지
나쳐 가는,

재 범　(가는 차를 보며, 놀라) 야, 쌍! (침 뱉고, 가며, 전화하는) 왜 늦어? 넌 차로 오
고, 난 걸어가는데. 왜 겁나냐, 나 만나기? 새끼가 진짜 보자 보자 하니까..

12, 국도변, 재열의 차 안, 밤.

재열, 핸드폰 들고 전화하며, 빠르게 도롤 질주하는, 강우 생각에 긴장한,

재 열 　내가 형 만나는 게 겁날 게 뭐 있어.. 같이 술 마실 생각하면 기분이 얼마나 좋은데.. 형, 근데, 지금 내가 아는 놈이, (하고, 전화를 보면, 강우의 전화가 오는) 형, 잠시만... (하고, 강우의 전화 받는, 버럭) 강우야, 지금 너 어디야?!

13, 논두렁, 밤.
강우, 자전거를 옆에 끼고, 이어폰으로 전화하는, 강우 모, 강우 부에게 머리챌 잡혀가며 맞고, 짓밟히는,

강 우 　(담담히, 눈가 붉어, 맞는 강우 모를 보다, 돌아서서, 자전거를 타고 가며) 학교 끝나고, 집으로 가는 중이에요. 전화 오래 못해요. 엄마가 집에서 이사 준비해서, 얼른 가서 도와드려야 하거든요.

14, 도로, 달리는 재열의 차, 밤.
재 열 　(전화하며, 운전하는) 강우야, 나 보고 가. 이대로 가지 마. 너, 너, 어디야?

15, 양수리 국도, 밤.
강우, 자전거를 타고, 재범의 곁을 스쳐 지나가는, 눈가 붉어, 작게 웃으며,

강 우 　그동안 작가님 때문에, 정말 행복했어요.. 아무것도 아닌 놈을 늘 챙겨주고, 이뻐해주고.. 세상 사람 아무도 안 그러는데.. 당선해서.. 작가님이 작가님 엄마한테 그랬던 거처럼.. 울 엄마한테 효도하고 싶었는데... 작가님.. 알죠, 내가 많이 고마워하는 거?

16, 도로, 재열의 차 안, 밤.
재 열 　(눈가 그렁해, 맘 아픈, 안쓰런) ..인사.. 하지 마, 강우야, 아직은.. 그런 ..인사하지 마... 내가 미안해, 솔직히 나, 니가 부담스러웠어. 그래서, 너 힘든 거 알면서도 찾아가지 않았어.... 내가 미안, 다신 안 그럴게, 강우야, (하다, 반대방향으로 지나가는 강우를 보는, 놀란, 룸미러로 보면)

＊점프컷 》
강우, 폭주족의 차에 쾅 하고, 치이는,

재 열　(소리치는, 울며) 악! 안 돼! (하며, 차를 반대방향으로 돌리는)

＊점프컷 》
재열의 차, 오는 차와 정면충돌하고,

＊점프컷 》
재범, 도로 갓길에서 그 모습을 멍하니 보는데, 경찰 사이렌 소리 들리는, 멍
한,

＊점프컷 》
경찰차, 영진의 앰뷸런스 급하게 와서 서는,

＊점프컷 》
태용의 차, 앞에서 난 사고에 브레이크를 급하게 밟는,

＊점프컷 》
충돌한 재열의 차에서 재열, 머리에 피를 흘리며, 울며, 차문을 열고 나와 멀
리 보면, 강우, 피를 흘리며, 길가에 누워, 눈물 흐르는 채, 재열을 보는, 재열,
맘 아프게 기어가는, '강우야.. 강우야!' 그때, 느린 그림으로 보호사들과 영진,
달려오고, 보호사들, 재열을 제압해 바닥에 눕히고, 간호사들 팔을 잡으면, 영
진, 오금에 주사를 놓는, 재열, 강우만 보며, 가려 하며, 울고,

＊점프컷 》
해수, 차에서 내려, 재열에게 뛰어가 강우를 힘들게 부르는 재열을 안아주며,
엉엉 우는,

재 열　(강우만 보며, 맘 아프게) 해수야.. 강우 좀... 어떻게 해봐.. 해수야.. 강우 좀..
나는 괜찮으니까, (소리치는) 해수야, 강우 좀.. 어떻게 해봐!

씬 16. 병원 처치실, 같은 날, 밤.

　　재열(초췌한, 머리에 외과 치료 받은), 보호사들에게 사지를 묶여, 눈물이 그렁한 채, 구석을 보면, 강우가 구석에 앉아, 다친 몸으로(맨발에 피가 난), 기침을 심하게 하며, 몸을 뒤트는(루게릭처럼),

재　열　(맘 아프고, 힘든, 강우처럼 기침을 격하게 하고, 루게릭처럼 발이 뒤틀리고, 몸을 뒤트는)
동　민　(E) 그의 루게릭은 무의식이 만들어낸 한강우와의 공유병이며, 통증장애이며, 망상장애죠. 정신이 몸을 지배하는 걸 보여주는, 단적인 예죠.

　　영진, 들어와, 전기치료 전의 주살 놓는,

　　＊점프컷 ≫
　　전기치료 하는, 재열(느린 그림), 눈가 붉어, 숨을 헉 하며, 몸이 튕기는,

씬 17. 처치실, 다른 날, 낮.

　　재열(머리 외상은 나은), 사지가 묶인 채, 주사를 맞는, 정신이 없는, 강우가 옆에서 그런 재열의 머릴 안고, 맘 아프게 우는,

　　＊ 플래시백, 둘의 모습과 재열의 회상, 교차하는 ≫
　　1, 6부, 어린 시절 재열 모, 맞던,
　　2, 6부, 강우 모가 맞던,
　　3, 어린 재열, 울며 뛰어가던(발 보여주지 말 것),
　　4, 4부에 운동장에서, 맨발(보여줄 것)로 울던 강우를 안아주던 재열,

　　＊점프컷, 현실 ≫
　　재열, 슬픈,

동 민   (E) 지금까지의 상황을 종합해볼 때, 장재열 환자의 리얼리티 테스팅(Reality Testing; 현실 검증 능력)은 산산조각 난 상태입니다. 아마, 환자 장재열은 3년 전 형의 출소로 상해를 입는 순간, 형의 원망이, 자신의 죽음이 아니면 절대 해소될 수 없으리란 걸, 무의식적으로 알았을 겁니다. 그때, 첫 강우의 환시가 시작됐죠. 그리고 그의 무의식은 강우를 이용해 죽음으로 갈 수밖에 없는, 자살의 시나리오를 짭니다. 강우를 구하다 죽으리라. 무의식이 자살이 아닌 사고사를 선택한 이윤, 그게 사랑하는 모친에게 상처가 적기 때문이었을 겁니다. 그리고, 그건,

   *점프컷, 처치실 밖 》
   재범(별 느낌 없는, 뭐지 싶은), 보호사의 감시(?) 아래, 안을 보는,

동 민   (E) 14년간 억울한 감방 생활을 한 형에 대한 최대의 보상이라 여겼겠죠.

씬 18. 병원 회의실, 낮.

   동민, 영진 외 의사들과 회의하는, 기존에 나온 사람들 외에, 다른 정신과 의사들도 있는,

동 민   또한, 그것은.. 엄마를 영원한 해리(Dissociation; 정신과 행동의 일부를 정신 상태의 나머지와 분리시키는 무의식적인 방어기제. 해리장애, 전환장애에서 나타남) 상태에 머물게 하는, 완벽한 시나리오이기도 합니다.
레 지 1   질문 있습니다.
동 민   (보면)
레 지 1   치료의 가장 큰 전환점은 환자의 인사이튼(Insight; 병식, 자신이 처한 상황의 진정한 원인과 의미를 이해하는 능력)데, 현재 상황에서 환자에게 그걸 바라긴 어려운 상태입니다. 에피소드(Episode; 정신증 삽화)도 뱀을 보거나, 땅이 꺼지는, 저차원이 아닌, 제2의 자아를 보는, 고차원인 환시구요, 이럴 경우 환자의 병식이 없으면, 장기 입원으로 갈 수 있는 건 물론, 재발 확률도 높은데......

회의가 진행되는 듯한, 동민, 진지하게 듣는,

씬 19. 해수의 진료실, 다른 날, 밤.

해수, 침대에 누워, 생각 많은, 수광, 의자에 앉아 해술 걱정스레 그리고 따뜻하게 보며, 어른스레, 애써 밝게,

수　광　　오소녀가 장재열 안 버리는 누나가 멋있다며, 의사 되고 싶대.
해　수　　...
수　광　　(해수 보고, 소리 나는 장난감으로 웃기려 하지만, 해수, 안 웃는, 머리 넘겨주며, 따뜻하게) 누나 대신, 내가 입 닫으라 그랬어. 좀 자.
해　수　　(눈 감는)

씬 20. 재열 모의 집 안, 밤.

재열 모, 걸레질만 한없이 하는, 멍한, 태용, 그런 재열 모를 속상하게 보는,

씬 21. 동민의 병원 전경, 다른 날, 낮.

씬 22. 동민의 병원 복도, 낮.

강변, 동민, 태용, 나오는,

강　변　　(진료실 안쪽 보며, 답답한) 제가 오늘 장재범에게 모든 걸 말한 게 잘한 일인지 모르겠습니다.
동　민　　(담담하게, 웃으며) 주사원 이미 던져졌어요. 고맙습니다.
강　변　　그럼. (인사하고, 가는)

태 용   형님, 전,

동 민   나가 있어. (하고, 진료실로 들어가는)

태 용   (나가는)

씬 23. 동민의 병원 안, 낮.

동민, 들어오면, 재범, 의부의 상처 사진을 보다, 던지고, 옆의 다른 서류 보는,

재 범   (서류(집이며, 출판사 지분에 관계된) 보며, 아무렇지 않게) 새끼, 양심은 있네,
         재산을 날 다 주고? 진짜 웃긴 새끼! (하고, 서류 던지고, 일어나, 나가다, 돌아
         오며, 동민에게) 너, 엄마가 죽인 거 알게 해. 울 엄마, 고치라고? 울 엄마한테
         아미탈 맞춰.

동 민   (서서, 책상 위의 서류 정리하다, 재범, 지지 않고, 보며, 편하게) 거짓말을 하는
         사람은 아미탈을 맞추면, 진실을 불지만, 해리는 기억이 지워진 거라, 아미탈
         이 소용이 없어. 정 고치고 싶으면 니가 고쳐!

재 범   내가 의사냐?

동 민   그건 의사보다, 너 같은 양아치가 잘 고쳐. 지금 당장 니 엄마한테 가서 되돌
         릴 수도 없는 모든 사실을 불고, 기억 못하면, 또 불고, 또 불고, 또 불어서..
         괴롭혀봐.. 뭐 그러다보면, 의학적 근거 없지만.. 혹시 아냐?

재 범   (동민에게 얼굴 디밀며, 어이없는) 야, 새끼야, 너 그게 의사로서, 할 말이냐?!

동 민   (진지하게, 재범 보며) 니네 집안일이야, 자식아!

재 범   ?!

동 민   (강조, 그러나 차분히) 니 동생 일이고, 니 엄마 일이지. 선택은 집안의 장남
         인 니가 하는 거고. 동생은 죄책감에 정신분열로 병원에 갇히고, 니 엄만 평생
         맞고 살다, 이젠 곁에 깡패새끼 같은 너밖에 없어. 니 복수, 이만하면 됐지 않
         냐?!

재 범   ?!

동 민   지 상처만 아프고, 남의 상처는 나 몰라라 관심 없는... 철부지, 머리만 하얀
         세 살짜리 애새끼!

재 범   이 새끼가, (하고, 화나, 주먹으로 치는)

동 민   (맞고, 아무렇지 않게, 담담히 보며) 어른 되는 방법 갈쳐줄까? 니 집안, 니가
        책임져.
재 범   지랄하고 있네. (턱으로 모서리 가리키며) 저기 씨씨티브이 없음, 지금 년.. 죽
        었어, 새끼야. (하고, 동민, 밀쳐 넘어지게 하고, 나가는)
동 민   (일어나, 담담히, 서류 정리하는데)
태 용   (뛰어 들어오며) 형님, 재범이 형님 저렇게 가면 안 되잖아요, 좀 말려주세요,
        네, 좀..
동 민   (서류 정리하며, 담담히) 넌, 재열이 엄마한테 가 있어. 재범이랑 무슨 얘기하
        나 잘 듣고, 나한테 전하고.
태 용   네, 형님. (하고, 나가는)
동 민   ...

씬 24. 동민의 병원 밖, 낮.

재 범   (걸어가며, 머리 긁으며, 성질나고, 속상한, 어쩔 줄 모르겠는) 썅... 에우.. 썅...
        (그때, 전화 오고, 받는, 버럭) 뭐야?!
재열 모 (E) 밥은?
재 범   (화나, 버럭) 재열이 놈 땜에 맬 울면서, 내가 밥 먹는 게 궁금해, 지금?!

씬 25. 재열 모의 집 안, 낮.

재열 모 (맘 아파도, 따뜻하게) 재열인 병원에.. 있으니까, 날 거야. 선생님들도.. 그렇게
        말하고. 엄마도 그렇게 믿어.. (맘 아픈, 짐짓 담담히) ..엄마가 저녁엔 된장 끓
        일 건데.. 조개 넣어, 고기 넣어?

씬 26. 동민의 병원 근처, 낮.

재 범   (서서, 머리 긁으며, 속상한, 자신도 맘이 아픈, 화도 나도, 맘도 아프고, 어쩔

줄 모르겠는)

재열 모   (E) 재범아, 말해봐, 너 고기도 좋아하고, 조개도 좋아하잖아? ..말해봐, 뭐 넣어서, 된장 끓여, 어?

재 범   (버럭, 눈가 그렁해) 조개, 조개, 조개! (하고, 전화 끊고, 길거리 쓰레기 봉질 발로 차는, 속상한) 아우.. 쌍! (하고, 가는)

씬 27. 해수 모의 가게 안, 낮.

해수 모, 해수 부(빈 창가를 무표정하게 보고 있는)의 손을 잡고, 해수에게 전화하고 있는(창가의 사진이 하나도 없는),
수광, 음식을 맛있게, 먹고 있는,

해수 모   (담담한, 전화 끊으며, 수광에게) 해수, 정말 재열이랑 헤어졌대?

수 광   (먹으며, 아무렇지 않게) 네.

해수 모   (안 믿는, 담담한) 근데 내 전화 왜 안 받아?

수 광   밧데리가 나갔나? 아님 바쁘든가. (하고, 먹는)

해수 모   (수광 보다) 해수한테 전해, 뺑이면 애미 죽는 꼴 볼 거라고? (하고, 나가는)

도 득   (해수 모 나간 것 확인하고, 옆에 와 앉아, 수광 보며, 진지한) 처제보고.. 진짜 전해라.. 언니, 엄마 난리라고, 딴생각 말라고?

수 광   헤어졌다니까?

도 득   내가 임마 둔해 보여도 빠삭이야, 너 오늘도 염탐 왔잖아, 처제 심부름으로? (해수 부 보며) 아버님 병수발도 힘든데.. (수광 보며) 진짜 안 돼.. 꼭 전해라. (하다, 손님 오면, 밝게) 어서, 오세요!

수 광   (답답한, 해수 부 안쓰레 보는데, 전화 오면 받으며) 왜?

씬 28. 카페 안, 낮.

소 녀   내가 대학 가면 너, 내 학비 보태줄 거냐고, 내가 물었는데, 너 왜 대답을 안하고, 나 피해?

씬 29. 해수 모의 가게 안, 낮.

수 광   내가 왜 니 학빌 대? 내가 니 애인이지, 봉이냐? 사랑해도, 돈거랜 안 해, 난.
          혼자서 해결해.

씬 30. 카페 안, 낮.

소 녀   (서운한) 너 전번 날 카페에 온 내 친구가 너 멋있다고 말해서, 나 싫어졌지?

씬 31. 해수 모 가게 안, 낮.

수 광   내가 너냐? 다만, 돈 문젠 각자, 사랑은 둘이. 난 그걸 말하는 거야.

씬 32. 카페 안, 낮.

소 녀   (좋은, 웃으며) 알았어. 사랑해, 박수광. (하고, 전화 끊는)
윤 수   (손님 주문한 것 주고, 작게 웃으며) 맛있게 드세요. (하고, 소녀에게, 속상한,
          그러나 짐짓 담담히) 나, 오늘부로 여기 그만둔다. 사장한테 전해. (하고, 설거
          지하는)
소 녀   해수 언니 유능한 의산데, 장재열 아저씨 병 고치면,
윤 수   (화나 보면)
소 녀   (미안한) 품행장애예요, 이해해줘. (하고, 일하는)

씬 33. 병원 복도, 낮.

          레지, 인턴들이 오는, 자기들끼리 얘기하며 가는,

인 턴 지해수 선생님은 장재열 씨 때문에 당분간 입원 환자는 안 보고, 외래만 본다
면서요?

레지1 (답답한, 레지2에게) 장재열 씨, 어제부턴 액티브 심텀(Active Symptom; 정신
분열병에서 환청, 망상, 와해된 언어나 행동 등 활성기 증상을 말함)이 좀 가
라앉는 거 같던데..

레지2 벌써 2주 다 돼가는데.. 그럴 때도 됐지....

인 턴 근데, 지 선생님 정말 대단하죠? 나 같음 진료 못 볼 거 같은데?

레지1, 레지2 그러게.. (하고, 가고)

씬 34. 해수의 진료실 안, 낮.

해수, 여자(30대)와 상담하는,

해 수 (차트를 진지하게 보는) 잠 못 자고, 밥 못 먹는 걸 가지고.. 어떻게 정신괄 들
르실 생각을 하셨어요? 생각이 되게 진보적이시네요?

여 자 (웃으며) 내과 외과에서 문제없다는데.. 자꾸.. 그러니까요. (웃으며) 언니가 교
통사고 후유증으로 정신과 도움을 받아서 정신과에 대한 편견이 없거든요. 근
데 걱정은 제가 프로그래머라, 약 먹으면 집중을 못할까봐,

해 수 (말꼬리 자르며) 걱정 마세요, 병원을 일찍 들르셔서.. 약은 부담 없는 걸로 쓸
수 있어요.

여 자 (밝게, 손뼉 치며) 앗싸!

해 수 (따뜻하게 웃는) 언제부터 수면장애랑 식사장앨 느끼셨나요?

*시간 경과 》
해수, 영진과 도시락을 먹는, 영진, 해수, 걱정스레 보는,

해 수 (밥만 먹으며, 안 보고, 담담히) 불편하긴, 인턴, 레지 팬 공동숙소에서도 지냈
는데, 이 정도면, 특급호텔이지. 왜, 사람들이 뭐래?

영 진 (따뜻하게 웃으며) 걱정하지 뭐. 근데, 니 환자들 내가 체크 중이다. 병원 측의
요구야. 이해하지? (하고, 먹는)

해 수   (보고, 조심스레) 장재열.. 보고 싶은데, 언제쯤 면회.. 허락할 거야?

영 진   안정기로 들어설 때까지 기다려. 너뿐 아니라, 엄마, 형.. 지금은 누구도 안 돼.
          그리고 장재열, 지금 씨씨티브이 영상 확인시키는 중이야.

해 수   (걱정스레, 보는)

씬 35. 회의실 안, 낮.

재열, 피곤한(약에 조금 취한), 초췌한 얼굴로 그러나, 정신을 차리려 하며, 의
자에 앉아 있고, 보호사들이 서 있는,
영진, 동민, 레지, 인턴들 있는 가운데, 재열, CCTV 동영상(6부, 동영상과 앞
씬, 사고 날 때(CCTV가 찍혔단 설정) 영상)을 보는, 동민 외, 재열을 살피는,
재열, 눈가 붉어, 뭔가 싶게 보는, 왜 내가 저러지, 힘든 정신에도, 이게 뭔가
싶어 집중해보려 하는,

동 민   우리가 널 이렇게 강제 입원시킨 이율 이제 알겠니? 니가 자꾸 다치니까.. 어쩔
          수가 없었다.

재 열   (화면만 보며, 먹먹한, 내가 뭐지, 하는 느낌이다, 사고 날 때, 우는 해수의 얼
          굴을 보며 맘 아픈)

          * 점프컷 ≫
          동민, 뭔가 설명하고, 재열, 강변이 주고 간 사진을 눈가 붉어, 보고 있고,

          * 플래시백, 회상 ≫
          재열 모, 불 지르던,

          * 점프컷 ≫

재 열   (애써, 정신을 차리려는, 그러나 말이 잘 안 되는) 어, 엄마는..... 엄마는 죄.. 죄
          가 없.. 어..

동 민   (고개 끄덕이며, 따뜻하게) 알아.

재 열   (동민 말이 전혀 안 들리는, 눈가 붉은) 형이 ..불쌍해.. 내가.. 내가..

동 민   (재열에게 말소리 들리는) 재열아, 지금 강우는.. 어딨니?

재 열   (힘들게, 창가를 보면)

강 우   (창가에서 밖을 구경하며, 아무 일 없는 듯한)

동 민   (따뜻하게, 재열의 시선 따라가 보며) 강우가 여깄어?

재 열   (강우를 보며, 고개 끄덕이는)

동 민   (따뜻하게, 웃으며, 재열 보며) 여긴, 병원이고, 이 자린 ..일반인은, 들어올 수
         없는데.. 왜 강우가 여깄을까?

재 열   (맘 아픈, 힘든, 강우만 보는) ..

동 민   재열아, 왜 그럴까? 나는 안 보이는데 너는 보이고? ..아까, 영상에선 너도 봤지
         만.. 강우가 없는데.. 넌 또 강울 보고....

재 열   (고개 돌려, 동민, 가만 보는)

동 민   (관찰하며, 묻는) 뭔가.. 이상해?

재 열   (고개 끄덕이는)

동 민   (순간, 조금 안심, 다시 조심스런) 그게 이상하긴 한데... 강우는 있다고 생각이
         드는구나?

재 열   (고개 끄덕이는)

동 민   그럼 강운.. 뭘까, 니 마음이 만든.. 가짠가?

재 열   (눈가 붉어, 강울 보며, 힘들지만, 차분히 말하는) 아니, 강우는.. 있어.

동 민   (안타까운)

재 열   강운, 나만 믿으니까.. 내가 없음, 강운 아무도.. 없어요. 가진 게 없는 애는, 모
         두 사람들이 ..불편해하고.. 외면해....

동 민   (재열을 맘 아프게 보며) 나도 그럴 거 같애? 해수도?

재 열   (맘 아프게, 동민을 멍하니 보는) ...해수 ..보고 ..싶어요..

동 민   니가 맞을 때.. 엄마가 맞을 때 사람들이 그랬어? 불편해하고, 외면하고?

재 열   (눈물 그렁해, 힘들게 끄덕이며, 속상한) 형.. 한테도...

동 민   (안쓰런, 눈가 붉어, 따뜻하게) 그럼.. 재열아.. 강우는 ....넌 ..가?

재 열   ....아니.. 강운.. 강우.

동 민   (안쓰런, 따뜻하게, 재열의 머릴 만져주고, 로샤 검사, 카드 보여주는) 이게 무
         슨 그림 같아?

재 열   (가만 보다) 강우가 ..울어요..

동 민   (다른 그림을 보여주며) 이건?

씬 36. 회의실 밖, 낮.

재열, 휠체어를 탄 채, 보호사들과 나가는, 멀리 떨어져, 해수, 그런 재열을 맘 아프고 안쓰레 보는, 울 것 같지만, 참는, 고개 숙이고, 발끝으로 바닥을 문지르는, 생각 많은, 영진, 그런 해수 보며, 옆에 서 있는, 동민 나와, 해수 옆에 서며,

동 민 약물 투여 후, 강우에 대한 환시, 환청이 줄어들긴 하지만... 아직도 병식이 없어. 강울 우리가 못 보는 게 자기도 이상하긴 한데, 강우 존잰 있다고 생각해. (하고, 가는)
영 진 (해수 보며) 흔히 스키조(Schizophrenia; 조현병 또는 정신분열병)에 동반되는, 피해망상, 과대망상 증상이 없는 건 좋은 징존데, 강우에 대한 집착이 생각보다 크다. 너 만나는 건, 당분간 힘들 거 같다. (하고, 가는)
해 수 (가만있는)

씬 37. 재열 모의 집 안, 밤.

밥상 차려 있고, 재열 모, 바닥을 걸레질하는, 재범, TV를 보며, 누워 있는,

재열 모 재범아, 밥 먹어.
재 범 (TV만 보는)
재열 모 재범아, 밥 먹어야지.
재 범 (TV만 보며) 안 먹어.

씬 38. 재열 모의 집 밖, 밤.

태용, 편집장 평상에서, 밥 먹으며, 둘을 보며,

편집장 들어가봐야 되지 않아?

태 용   동민 형님이 되도록이면, 둘 사이에 끼어들지 말고, 지켜만 보래. (하고, 편집장
        수저에 반찬 놔주는)
편집장   ?

씬 39. 재열 모의 집 안, 밤.

재열 모   낮에도 안 먹고.. 왜 밥맛이 없어? 죽 먹을래? 죽 끓여? 너 죽도 좋아하잖아?
재 범   (말꼬릴 끊고, 밥상을 확 엎는) 시끄럽게! 그리고 그누무 걸레질은 왜 그렇게
        해! 깨끗한 바닥을 닦고, 닦고.... (하고, TV만 보는)

        그때, 태용, 놀라 들어오면,

재열 모   (담담히) 가서 밥 먹어. (하며, 말없이, 밥상을 치우는)

씬 40. 병원 전경 + 재열 병실 안, 낮.

        재열, 서서, 창가를 보는, 먹먹한, 그때, 노크소리 나고, 간호사 들어와, '약 드
        실 시간이에요' 하고, 재열에게, 약봉질 주면, 재열, 약을 먹고, 간호사가 준 플
        라스틱 잔의 물을 마시고, 입을 벌려 보여주는,

간호사   (웃으며) 잘 드셨네요. 쉬세요. (하고, 나가는데)
재 열   (창가만 보며) 간호사님, 내가.. 정말.. 스키조 같아요?
간호사   (담담한, 따뜻하게 웃으며) 많이.. 좋아지셨어요.
재 열   (창가만 보는)
간호사   (나가는)
재 열   (창가를 보는)

        *점프컷, 회상 》
        1, 해진, 물속에 빠져 허우적대던, 울던 윤철의 모습,

2, 5부, 산속에서 했던 해수 대사,

해 수   (E) 사랑만으로 견디기 힘든 일이니까. 난 사실 아직도 둘이 영원할 거란 거 안 믿어. 그래도 응원은 하고 싶드라. 저들이 정말 잘 살면, 나도 사랑을 믿게 될까 싶은 기대도 있고. 그래서, 저들을 위해 난 집 안에 초를 켜지. 도와주세요, 누구라도, 저들을.

3, 12부, 해진이 위로하던 스키조 환자 보호자,
그 그림 위로,

윤 철   (E) 전에 요양원에서 만난 스키조 환자 가족인데, 환자가 재발했어. 낙심이 심해.

　＊점프컷, 회상 ≫
해 수   (윤철에게, 진지하게) 해진 씨도 절대 방심하면, 안 된다? 평생 조심!

4, 차사고 때, 재열을 안고 울던, 해수,

　＊점프컷, 현실 ≫
재열, 생각 많은,

씬 41. 병원 휴게실, 낮.

　해수와 환희, 앉아 있는,
　해수를 그린 그림을(사실화), 해수가 보고 있는,

해 수   (그림 보며, 좋은) 뭐야.. (환희 보며) 이렇게 좋아지기 있기 없기?
환 희   (웃으며) 저, 학교도 가요, 이제.
해 수   (머릴 흩뜨리며 웃는) 다, 내 덕인 거 잊지 마라.
환 희   장재열 작가 정신분열이라고 인터넷에 난리던데, 알아요? 이 병원에 있다던데?

해 수	(보며, 담담한) 알아, 내 애인이거든.
환 희	(멍하니, 가만 보는) ?!
해 수	(어색하게 웃고) 이제 가. 나 일 있어. (그림 들고 일어나며) 선물 고마워. (하고, 가는)
환 희	(따뜻하게 보다, 밝게) 선생님.
해 수	(돌아보면)
환 희	(따듯하게, 와서 보며) 선생님이.. 고친 수많은 환자들, 잊지 마세요. 기운 내고. (하고, 가는)
해 수	(맘 짠한, 가는 환희 보는데, 해수 모 오는)
해수 모	(담담히, 해수 보는)
해 수	...집에 가 있어요, 진료 끝나고 곧 갈게.
해수 모	기다릴게, 그럼. (하고, 벽에 기대는)
해 수	(속상한 채 가는)

씬 42. 해수 모의 집 전경, 밤.

해 수	(E) 엄마, 아빠 변이 너무 묽다.

씬 43. 해수 모의 거실, 밤.

해수 모, 바닥에 앉아, 김치에 소주를 잔에 따라 마시는,
해수, 똥기저귀 가지고 안방에서 나와, 화장실로 가서 버리고 와, 주방에서 비누로 손을 씻는,

해 수	누워 있는 환자한테 하루 물, 2리턴 너무 많아. (하고, 해수 모 맞은편으로 와, 소주를 잔에 따라주는) 1리터로 줄여, 그래야 엄마도 편할 거야.
해수 모	(해수만 보며) 너나 편히 살아.
해 수	(어이없단 듯, 웃고 보며) 내가 뭘?
해수 모	(맘 아프지만, 참고) 내가.. 뭘?

해　수　(아무렇지 않게) 장재열하고 헤어,

해수 모　(그대로 뺨 치는)

해　수　(맞은 채, 가만있는)

해수 모　(눈가 붉어, 가만 보는) 어디서.. 엄말 속여?

해　수　(보며, 지지 않고, 담담히) 진짠데? 나중에 나 뺨 친 거 사과하게 될 거야. 정말.. 진짜니까.

해수 모　(해수를 가만 보며, 눈가 붉은, 담담히) 만약 진짜면, 다행이고, 아니면, 지금 맞은 거 천밴 더.. (울컥하는) 맞을 줄 알아, 너. (눈물 흐르는)

해　수　(맘 아픈, 외면하고, 술상의 술을 마시는) 엄마...

해수 모　(말꼬리 자르며, 소리치는) 엄마 보고 배웠단 말하지 마! 윤수 년이, 남자한테 의리 지키는 거, 니가 나 보고 배워 그런다 그러드라? 진짜 그래?

해　수　(눈가 붉어, 보고, 맘 아픈) 아마도, 본 게 그거,

해수 모　(말꼬리 자르고, 뺨을 치는, 격앙되는) 니가 나랑 살며 본 게 그것밖에 없어? 내가 니 아빠 진절머리 나고 버거워, 김 사장하고 바람난 거 본 건 왜 잊어! 내가 니들 재워놓고, 한때지만, 김 사장 만나러 다닌 건 왜 잊어?!

해　수　(고개 숙인 채, 맘 아픈, 눈물 흐르는)

해수 모　(우는 해수 보며, 맘 아파도, 단호하게) 내가 너 의대 가지 말라고, 이런 개집구석에서 의대가 뭔 말이냐고, 너한테 이기적인 년이라고, 인정머리 없다고 소리친 건 왜 잊어, 기집애야?! 니 아빠 안 아팠음, 애미가 돼서, 공부한단 자식한테 그런 소릴 했겠어?! 환자랑 사는 게 어떤 건 줄 니가 알어?! 지 마누라도 몰라보고, 자식도 몰라보고,

해　수　아빠에 대해 함부로 말하지 마, 엄마..

해수 모　(버럭) 니 아버진 몰라, 암것도! 지금도 여기 안 오잖아, 내가 널 때려도! 아빠가 말만 못할 뿐, 머리는 멀쩡하다고 믿는 건, 다, 엄마, 착각이야, 내가 살라고 착각하는 거라고?!

해　수　엄마..

해수 모　(눈물 닦고, 다시 단호히) 니가 엄마라고 안 불러도 난 니 엄마야. 됐고. 넌, 장재열하곤 진짜 끝내는 거야, 진심으로. 가. (하고, 안방으로 들어가, 문 닫는)

해　수　(맘 아픈, 눈물 닦고, 소주잔 치우는)

씬 44. 해수 모의 안방, 밤.

해수 모, 달그락거리는 소리를 듣고, 벽에 기대 앉아, 소리치는,

해수 모　누가 너보고, 설거지하래! 가! (하고, 울음 참고, 눈물 흘리는, 해수 부에게 가, 수건으로 얼굴 닦아주는) 울지 말어, 해수, 나처럼 살라곤 못해. 당신이 서운 해도.. 절대 안 돼. (하고, 모질게 말하고, 눈물만 닦아주는, 눈물 나도, 참는)

씬 45. 해수 모의 거실, 밤.

윤수(애기 안은), 들어오다, 나가려는 해수 보는,

해　수　(가려 하면)
윤　수　(해수 막아서며, 똑바로 보며, 속상한, 그러나 단호한, 강하게, 또박또박) 나 카 페 관뒀다. 니가 장재열이랑 끝냈단 말.... 언닌 철석같이 믿어. 나 전문대 간 거 너 때문인 줄 알지. 양심이 있으면 똑바로 행동해. (하고, 안방으로 가는데, 속 상한, 눈물 나는)
해　수　(참담한, 나가는)

씬 46. 버스정류장, 밤.

해수, 나무에 기대서서 혼자 생각 많은,

레지1　(E, 말리는) 지 선배, 이럼 안 돼요.

씬 47. 병동 거실, 밤.

레지1, 해수(사복), 구석에서 얘기하는, 환자들, TV를 보는,

해 수　(재열의 차트를 보는)

레지1　(차트를 뺏으며) 선배, 이러지 말자, 진짜.

해 수　(보며) 3일째. 인터뷰에선 강우를.. 안 봤네? 다행이다. 얼굴만 보자.

레지1　(난감한, 고민하다) 선배 보면, 죄책감에 다시 또 에피소드가 일어날 수 있어요. 참아요.

해 수　얼굴만 볼게.

레지1　이 교수님, 병원장님 아시면, 중징계 건이에요,

해 수　모르게 하면 되잖아. 영진 선밴, 내가 얘기 안 하면 되고.. 병원장님한텐 니가 안 불면 되잖아? 왜, 불 거니?

레지1　(답답한, 안쓰레 보다) ... (작심하고) 그럼 병실 밖에서,

해 수　병실 안에서. 단둘이.

레지1　...

해 수　(담담히, 이해되는, 짐짓 편하게) 너 많이 컸다. 감히 하늘같은 선배가... 내가 말하는데도, 끄떡을 않네. 좋은 의사 되겠다.

레지1　(답답하지만, 참고) 딱 10분.

해 수　15분. (웃으며, 레지1 팔 쳐주고, 가면서, 웃음 가시는)

레지1　(보는)

간호사, 보호사　(걱정스레 해수 보는, 저래선 안 되는데 싶은)

씬 48. 재열의 병실 안, 밤.

재열, 책(도종환 시집)을 힘들게 보는, 정신을 차리려 하며 보는, 노크소리 나고, 해수, 들어오는, 재열, 책만 보는, 그러다, 고개 들면, 해수, 눈가 붉어, 짠하게 재열을 보고 서 있는,

해 수　(손을 들고, 맘 아프지만, 애써 웃으며) 안녕.

재 열　(가만 해술 보는데, 눈가 붉어지는, 애써 작게 웃는)

해 수　(짐짓 편하게, 주머니에서 핸드폰을 꺼내 보여주면, 배경 화면이 재열이와 해수의 사진이다) 윤철 씨에서 너로 바꿨어.

재 열　(사진 가만 보다, 해수를 보는)

해 수   (짠해 웃고, 핸드폰을 주머니에 넣고, 책을 집어서, 보며, 침대 옆에 앉는) 우리
        애인이 뭘 보고 있었나.. (책을 읽는) ...바람이 오면 오는 대로 두었다가.. 가게
        하세요.. 그리움이 오면.. 오는 대로 두었다가.. 가게 하세요.

재 열   (해수만 보는)

해 수   (시를 읽는데, 맘이 아픈) 아픔도 오겠.. 지요. 머물러.. 살겠지요.. 살다간.. 가
        겠지요.. (하고, 책을 덮고, 재열을 안쓰럽고 따뜻하게 보는, 책 한쪽에 놓고,
        손을 잡는데, 맘이 짠한) 이 시 넘 좋다.. 장재열, 이 시처럼.. 모든 게 다 지나
        갈 거야....

재 열   (해술 안쓰럽게 보고, 작게 웃음 띤, 해수의 손을 꽉 잡는, 힘이 든)

해 수   (제 손을 잡은, 재열을 못 보고, 눈가가 붉어지는)

재 열   (해수의 눈만 그렇게 보는)

        * 점프컷, 회상 ≫
        1, 9부에서, 해수와 입 맞추고, 9부에서 잠자리하던,
        2, 해수와 재열의 즐거웠던 한때,

        * 점프컷, 현실 ≫

해 수   (재열의 입에 살짝 입을 맞추고, 다시 따뜻하게 보며) 좋아 보이네?

재 열   (해수의 눈 보며, 애써 아무렇지 않게, 웃고 싶지만, 안 되는, 애써도 말하기가
        힘든) 말이.. 잘.. ..안.. 나와.. 걷기도 힘들고..

해 수   (맘 아픈, 애써 아무렇지 않게, 웃음 띤 채, 편히) 약 땜에 그래.

재 열   (제대로 말하고 싶지만, 말이 느린) 니가.. 보고 싶다가도.. 약 땜에.. 졸려...

해 수   (맘 아프게 고개 끄덕이는) 조금만.. 기다려. 나중엔 안 그럴 거야.

재 열   (힘든, 맘 아픈, 웃음 짓고, 애써 담담히) 지, 지금도 오, 오랜만에.. 본.. 널.. 웃
        겨주고.. 싶은데.... 어떻게 웃겨야 할지.. 다, 단어 생각이 안 나?

해 수   (맘 아픈, 애써 웃으며) 나중엔 ..될 거야.

재 열   안아주고.. 싶은데, 안 될 거 같애. (애써, 웃으며) 나, 안.. 섹시하지?

해 수   (재열을 안아주는, 맘 아픈, 애써 참는)

재 열   해수야..

해 수   (안고) 어.

재 열   (눈가 그렇해, 담담히) 나... 내.. 보내줘.

해 수   (맘 아픈, 몸 떼고, 안 되겠다 싶은, 일어나 재열을 편하게 보려 해도, 안쓰러
       운, 보는)

재 열   (눈가 그렁해, 맘 아프게 웃으며) 여기 있는, 난, 나 같지가 않아... (시선 구석으
       로 가면)

강 우   (구석에 앉아, 책을 읽는)

재 열   (보며) 강우 보는 게 병이면.. 내 의지로 고칠게..

해 수   (재열의 시선을 따라가 보며, 강우를 보는구나 싶은)

재 열   (해수 보며, 담담히 말하지만, 눈물이 나는) 날, 믿고, 내보내줘. 강우 다신 안
       볼게.. 여깄는 내가 너, 너무 초.. 초라해, 이런.. 기분.. 싫어. 내보내줘.

해 수   (말꼬리 자르고 입을 맞추는, 맘 아픈, 입술 떼고, 보면)

재 열   (눈물이 나는 참으며, 맘 아픈) 이런 말.. 하지 마?

해 수   (안쓰레 보면)

재 열   그럼.. 니가 ..가나?

해 수   (애써, 담담히, 편하게) 또.. 올게.

재 열   내가.. 널 잡으면.. 또 주사를 주겠지?

해 수   (재열의 눈을 보고, 고갤 끄덕이는, 맘 아파도 담담히) 나를 믿어야 돼. 강운
       환시야. 내가 진짜야. 약은 한계가 있어.. 강우가 보여도.. 그게 환시란 걸 알아
       야만 병을 고쳐. 강우가 니가 만들어낸 너란 걸 알아야 해. 그 착각과 모순을
       찾는 건, 의사가 아니라, 바로 너야.

재 열   (눈을 보며, 맘 아파도, 담백하게) 집에 가서.. 찾을게.

해 수   (맘 아픈) 내가 나가도 부르지 마. 그래야, 내가.. 너한테.. 또 와. (가는)

재 열   (맘 아픈, 낮게) 해수야.. 해수야.

해 수   (맘 아파도, 나가는)

재 열   해수야.. (참는, 눈물이 나는)

       이때, 풀 샷에서 강우 있는,

씬 49. 병동 거실, 밤.

       해수, 눈물 닦고, 나오며, 애써 담담하게, 한쪽에 서 있는 레지1에게 가서, 짐짓

차분하게 말하려 하지만, 맘 아퍼 안 되는,

해 수   니 말이 맞았다. 내가 안 봤어야 돼. 에피소드가 또 일어났어. 이 교수님께, 약
물 절대 줄이지 말라고 해줘. 입원 기간도 예상보다 더 늘려야 할 거 같다. (하
고, 가다, 재열의 방 쪽 보고, 다시, 왈칵 맘이 아픈, 맘 아프게 가는)

가는, 해수의 모습과 병실에서 맘 아픈, 재열의 모습, 한 화면에 보이면서, 엔
딩.

15부

너한테 사랑은.. 철저히 그 사람 앞에선 맘 놓고 초라해져도 되는 거고,
잘난 척 않고, 의지해도 되는 거지만, 난, 아냐.
어려서, 의붓아버지한테 엄마랑 함께 맞을 때 맹세했거든,
다신 그 어떤 누구 앞에서도, 초라해지지 않겠다.
..이별도 연습하면.. 나중엔 살 만해. 믿어, 해수야.

씬 1. 재열의 병실 안, 밤.

해 수   (맘 아픈) 내가 나가도 부르지 마. 그래야, 내가.. 너한테.. 또 와. (하고, 가는)
재 열   (맘 아픈, 낮게) 해수야.. 해수야.
해 수   (맘 아파도, 나가는)
재 열   해수야.. (참는, 눈물이 나는)

         이때, 풀 샷 되면 강우 있는,

씬 2. 병원 복도, 밤.

         해수, 맘 아프게, 걸어가는,

영 진   (E) 해수가 그날 재열이 면회 건으로, 징계위원회에 회부됐어. 몇몇 의사들은,

씬 3. 동민의 진료실 안, 낮.

         동민, 영진 얘기하는,

영 진	해수가 감정적인 판단으로 환자 치료 방해했다고 여기니까. 징계 결과가 나올 때까진, 외래진료 정지에 레지던트 지도만 가능한 상태.
동 민	(담담히, 영진 보며) 재열이, 가족 면회 시키자. 빠삐용이 절벽에서 떨어져 자유를 찾았듯. 영원히, 피할 수 없음, 부딪쳐야지.
영 진	(눈으로 동의하는, 진지하게) 장재범과 모친은, 잘 지내?
동 민	일주일짼데, 별다른 소식이 없어.
영 진	잘 지낸단 얘기네.
동 민	말했잖아, 장재범은, 엄마의 사랑이 필요한 품행장애와 애정결핍에 시달리는 애라고.
영 진	(작심한) 좋다, 면회 순선, 모친보다, 형 먼저 하자.
동 민	(전화를 하는)

씬 4. 재열의 병실 안, 다른 날, 낮.

재열, 간호사와 보호사, 있는데, 전기면도기로 면도를 하고 있는, 다 깎고는, 면도기를 보호사에게 주는,

보호사	(면도기를 받고, 나가는)
재 열	(간호사가 주는 약과 물을 먹고, 입을 벌려 보여주는)
간호사	(웃고, 나가는)
재 열	(테이블 앞, 의자에 앉는, 담담한)

씬 5. 병동 거실, 낮.

재범, 주머니의 것들을 다 꺼내놓는, 껌, 사탕, 휴대폰, 만 원권 몇 장이다, 보호사, 그걸 확인하고, 봉투에 넣는,
재범, 다시 주머닐 뒤져, 미니 칼을 꺼내놓는, 짐 검사하던 보호사 놀라는, 영진, 그 옆에서 재범 보는, 놀라지 않는, 아무 일 없다는 듯한, 눈빛이다,

재 범   (아무렇지 않게, 영진 보고, 웃으며) 호신용. (미니 칼을 봉투에 넣으며) 이럼 되지?

보호사   (영진을 걱정스레 보면)

영 진   (보호사에게) 이분 .. 빈방으로 데리고 가, 옷 싹 다 벗기고, 점검해요.

재 범   (웃고, 보며) 왜 그렇게 이쁘게 생겼어, 혹시 천사야?

보호사   (재범(영진만 보는)을 빈방으로 데리고 가는)

영 진   (가는 재범 보고, 옆의 간호사에게) 큰소리가 나도, 주먹다짐이 아닌 이상, 일단 기다리고, 들어가지 마세요. 보호사분들은, 근처에 대기시키고. (하고, 밖으로 나가는)

씬 6. 재열의 병실 안 + 병동 거실, 낮.

재범, 재열, 의자에 앉아 있는,
둘이 담담히 보는, 재열은 재범을 안쓰럽게, 눈가 붉어, 보고, 재범은, 재열을 무표정하게 보는,

재 범   엄마가... 범인이라며?

재 열   (눈가 그렇한, 맘 아프고, 미안한)

재 범   그러니까, 니 생각은.. 뭐야? 내가 14년 동안 억울하게 빵에서 산 대가로.. 돈이나 먹고 떨어져라?

재 열   (보며, 맘 아프지만, 담담한) 형.. 너무너무 미.. 안해.

재 범   (말꼬리 끊고, 얼굴에 침 뱉고, 일어나, 주먹으로 재열 치고, 넘어지면, 구석에 재열을 끌고 가, 발로 짓밟으며, 가라앉은) 뭐가 미안해, 뭐가 미안해!

재 열   (말없이, 신음소리도 못 내고, 밟히기만 하는)

재 범   (밟으며, 눈가 붉어서, 속상하고, 화나고, 맘 아프게, 말하는, 조금씩 악에 받쳐, 격앙되는) 말해봐, 새끼야, 뭐가 미안해?! (소리치는, 이 소리를 밖의 사람들이 듣는) 검사 판사한테 우리 형이 아니라, 엄마가 죽였어요, 하고 말 안 한 게 미안해, 뭐가 미안해?!

*점프컷 》
간호사, 문 열고, '뭐하는 짓이에요! (거실 쪽에 대고) 보호사님!' 하는,

*점프컷 》
그때, 보호사들 '장재범 씨, 그럼 안 돼요!', '그러지 마세요!' 하며 뛰어 들어와,
재범을 등 뒤에서 잡는, 누구는, 재열을 안는,

재 범　(압박당한 채, 재열 보며, 눈가 붉어, 소리치는) 나는 원래 개새끼니까, 내가 엄
　　　마가 죽인 거 알면, 아이고, 신난다 하면서, (맘 아파, 소리치는) 검사 새끼한테
　　　나 대신, 엄마예요! 나 대신 울 엄마 잡아가! 울 엄마가 남자한테 맞다가 미쳐
　　　서, 사람을 죽였어요, 잡아가! 그랬을까봐?!
재 열　(입가 터진 채, 맘 아파, 우는)
재 범　(병실에서 끌려 나가며, 재열에게 말하는, 눈가 그렁해, 맘 아픈) 이 미쳐도 싼
　　　새끼! 놔! 너만 엄마 뱃속에서 나왔냐! 나도 엄마 뱃속에서 나왔어! 이 미친 새
　　　끼야! (하고, 몸을 확 움직여, 몸을 빼고, 보호사들을 확 치려다 말고) 가서,
　　　저 새끼, 피나 닦아! (하고, 나가는, 눈가 그렁한)

*점프컷 》
재범, 속상해, 거실을 나가며 소매로 눈가 닦는,
그때, 영진, 거실로 달려와, 재범 보고, 그냥 재열의 병실로 가는, 재열 보고,
걱정스런,

재 열　(보호사들이 일으켜 세우려 하면, 누운 채, 눈물 흐르는, 맘이 편한) 좀만.. 놔
　　　둬요.. 이대로.. 조금만.
영 진　(재열이 안쓰런, 보호사들에게 담담히) 다들.. 나가요. (하고, 재열 앞에 쪼그려
　　　앉아, 손수건으로 입가 닦아주고, 따뜻하게, 담담히) 장재열 씨.. 나 밖에 있을
　　　게요. 그리고, 10분 후, 간호사 보낼게요. (하고, 나가는)
재 열　(눈가 그렁한 채, 옆을 보면)
강 우　(재열 옆에 누워, 눈가 그렁해, 재열을 보는) ...
재 열　(반응 않고, 다시 천장만 보다, 다시 강우 보면, 없는, 눈 감고) 넌 가짜야....
　　　넌.. 없어..

씬 7. 복도, 낮.

해수(재열 소식 들은), 걱정스레 뛰어가다, 멈추고, 앞을 보면, 영진, 전화하며 걸어오다, 해수 보고, 담담히 비상구로 들어가며, 전화하는,

영 진 천만다행으로 크게 다치진 않았어..
해 수 (걱정스레 따라 들어가는) ..

씬 8. 동민의 진료실 안, 낮.

동 민 (진지하게, 전화하는) 재열이 심리 상태 어때?

씬 9. 병원 계단 비상구, 낮.

영 진 (전화하며, 비상구로 들어와, 제 앞에 서는, 해수를 보며, 전화하는) 우리, 예
상대로야.
해 수 (담담히 영진을 보는, 전화 내용을 듣는)
영 진 (보며, 담담히, 해수에게 사정 얘기해주듯) 형한테 평생.. 맞고 싶었던 매를 맞
아서, 그런가, 뭔지 모르게, 아주아주... 홀가분해 보이드라.
해 수 (재열의 맘이 느껴져, 눈가 그렁해지는)
영 진 (해수를 보며) 장재열, 참 강한 사람 같애.. 바로 잠드는 거 보고 나왔어.
해 수 (영진이가 고마운, 영진 손잡아주고, 나가는)
영 진 (가는 해수를 안쓰레 보지만, 참고) 잘 만나게 한 거 같애.

씬 10. 동민의 진료실 안, 낮.

동 민 (맘이 짠한) 다행이네. 진짜.. 큰 숙제 하나 풀었다. 그래, 또 전화하자. (하는
데, 맘이 편한)

씬 11. 재열 모의 집 안, 낮.

재범, 평상에 앉아, 밥을 우적우적 먹는,
재열 모, 태용, 조금 멀리서, 재범을 신기한 듯 보는,

태 용 (웃으며, 재열 모에게) 밥 잘 먹네.
재열 모 (작게 웃으며) 재열이 보고 오드니, 저래.
태 용 형이 재열이한테 화가 풀렸는가, 나한테 어젠 재열이 퇴원 언제 하냐고 묻드
라?
재열 모 그래? (재범 보며 기특한, 맘 짠해, 작게 웃으며)

씬 12. 병동 밖, 밤.

재열(말끔한 모습이다, 움직임이 정상이다), 보호사와 함께 산책하고 돌아오
는,
해수, 멀리서, 그 모습을 숨어, 보고 있는, 재열, 모르고, 해수를 스쳐 지나가
는, 해수, 가는 재열을 보며,

해 수 (따뜻하고, 그립게 보며) 밤 산책 했나보네.. 보기 좋네... 참 잘생겼다, 우리 애
인.

* 점프컷 ≫
재열, 가는데, 앞의 유리창을 보면, 해수의 모습이 비치는, 순간 그리운, 멈추
는, 보호사, 멈추는, 재열, 해수를 가만 보면, 해수(재열이 보는 줄 모르는), 재
열을 보다, 맘 아프게 가는, 재열, 맘 아프게, 다시 가는,

씬 13. 재열의 병실 안, 밤.

재열, 자는, 해수, 문 밖에서 재열을 그립게 보는,

그때, 레지1의 목소리 들리는,

레지1 (E) 지 선배, 진짜 여기서 이러면 안 돼.
해 수 (레지1 보는)

씬 14. 병실 밖, 밤.

레지1과 해수 얘기하는,

레지1 (걱정) 징계위원회에서, 이러는 거 알면, 진료 정지 장기화될지도 몰라요, 진짜
       어쩌려고 그래?
해 수 (담담히) 알았어, 알았어, 미안해. 갈게. (하고, 병실 안 재열을 다시 한 번 보
       고, 가는)

씬 15. 병실 안, 밤.

재열, 해수 간 것 알고, 눈 뜨는(안 자고 있었던),

씬 16. 병원 야외휴게실 안, 다른 날, 낮.

재열 모, 재열 앉아 있고, 조금 멀리 보호사가 서 있는,

재열 모 (짠하지만, 애써 밝게, 얼굴 만지고, 손잡고) 우리 아들 좋아 보인다?
재 열 (애써, 담담히) 형이.. 엄마한테.. 무슨 말 안 해?
재열 모 (서운해, 웃으며) 안 해. (밝게) 근데, 너 만나고 와선, 밥도 잘 먹고, 뭔지 모르
       게 좀 편해 보이드라..
재 열 (짠해 웃고) 엄마.. 나.. 요즘 강우가.. 안 보여.
재열 모 (따뜻하게 웃으며) 들었어. 이 교수님이 전화해서.

재 열	(진심 아닌, 애써 편하게 웃으며) 강운, 정말 가짠가봐. 약을 꾸준히, 먹으니까, 일주일 동안은 단, 한 번도 안 보였어.
재열 모	약 잘 먹는단 말 들었어. 착해.
재 열	(보호사 딴 데 보는 것 확인하고, 재열 모에게, 작게, 차분하게) 퇴원하고 싶어, 엄마.
재열 모	(안쓰런, 고개 젓는, 달래는) 그건 안 돼. 해수가 오늘 너 만나러 온다니까, 문자로 신신당부했어. 퇴원은 절대 안 된다고.
재 열	(담담히, 천천히) 엄마한테 가 있을게. 엄마가 날 24시간 감시해. 그럼 되지?
재열 모	(맘 아픈, 애써 담담히) 그런 얘기할 거면, 엄마 갈래.
재 열	(재열 모 손잡고, 따뜻하게, 달래는) 엄마.. (맘 아픈, 참고, 담담히) 해수가, 아무래도 나 때문에 병원에서.. 징곌 받은 거 같애.
재열 모	?
재 열	해순 의산데, 나 때문에 환잘 못 본대. 엄마, 아주 가끔이지만, 해수가 ..밤에 날 보러 병실 밖에 와. 그리고 ..울고 가지.. 난 자는 척하지만.. 다 알아. 모르는 척하기 .. 힘들어.
재열 모	해수 니 방, 가지 말라고 할게.
재 열	(눈가 붉어져, 담담히) 아니... 안 오면, 내가 기다리니까, 그건.. 안 되지.
재열 모	(눈가 그렁해, 안쓰런)
재 열	(맘 아픈, 참고, 애써 담담히) 걔는 엄마... (울컥하지만, 참고) 가난해.
재열 모	..
재 열	아빠는 아프고, 빚도 많고, 교수가 꿈이지..
재열 모	(맘 아픈) 그럼, 돈 주자. 그럼 되잖아?
재 열	(고개 젓고) 걘 아주 자립심이 강하고.. 자존심이 세. 안 받을 거야. 내가.. 해술 떠나야 돼.
재열 모	...
재 열	엄마.. 내 병은.. 잘 안 낫는데... (한쪽 보면, 강우가 따뜻하게 자신을 물끄러미 보고 있는 게, 보이는, 맘이 쿵 하지만, 담담히, 재열 모 보며) 재, 재발할 수 있고.. 평생 약을 먹는데...
재열 모	알아, 하지만, 당뇨나 고혈압처럼 약만 먹으면,
재 열	(말꼬리 자르며, 맘 아픈, 가라앉은, 달래듯) 욕심내지 마, 엄마.
재열 모	(울컥하는)

재 열	내가.. 걔 앞날을 방해할 순 없어. 남잔 그래선 안 돼. 여잘 보호해야지. 짐이 되면.. 해순 어릴 때 나처럼 출세가 중요한 애야. 욕심이 아니라.. 그건 걔 인생에 아주.. 중요한 계획이야.
재열 모	(맘 아픈, 참고) 엄만 니가.. 더 중요해.
재 열	(맘 아프지만, 달래는) 그럼 안 돼... 엄마, 사람이 그러면 안 되는 거야... 혼자 할래. 아니, 엄마랑 같이... 해순, 여기 두고... 엄마, 내가 사랑하는 여자한테 더 이상 쪽팔리지 않게... 데리고 나가줘. 어? 그리고 날 믿어, 난 늘 그랬듯.. 혼자 일어날 거야.
재열 모	(재열을 안고, 우는)
재 열	(맘 아파도, 몸 떼고, 재열 모를 달래는, 애써 담담히) 약 먹을게. 진짜야, 약 잘 먹을게. (하고, 앞을 보면)
강 우	(벤치에 앉아, 맘 아프게, 재열을 보는)
재 열	(그런 강울, 안 본 척하고, 재열 모를 달래듯) 다시 강우가 보이면, 엄마가 날 다른 병원에 데리고 가는 거지... 어? 이제 가자, 엄마, 어?

씬 17. 병원 일각(조용한 곳), 낮.

재열 모, 나오면, 영진, '어머니, 어머니' 하며 뛰어와, 재열 모 잡으며,

영 진	(답답한, 걱정) 어머니, 장재열 씬 아직도 여전히 강우가 존재한다고 생각한다구요. 진짜 강운 없구나, 스스로 알 때까진, 치료된 게 아니에요. 그러니까, 어머니, 저흴 믿으시고,
재열 모	(맘 아프지만, 웃으며) 약 잘 먹일게요.
영 진	약만으론 안 돼요. 저희가 장 작가를 여기에 두려는 이윤, 약의 의존도를 줄여, 나중에 정상적으로 글을 쓸 수 있게 하기 위해서예요.
재열 모	첨으로 가족 셋이 살 기회가 생겼어요. 우리 가족이 한번 맘 잡고.. 견뎌볼게요. 감사했습니다. (하고, 가는)
영 진	(가는 재열 모 보며) 어머니, 어머니, (하다, 크게 한숨 쉬고, 보는)

씬 18. 병원 일각(아무도 없는, 병원 뒷공간쯤), 낮.

재열(사복), 벤치에 앉아 있는, 해수, 서서 그런 재열을 보며, 참으려 해도, 눈물이 나는, 소매로 닦고, 약해지지 않으려 애써 참고, 재열을 빤히 보는,

해 수   (맘 아프고, 속도 상하는, 애써 담담히) 가지 마.
재 열   (작게 웃음 민, 담담히 보며) 니가 어떤 말을 해도 난, 가.
해 수   (맘 아픈, 보는, 뭔가 말하고 싶지만, 뭐라 말해야 할지 모르겠는) 나한테 왜.. 그렇게 잔인해?
재 열   (맘 아픈, 일어나, 서서 보며, 담담히) 해진 씨가 물에 빠졌을 때, 맘 아퍼하던, 윤철 씨를 기억해. 널 내 옆에서 그렇게 만들 순 없어.
해 수   (맘 아프지만, 단호하려 하는) 치료하면 돼. 장재열, 날 사랑한다면, 제발,
재 열   (말꼬리 자르며, 짠하게 웃고, 담담히) 너한테 사랑은.. 철저히 그 사람 앞에선 맘 놓고 초라해져도 되는 거고, 잘난 척 않고, 의지해도 되는 거지만, 난, 아냐. 어려서, 의붓아버지한테 엄마랑 함께 맞을 때 맹세했거든, 다신 그 어떤 누구 앞에서도, 초라해지지 않겠다.
해 수   (맘 아픈, 눈물 닦고)
재 열   날 재수 없는, 마초라고 해도 어쩔 수 없어. 난 ..그렇게 살았고, 그게 편해. 내가 널 덜 사랑하는구나 생각하는 게 편하면.. 제발 그렇게 생각해. 이 말은, 난.. 반드시 내 식대로 한단 뜻이야.
해 수   (눈물 닦고, 보며) 내가 어떡하면 널 잡을 수 있(어),
재 열   (말꼬리 자르며, 해수의 두 볼을 잡아, 짧게, 입 맞추고, 떼고, 보며, 애써 웃으며, 따뜻한) ..이별도 연습하면.. 나중엔 살 만해. 믿어, 해수야. (하고, 맘 아픈, 눈물 나지만, 참고, 빠르게 걸어가, 멀리 떨어져 있는 태용의 차에 타는)
해 수   장재열! 장재열! 장재열! (이러지도 못하고, 저러지도 못하는, 재열 보다, 두 손으로 얼굴 가리고, 우는)

씬 19. 달리는 태용의 차 안, 석양.

재열, 뒷좌석에서 재열 모와 가는,

태용, 운전하고 가는,

재열, 석양을 보며 생각하는, 해수가 벌써 그립지만, 참는, 애써 덤덤한, 어떻게 해야 하나 싶은, 모르겠는,

씬 20. 몽타주.

1, 회상, 해수와 3부에서 손잡고 뛰어가던,

2, 회상, 8부 바닷가에서, 키스하던,

3, 회상, 14부 병실, 밤.

해 수 (재열의 눈을 보고, 고갤 끄덕이는, 맘 아파도 담담히) 나를 믿어야 돼. 강우가 니가 만들어낸 너란 걸 알아야 해. 그 착각과 모순을 찾는 건, 의사가 아니라, 바로 너야.

4, 현실, 차 안.

재열, 맘 아프지만, 담담히 가는, 창밖을 보면, 강우가, 자전거를 타고, 환하게 웃으며, 따라오는, 재열, 맘 아프게 '넌 대체, 뭐니, 강우야' 하는 눈빛으로 보는,

5, 동민의 집 전경 + 거실 안, 밤.

동민, 수광, 걱정스레 현관문 앞을 보면,

해수, 지친 모습으로 들어오는,

수광, 이층으로 오르려는 해수를 따뜻하게 웃으며 안고, 다독이는,

해수, 안겨, 맘 아픈, 참는, 동민, 그 모습 보다, 이층으로 올라가는,

*점프컷 ≫

동민, 두 개의 초를 갈고는, 가만 기도하듯 보는,

6, 재열 모의 집 안 일각, 다른 날, 낮.

재열, 카메라의 액정 화면으로 해수와 즐거웠던 한때와 해수의 손과 발이 찍힌, 사진을 보며, 해수가 그리운, 마당을 보면, 강우, 평상에 누워 책을 읽고

있는 게 보이는, 재열, 담담하게 강우를 보는,

씬 21. 병원 일각, 복도, 밤.

레지1, 레지2, 인턴1, 2 등이 죽 서서 해수를 초조하게 기다리고 있는, 다들 시곌 보는,
그때, 해수, 병원장실에서 나와, 담담히 아무렇지 않은 듯, 걸어가는, 레지1 외,
모두, 걱정스레 해수를 보면, 이내, 영진, 병원장실에서 나오는, 레지1 외, 가는
해수를 보다, 영진에게 모두 달려와 보는,

레지2   징계 어떻게 됐어요?
인 턴   한 달간 외래진료 정지?
영 진   (가는 해수를 보며, 담담히) 두 달간 외래진료 정지. (하고, 가는)
레지1 외 (속상한)

씬 22. 해수의 진료실, 밤.

해수, 창가를 보고 있는,
노크소리 나고, 영진, 들어와, 논문자료 놓는,

해 수   (창가만 보는)
영 진   논문자료야. 정리해... 징계받은 기분은?
해 수   (창가만 보며, 담담히, 그러나 처지지 않게) 덤덤해.
영 진   (보며, 관찰하듯) 왜 화가 안 나고.. 덤덤해?
해 수   지금 내 관심사가 아니니까.
영 진   그럼 니 지금 관심사는?
해 수   (창가 보다, 영진 보며, 담담하지만, 단호한) 장재열을 강우가 사는 비현실이 아닌, 내가 사는 현실로 어떻게 돌아오게 할까. 오로지, 그거 하나.
영 진   (해수가 기특한, 어깨 쳐주고, 나가는)

해　수　　(골똘히 생각하는)

씬 23. 재열 모의 집 안, 다른 날, 낮.

　　　　재열 모, 약을 가져와 주면, 재열, 약을 먹고, 물 마시고, 입을 벌려 보여주는,
　　　　그때, 전화벨 울리고, 재열 모, 멀리 둔 재열의 핸드폰을 받으러 가는,

재열 모　　여보세요?
재　열　　(해순가 싶은)
재열 모　　(웃으며) 그랬어. 어, 전해줄게. (하고, 재열에게) 태용인데, 요즘 니 책이 부쩍
　　　　　잘 나간대.
재　열　　(해수가 아닌 게 실망스런)
재　범　　(TV 보다, 재열 보며) 미친놈이 책 썼다는 게 재밌나보지?
재열 모　　(속상한, 핸드폰을 재열에게 주며) 해수는.. 통, 연락 없네...
재　열　　(서운한, 핸드폰 들고, 아무렇지 않은 듯, 나가는)
재열 모　　(웃으며, 걸레질하며) 핸드폰 위치추적장치 켜났지?
재　열　　어. (하고, 신발 신다, 재범 보며, 편하게) 형 나 산책 가. (하고, 자전거를 끌고
　　　　　나가는)
재　범　　(TV만 보다, 갑자기 웃통 벗는) 드럽게 덥네.
재열 모　　(걸레질하려다, 재범 보며, 환하게) 엄마가 등목해줄까?

씬 24. 시골길(혹은 들길), 낮.

　　　　재열, 자전거를 타고 가는, 그때, 문자 오는, 자전거를 세우고, 핸드폰을 보면,
　　　　사진이 온, 재열, 담담하게 보면, 수광이 만들어준 재열과 해수의 퍼즐 사진인,

해　수　　(E, 편하게, 일상적으로) 약 잘 먹고 있단 말, 영진 선배한테 전해 들었어. 나는
　　　　　니가 보고 싶은 거 빼고는, 잘 지내.
재　열　　(해수가 그리운, 잠시, 눈가 붉어지는, 후, 한숨 쉬고, 핸드폰을 주머니에 넣고,

자전거를 타고 가려는데)

누군가, 등을 톡 치는, 돌아보면, 동민과 수광이가 환하게 웃고 있는, 동민, 큰 소리로 반갑게 '잘 지냈냐?' 하며, 주먹을 내밀면, 재열, 짠해서 그러나 반갑게 웃으며, 주먹을 치고, 수광, '잘 지냈어?' 하며, 손바닥을 내밀면, 손바닥을 치는,

씬 25. 재열 모의 집 안, 낮.

재열 모, 재범을 등목해주는, 재열 모, 비누를 수건에 칠해, 비누칠을 하는,

재 범   (아픈) 고만해, 아, 아파! 살살!

재열 모   (씻기며) 조금만 참어, 빨리 할게.

재 범   (일어나, 옆의 물대야를 발로 확 차며, 화난) 내가 드러? 왜 자꾸 닦아! 하루 종일, 청소하고, 걸레 빨고, 세상이 다 드러? 엄마만 깨끗해!

재열 모   (미안한, 맘 아픈, 엎어진 대야를 치우며, 어색해 웃으며) 그러게.. 내가 그러 네... 재열이랑 똥둣간에 빠진 후론,

재 범   ?!

재열 모   머리가 어떻게 된 건지, 그냥 다 모든 게 냄새가 나고.. 드럽고.. 문 닫힌 방에 서도 못 자겠고...

재 범   (이상한) 재열이랑 똥둣간에 빠져? 왜 빠져?

재열 모   (마루에 앉아, 작게 웃으며, 회상하는) 그때가 언젠가... 아침부터 같이 살던 사 람한테 맞아서, 동네방네 도망을 다니다, 내가 기껏 숨은 데가 산 아래, 공중 변소칸 안이었어.

씬 26. 회상.

1, 5부에 나온 변소칸 풍경이 보이는,

재열 모   (E) 거기서 아마 한나절은 있었지... 정말, 죽겠드라고. 그래서, 나가려는데, 그

때 다시 그 사람 목소리가 들리더니,

　　　*점프컷 》
　　　어린 재열, 도망을 해, 변소칸으로 들어가는,

재열 모　　(E) 재열이가 들어온 거야.

　　　*점프컷 》
　　　변소칸에서, 슬프게 재열 모를 보던 재열,

재열 모　　(E) 그때 재열이가 날 보던 눈빛이라니..

씬 27. 재열 모의 집 안, 낮.

재열 모　　(눈가 붉어, 웃으며, 수건으로 코 푸는) 그때, 재열이랑 그러고 냇가 가서, 씻는
　　　　　데.. 난 울고 싶은데, 재열이가 엄마 웃기지? 우리 둘이 똥둣간에 빠지고.. 하
　　　　　며.. 웃드라.
재　범　　(덤덤히, 재열 모를 보는)

씬 28. 회상, 강가, 낮.

　　　어린 재열, 웃으며, 재열 모와 노는,

　　　*점프컷 》
　　　어린 재범, 그걸 부럽게 보다, 가는,

　　　*점프컷 》
　　　어린 재열, 재열 모, 놀면서도 눈가가 붉은,

재열 모   (E) 그래서, 나도 덩달아 웃고.. 엎어진 김에 놀자 하며 물놀일 했네.. 그때부터 였을걸... 재열인, 화장실에서 자고.. 난 문 닫힌 방에선 못 자고....

씬 29. 재열 모의 집 안, 낮.

재범, 재열 모 보는 게 먹먹한,

재열 모   (짠해 웃으며) 요즘 그 생각이 부쩍 자주 나면서.. 그때, 우리가 둘이 부여잡고 울었어야 됐나... 재열이가 ..아픈 게 그때 못 울어 병난 게 아닌가, 싶은 생각 이... (눈물 나는, 수건으로 눈물 닦는)
재 범   (다시 등목 자셀 취하며) 닦어.
재열 모   (짠해, 웃으며, 물을 뿌리다 말고, 순간, 놀란, 재범의 머릴 뒤적이며) 어머.. 야, 재범아, 너, 검은 머리 나나봐. 야, 너 검은 머리 올라와.
재 범   (화 안 난, 담담히) ...등이나 닦어.
재열 모   (웃으며) ....아이고, 신기해라..

씬 30. 냇가, 낮.

수광, 냇가에서 세수를 하며, '아우, 시원해, 아우, 시원해' 하는,
동민, 재열, 그런 수광 보며, 웃는,

동 민   (웃긴) 귀연 놈. (재열 보며, 담백하게) 밥은 잘 먹고?
재 열   (편하게 웃으며, 수광 보며) 잠도 잘 자요.
동 민   (아무렇지 않게, 편하게) 해순 병원서 중징계받았다.
재 열   (안 보는) ?!
동 민   (아무렇지 않게) 니 화끈하고, 앗쌀한 성격에 헤어진 여자, 어떻게 사는지, 궁 금하지도 않겠지만.. 병실에 너 보러 가서, 징계받았어. 사랑 때문에, 의사로서 오명을 썼지! 너한테 잘 지낸다고 했다면, 그건 뻥이야. 갠 못 지내.
재 열   (보며, 담담히) 수광이가 그러든데, 형수님, 미국에서 나오신다고?

동 민 (깔깔대며, 좋은) 너랑 해수, 보니까, 갑자기 나도 사랑이 하고 싶어지면서, 마누라가 안 오면 아주 그냥 바람 피게 생겼드라고. 서로 자주 왔다 갔다 하기로 했어. 난 사랑이 필요한, 사춘기 어른이거든. (진지하고, 따뜻한) 너 역시 그렇고.

재 열 (해수 생각나, 외면하는)

동 민 (재열 보며) 잘난 척하지 말고, 해수한테 위로받아. 병원에서.. 치료받고, 해수 보자. 너 요즘도 강우 보이잖아. 안 보이면, 니가 해술 안 찾아올 이유가 없지.

재 열 (말꼬리 자르며, 담담히, 일어나는) 조심해 가세요, 형님.

동 민 (일어나며) 또 올게. (수광에게) 가자, 수광아! (하고, 가는)

재 열 (가는 동민을 보면)

수 광 (와서, 재열 보며) 고마워, 나 매니저 시켜줘서. (순간 재열의 얼굴 잡고, 볼에 입을 쪽 맞추고, 웃는)

재 열 (수광 이쁘게 보며, 머리 흩뜨리며) 소녀랑 키슬 너무 해서, 그새 입 맞추는 게 버릇 됐냐?

수 광 (낄낄대고 웃다, 멈추고, 재열 보며, 손가락으로 총 쏘듯 하고, 거드름) 빙고!

재 열 가. (하고, 자전거 타면)

수 광 (첨이라, 어렵게 부르는) 혀, 형!

재 열 (짠한, 웃음 짓고, 돌아보면)

수 광 (눈가 붉어, 애써 밝게) 나랑 해수 누나, 동민 형님이 진짜고, 강우는 가짜야!

재 열 (눈가 붉어, 보는) ..

수 광 우린 다 형.. 너 기다린다. 안 오면, 형이라고 부른 거 취소야! (때릴 듯) 콱! (하고, 가는)

재 열 (자전거 타고 가는)

씬 31. 해수의 진료실 안, 낮.

해수, 전화하는,

해 수 엄마가 왜 잘되는 가겔 내놔?

씬 32. 해수 모의 가게 안, 낮.

        도득, 손님들을 분주하게 대접하는, 윤수, 전화하는,

윤 수   (담담하지만, 단호한) 엄마가.. 가게 나감 너 돈 줄 테니, 조 박사님 돈 갚고,

        그때, 해수 모, 밖에서 와서, 전화 뺏는,

해수 모   (단호한, 진지한) 나머지 들고 여행을 가든지, 유학을 가든지, 여기 떠나 있어.

씬 33. 해수의 진료실 안, 낮.

해 수   (담담히, 속상한) 여행도, 유학도 못 가. 이 교수님 논문 준비해야 돼.
해수 모   (E) 지랄하네!
해 수   ..

씬 34. 해수 모의 가게 안, 낮.

해수 모   (버럭) 니가, 기집애야! (하다, 손님 보고, 조금 진정하자 싶어, 손님을 안 보고
        전화하는) 남의 논문 써줄라고 의사 됐어?! 징계받아, 진료도 못 보면서... 가
        게 아님 집이라도 팔 테니, 유학 가! (하고, 전화 끊고 나가는)
도득, 윤수 (가는 해수 모를 속상해, 보는)

씬 35. 해수의 진료실 안, 낮.

        해수, 속상하고, 맘 아픈, 창가 보며, 골똘히 생각 많은, 그러다, 핸드폰의 재열
        의 밝은 사진을 물끄러미 보다, 결심한 듯, 재열에게 전화하는,

재 열   (E, 조심스런) 여보.. 세요.

해 수   (진지한, 작심하고, 담담한) 나야.. 해수. (하고, 전활 미련 없이 탁 끊고, 일어
         나, 가운 벗는)

씬 36. 들길, 낮.

재열, 자전거를 멈춘 채, 끊긴 전화를 보는, 해수가 그리운, 핸드폰 주머니에
넣고, 자전거를 타고 가는데, 다시 전화가 오는, 받을까 말까 고민하다, 맘 아
파도 무표정하게 받는,

재 열   왜?

씬 37. 해수의 진료실 안, 낮.

해수, 외출복 차림 갈아입고, 서서, 책상에 기대, 전화하는,

해 수   (맘 아파도, 애써 담담히) 니가 날 떠난 지, 일주일이 넘었어. 날 버리고 가선..
         어때, 맘이 편해? 난 불편해. (하고, 전활 탁 끊는, 그러다, 다시 전화하는, 모
         두 계획적인)

         * 교차씬 ≫
재 열   (전화하는, 받으면, 달래듯) 해수야.
해 수   (전화 탁 끊고, 이번엔 재열이가 전화할 때까지, 기다리는)
재 열   (전화길 보고, 전화 걸고 싶은 맘 참고, 자전거를 타려다, 멈추고, 고민하다, 전
         화 거는)
해 수   (울리는, 전화를 가만 보는)
재 열   (전화하는, 받는 것도 안 받는 것도 두려운)
해 수   (서너 번 더 울리고 나서야, 받는, 재열의 의지를 기다리는 것)
재 열   왜.. 그래?

해 수   (진지한, 눈가 붉은) 의부 사건이 일어나던 날, 동민 선배는 니가 어쩔 수 없는
        선택을 한 거라고, 이해하지만, (강조) 아니, 그날 넌 아주 큰 잘못을 했어.

재 열   (맘 아픈) ?

해 수   널 믿는 형과 변호사와 상의하지 않은 거. 이번에도 넌 아주 큰 잘못을 하고
        있어. 날 버리고 간 거. 내 도움을 거부한 거. 이제 이 전화가 끊기면... 난 다신
        죽어도 너한테 전화 안 할 거야. 너처럼.. 나도 한다면 해.

재 열   (눈가 붉어, 그리운, 맘 아픈) ...

해 수   니가 강우를 진짜라고, 부여잡는 이상.. (단호하지만, 맘 아픈) 우린 이렇게 헤
        어져야 할 거야.

재 열   ...

해 수   장재열, 지금부터 내가 하는 말 잘 들어. 내 전화가 끊기면, 아마도 넌 강우가
        또 보일 거야. (강조, 차분하지만, 강하게) 그때, 정신 차리고, 니 눈에 보이는,
        강우를 똑똑히 봐. 그리고 찾아내. 걔는 니 착각과 모순인 걸. (맘 아프고, 눈
        가 그렁하지만, 단호한) 그래야, 우린 다시 만나.

재 열   (맘 아픈, 한쪽 보면)

강 우   (교복 입은, 편하게, 재열 주변을 돌며, 자전거를 타는)

재 열   (해수에게 가고 싶지만, 눈가 붉어, 그런 강우를 보며, 맘 아픈) 강우는 있어..
        해수야...

해 수   (말꼬리 자르며, 맘 아파도, 단호한, 진지한) 강우가 보일 때, 너랑 나랑 사랑하
        던 순간을.. 기억해.

재 열   (해수가 그리운, 강우를 보는데, 그래도 강우는 있다 싶어서, 맘이 아픈)

해 수   내가 너를 만지고, 니가 나를 만질 때, 내가 니 품에서 웃고, 울 때, 그 순간..
        그것만이 진짜야.

재 열   (해수에게 가고 싶지만, 강우를 버릴 순 없단 생각이 드는, 강우를 보는데, 너
        무 맘 아픈, 가라앉은) 강우가 있는데.. 왜 없다고 하는지.. 모르겠어. 뭐가 착
        각이고 모순인지 ..찾아지질 않아.

해 수   (맘 아파도, 단호한, 차분하고, 진지한) 찾을 수 있어. 넌 찾을 수 있어. 니 앞
        의 강울 똑똑히 봐. 머리부터 발끝까지, 아주.. 아주.. 천천히.. (강조) 숨을 멈추
        고, 천천히, 모든 환시는 반드시, 모순이 있어. 자세히 보면, 모순이 찾아질 거
        야. 모든 환자들이 그렇게 찾으니까, 너도 할 수 있어. 그 착각과 모순이 찾아
        지면, (울컥하는, 참고) 나한테 와, 기다릴게. 정말 많이 사랑해. (하고, 전화 끊

고, 울음 참고, 태용에게 문자 넣고 진료실 나가는)

＊점프컷 ≫
재열, 맘 아픈, 전화기를 내리고, 보다, 자전거를 타면, 강우, 웃으며, 옆에서 자전거를 몰고 가는,

재　열　(강우를 보고, 앞을 보며, 애써, 담담히, 거짓말하는) 넌 가짜야. 해수 말이 맞아.

강　우　(따듯하게 웃으며) 정말요?

재　열　....

강　우　조 박사님 말처럼 내가 그럼 ..작가님이라구요? (슬프지만, 따듯하게 웃으며) ..난 나지.. 내가 어떻게 작가님이에요. 난 작가님일 수가 없죠.. 우린 생긴 것도 너무 다른데..

재　열　(가며, 앞만 보며, 참담한, 뭐가 뭔지 모르겠는) ...

강우, 자전거를 몰아, 재열 앞을 가로막으며,

강　우　(맘 아픈, 따듯하게 보며) 사람들이 거짓말하는 거예요. 작가님이 맞을 때, 다들 사람들이, 모른 척한 거처럼. 사람들은, 나 같은 앤 관심 없으니까. 그냥 날 봐도 ..모르는 척하는 거라구요...

재　열　(맘 아픈, 고갤 떨구다, 강우의 발을 본(보여주지 말 것), 뭔가 이상한, 모순을 깨닫는, 숨을 멈추고)

해　수　(E) 내 전화가 끊기면, 아마도 넌 강우가 또 보일 거야. (중략) 니 앞의 강울 똑똑히 봐. 머리부터 발끝까지, 아주.. 아주 ..천천히.. 숨을 멈추고, 천천히, 모든 환시는 반드시, 모순이 있어. 자세히 보면, 모순이 찾아질 거야.

재　열　(숨이 멎을 듯한, 고개 들어, 강우(교복 입은)를 보는)

강　우　(편안하게 웃으며, 보는) 나 모르는 척하지 마세요, 작가님.

재　열　(눈가 붉어, 강우 보는, 뭔가 싶은, 덤덤히) 너랑 나랑.. 만난 지, 몇 년 됐지.. 강우야?

강　우　(편하게) 3년이요.

재　열　(눈가 붉어, 쿵 하는, 이상한, 그러나 담담히) 너 ..몇 ..학년이니, 강우야?

강　우　(웃으며) 고등학교 2학년이요.

*점프컷, 회상 》
1부에서, 사고 났을 때, '작가님' 하던 강우와 옷이 같은,

재　열　(E, 포크에 찔려, 힘든) 넌.. 누구니?
강　우　(E) 작가님 팬, 한강우요, 고등학교 2학년.

*점프컷, 현실 》
재　열　(맘 아픈, 눈물이 그렁해지는, 강우를 보다, 자전거를 타고, 마구 달려가는)
강　우　(이상한) 왜 그래요, 작가님?!
재　열　(자전거를 타고, 길을 달리는)
강　우　작가님, 작가님! (하고, 쫓아가는)
재　열　(눈가 그렁해, 마구 자전거를 달리는, 자전거 미러로 뒤의 강우를 보면)

*점프컷, 자전거 미러 》
강우, 피 묻은 맨발로(자전거 미러에 C. U.), 자전거를 타며, '작가님!' 하며, 쫓
아오는,

*점프컷 》
재열, 죽어라, 눈물 그렁해 달리는,

해　수　(E) 태용 씨, 지금 위치추적장치 보고 재열 씨, 뒤밟아요. 지금 당장이요.

씬 38. 도로, 낮.

태용, 위치추적기를 보며, 운전해 가는,

씬 39. 버스정류장 + 버스 안, 낮.

해수, 초조하게, 시겔 보다, 버스 오면, 타는,
해수, 자리에 앉으며, 맘 아파도, 기운 빠지지 않은, 재열이 올 거라 믿으며, 창
가 보고, 눈가 붉은, 다시 시계 보는,

씬 40. 몽타주.

1, 도로, 낮.
재열, 눈가 붉어, 자전거를 타고 달리는, 백미러로, 달려오는 강우를 보고, 외
면하고, 해술 떠올리는,

＊점프컷, 회상, 플래시백 ≫
해수와 뜨겁게 입 맞추던 때, 즐겁게 웃던 때,

＊점프컷, 현실 ≫
재열, 죽어라 해술 생각하며 달리는, 회상과 교차되는,

해 수   (E) 강우가 나타나면, 니가 나를 사랑하던 땔 기억해. 니가 나를 만질 때, 내가
너를 만질 때, 내가 니 품에서 웃고, 울던 때, 그 순간만이 진짜야.

2, 재열, 죽어라 달리는, 그러다, 오는 차를 보고, 자전거가 순간 부딪히려는,
3, 점프컷, 플래시 회상 ≫
차사고 났을 때, 강우의 피가 난 발, 그리고, 지금까지 강우의 모습 중, 강우
발에 피가 난 장면이 컷컷 보여지는,
4, 4부에서 재열과 강우 뛰는 모습, 발 보여주면, 피가 난,
5, 어린 재열이 울며 맨발(클로즈업할 것)로 달리는, 피가 난, 강우와 어린 재열
의 발이 같은,
6, 주택가, 동민의 집 근처, 낮.
재열, 죽어라 달리는, 땀이 범벅인,

7, 버스정류장, 밤.

해수, 맘 아프게, 버스에서 내려 조금 빠르게 가는, 시계 보는,

8, 동민의 집 앞, 밤.

재열, 달리면서, 돌아보면, 강우가 '작가님!' 하며 쫓아오는 게 보이는, 재열, 울음 참고, 달리는, 재열, 자전거를 버리고, 죽어라, 뛰어가는,

씬 41. 동민의 집 마당, 밤.

해수, 대문 열고, 들어와, 시계를 보고, 그때, 전화(태용)가 오고, 조금 놀래, 받으려 하다, 뭔가 느낌이 이상해, 뒤를 돌아보면,
재열(땀범벅이 된), 해수 보고, 그 자리에서 무릎 꿇고 주저앉는,
해수, 순간, 왜 그런지 알겠는, 뛰어가, 얼굴 보고, 맘 아파도 놀라지 않고, 재열, 안는, 등을 쓸어주며, 울컥하는,
재열, 땀범벅이 돼서, 힘든,

재 열   (정신 차리려 애쓰는, 고통스런, 그러나 차분히, 가라앉은) 내 뒤에.. 강우가...
해 수   (눈가 그렁해, 재열 얼굴 보면)
재 열   해수야, 강우는... 가짜야. 강운 절대.. 나일 수가 없는데, 쟤는.... 나야.

         * 점프컷 ≫
         문 앞, 강우, 따뜻하게 작게 슬픈 웃음 짓고 재열을 보는, 재열이 모순을 찾은 게 맘 아파도, 편안한, 맨발로 선, 발 클로즈업하면, 피가 난,

         * 점프컷 ≫
해 수   (맘 아프지만, 모순을 찾았다 싶어서, 감격해, 재열을 보는)
재 열   (눈물 나는, 맘 아픈) 해수야.. 나 좀.. 나 좀 도와줘! 나 좀 도와줘... 해수야!
해 수   (맘 아픈, 안고, 울며) 잘했어, 잘했어, 이제 됐어, 장재열, 이제 됐어.

씬 42. 재열 모의 거실, 밤.

재열 모, 가방 싸며 우는, 감격한 눈물이다,
재범, 방에서 밥풀 액자 가져와 주는,

재열 모   ?

재 범   빵에서 내가 먹고 싶은 밥 안 먹고, 밥풀로 만든 거야. 그거 갖고, 울지 마.
      (TV를 멍하니 보며, 무심히) 조 박사가 이번엔 재열이 병원 가면 진짜 낫는다
      며.. 울지 마.

재열 모   (재범이 고마운, 가슴에 액자 안는, 맘 아픈)

씬 43. 동민의 집, 재열의 방 안, 밤.

재열(조금 졸린), 침대에 누워 있고, 동민, 주살 준비하는,
해수, 재열 옆에 앉아, 재열의 손을 잡고 있는, 따듯하게 보는,
그때, 문 열리고, 수광, 들어와, 아무렇지 않게, 재열 옆에 눕는, 핸드폰으로 재
열과 사진 찍으려는,

수 광   (웃으며) 웃어, 장재열.

재 열   (웃으며, 수광 보는데, 사진 찍힌, 졸린) 너, 형이라고 안 해?

수 광   (핸드폰 놓고) 유명 작가랑 사진 찍었다고 자랑해야지.

재 열   (힘든, 웃고, 해수 보며) 해수야, 애가 나한테 형이라고 안 해.

해 수   싸가지 없는 놈 한 대 패줄까?

수 광   패기만 해, 그냥, 아주. 두 배로 갚아줄 테니까.

동 민   다들 주둥이만 살아선.. (재열의 팔에, 주사를 놓으며) 주사 논다.

재 열   네.

동 민   (주사 놓고)

해수, 수광   (그런 재열을 보는)

동 민   이제 졸릴 거다.. 좀 자. 수광아, 나가자.

수 광   싫어, 여기서 잘 거야.

동 민 (뒤통수 때리면)

수 광 (벌떡 일어나 나가는)

동 민 꼭 맞아야 말을 듣지.

수 광 (그새 들어와, 해수가 기특해, 해수의 볼에 입 맞추는)

해 수 임자 있는 몸이다.

수 광 (웃으며, 재열 보며) 긴장해라, 장재열.

재 열 형님, 애 꼴 보기 싫어요.

동 민 니가 참어. 난 너보다 수광이가 더 좋아.

수 광 (동민 등 위로 안고, 좋은) 역시, 형님.

해 수 언제 한번 편먹고 싸워, 아주, 작살을 내줄 테니까!

동 민 (나가며) 둘이 자다 깨 일 벌이지 마라.

수 광 엿들어야지. (하고, 나가는)

해 수 (웃고, 옆에 누우며) 자.

재 열 (해술 보는, 그러다 옆을 보면, 강우가 책장에서 책을 뒤적이는, 발 안 보이는)

해 수 강우가.. 보이는구나..?

재 열 니가 말한 거처럼... 강우가 저기 있구나.. 해.. 그냥. (하고, 눈 감는)

해 수 잘하고 있어.. (다독여주는) 잘하고 있어.. (하고, 재열의 머릴 만지는, 재열이
       안쓰럽지만, 맘이 편한, F. O.)

씬 44. 카페 안, 낮.

해수, 도득(맘이 답답한)의 말을 진지하게 듣고 있는,
수광, 소녀, 설거지 등을 하며 둘을 보는,

도 득 이번 주말까지, 병원 정리하고, 여기 정리하고, 집으로 와, 처제. 어머니랑 언니
       까지 여기 와 큰소리 나게 하지 말고. 나도 처제가 싫어하는 술 끊었어. 가족
       들 노력하는 거 좀 알아주라. (하고, 가는)

해 수 (답답한, 머리 쓸어 올리며, 집으로 가는)

소 녀 (일하다, 가는 해수에게, 밝게) 언니, 기운 내요!

수 광 (귀엽게 보며) 웬일이냐? 남 일에 그렇게 따뜻하게?

소 녀   (웃으며) 니가 떠날까봐.

수 광   ?

소 녀   내가 니 말 진짜 잘 들어줄 거니까, 나 버리지 마, 알았지? (하고, 손님 오면, 밝게) 어서 오세요.

수 광   (귀엽게 보고, 웃는, 열심히 일하는)

씬 45. 동민의 집, 이층 거실, 낮.

동민, 재열, 앉아 진지하게 얘기하는,

동 민   (따뜻하게, 보며) 이제 강우를 보낼 때가 왔다, 그지?

재 열   (맘 아픈, 보며) 네...

동 민   16살 때, 형을 범인으로 지목할 수밖에 없었던, 너 자신을 이해해야만, 지금의 강우를 떠나보낼 수 있어.

재 열   (맘 아픈) ...

동 민   잘잘못을 떠나서, 16살의 니 행동을 이해 못하면, 강운 또 나타날 거야.

재 열   해볼.. 게요.

동 민   (어깨 툭 쳐주고) 나와. (하고, 나가는)

재 열   (착잡한, 그때, 핸드폰 울리는, 문자 온, 보는)

해수 모   (E) 재열아, 나, 해수 엄마다. 부탁한다. 우리 해수 잡지 마. 난, 니가 아파도, 그렇게까지 이기적인 앤 아니라고 믿고 싶다.

재 열   (맘이 짠한, 담담한, 핸드폰 넣고, 일층으로 가는)

씬 46. 동민의 집 앞, 낮.

태용, 차를 몰고 와, 세우고, 기다리는,

씬 47. 동민의 집 마당, 낮.

해수(외출복), 재열 서서 손을 잡고 있는,

해 수   (재열을 보며, 웃으며) 병원에 같이 가고 싶지만, 따로 가야 하는 거 알지?
재 열   (따뜻하게 보고 웃으며) 어.
해 수   병원에서 보면 서로 모르는 척해야 하는 것도 알지?
재 열   징계받은 의사, 퇴직까지 당하게 하진 않을게.
해 수   (재열 보고, 웃으며) 아우, 아주 말마다 촌철살인이지.
재 열   (웃으며) 그래서, 싫어?
해 수   아니, 좋아 죽겠어. (하고, 재열의 얼굴을 잡아, 입을 짧게, 맞추고, 떼고, 눈가
         붉어, 짠하게 손잡고, 재열 보며) 오늘 강우 만나면, 전해줘. 그동안 참 외로웠
         을 내 남자를 지켜줘서.. 내가 많이 고마워한다고... 그리고, 이제는, 자기 곁에
         내가 있으니까, 편안히 가라고.
재 열   (맘 짠하지만, 애써, 웃으며) 그래.
해 수   (맘 짠해, 안아주고, 몸 떼고) 강우한테 줄 내 선물은.. 니 차에 있어.. 잘 전해
         주고.. 먼저, 가.
재 열   (짠해서, 해수를 보고) 그래. (하고 가는)
해 수   (가는 재열 보며, 짠해 보고, 잠시 있다가, 가는)

씬 48. 병원 전경, 밤.

간호사   (E) 소등 시간입니다.

씬 49. 병원 거실, 밤.

재열, 환자들과 TV(코미디)를 보는, 환자들 웃고, 재열, 편하게 그들을 보다,
일어나고, 간호사, 말하는,

간호사   각자 병실로 돌아가주세요, 부탁합니다.

환자들   (일어나, 서로 재밌다며 이야기하며 병실로 가는)

재　열   (일어나, 병실로 가는)

씬 50. 재열의 병실 안, 밤.

재열, 병실로 들어와, 앞을 보면, 강우가 침대에 앉아, 슬프게, 맨발(피가 나는, 어린 재열의 발과 같은)을 내려다보고 있는,

재열, 강우를 안쓰레 보고, 따뜻하게 웃고, 침대 맡에 앉아, 강우의 발을 보는,

재　열   (애써 눈가 붉어도 웃으며) 강우.. 야? 발.. 씻자..

*점프컷 ≫

강우, 의자에 앉아 있는,

재열, 무릎을 꿇고, 대야에 강우의 발을 담그고 닦이는,

강우, 눈가 붉어, 따뜻하고, 담담히 재열을 보는,

재열, 맘 아프지만, 참고, 짐짓 편안하게 강우의 발을 정성스레 닦이고, 발을 제 무릎에 올려, 수건으로 상처를 잘 닦아주는,

*점프컷 ≫

재열, 강우(편한)의 발에 양말을 신기고, 신발을 신기는, 재열, 맘 아픈, 눈가 그렁한,

재　열   우리 애인이 선물을 아주 잘 골랐네..

*점프컷 ≫

재열, 강우(신발을 신은) 서로 마주 보고 있는데, 눈물이 그렁한, 그럽게 따뜻하게 보고 있는,

강　우   (눈가 붉어, 따뜻하게) 작가님, 이제 나.. 오지 마요?

재 열 (강우를 보며, 눈가 붉어, 따뜻하게) 우리.. 애인이, 너한테 고맙다고 전해달래.
만약, 내가 너를 만나지 못했다면, 아마 난 ..죄책감 때문에 지금까지 살지 못
했을 거래. 내가 널 위로하면서, 실은 내 자신을 위로했던 거래.

강 우 (눈가 그렁한) ....

재 열 고마웠다, 강우야. 널 만나고서 알았어.

  *점프컷, 회상 》
  1, 의부에게 맞던, 어린 재열,
  2, 어린 재범에게 맞던, 어린 재열,

재 열 (E) 내가.. 강한 척해도... 의붓아버지의 폭력이, 형의 폭력이 ..

  *점프컷, 현실 》
재 열 (맘 아픈) 정말 많이 무서웠구나.

  *점프컷, 회상 》
  재열 모, 맞던,

재 열 (E) 엄마가 맞는 걸 보면서도, 아무것도 할 수 없는, 내가,

  *점프컷, 현실 》
재 열 힘없는 내가.. 참 싫었구나.

  *점프컷, 회상 》
  맞고 뛰던, 어린 재열,

재 열 (E) 맨발로 들판을 도망칠 때... 울지 않아도, 나는 너무너무, 무서웠구나..

  *점프컷, 현실 》
재 열 (두 손으로 얼굴 가리고, 울다, 눈물 닦고)

강 우 (따뜻하게, 눈가 그렁해, 웃으며) 이제.. 내가 와도 아는 척 마세요, 작가님.

재 열   (맘 아픈, 애써 참고) 어.

강 우   ..다.. 지나간 일이에요.

재 열   (고개 끄덕이는) 그래, 그때 나는 어렸고, 그 일은 지나갔고, 지금 나는 참 ..괜
        찮은 어른이 됐다.. 생각할게.

강 우   그래도 어느 날 내가 문득.. 보고 싶으면, 거울을 보세요. 작가님은.. 나니까.

재 열   (맘 아픈) ..그래.

강 우   이제.. 나, 가요.

재 열   (맘 아픈, 울음 참고, 강우의 머릴 쓰다듬다가, 강울 꼭 안는, 울음 참는, 몸을
        떼고, 의자에 기대, 보는)

강 우   (맘 아프게 보고, 웃으며) 안녕, 한.. 강우.

재 열   (의자에 기대, 울음 참고, 담담히) 안녕.. 장재열.

    * 점프컷 ≫
    화면 풀 샷으로 벌어지면,
    재열, 울며 의자에 앉아 있고, 그 앞에 거울이 놓여, 재열을 비추는, 바닥에
    물 담긴 대야와 운동화가 놓인,
    창가를 보면, 해수, 그 모습을 보고 있었던, 맘 아프지만, 재열이 기특한, 문을
    열고, 들어와, 해수, 재열의 등 뒤로 와, 재열을 기특하고, 맘 아프게 꼭 안고,
    머리에 입 맞추고, 눈 감는, 재열, 맘 편하게, 자신을 안은, 해수의 손을 잡고,
    두 사람의 모습 한 화면에 보이면서, 엔딩.

16부

지금 혼자라고 외로워하는 분들,
누군가 당신을 위해 24시간 기도하는 사람이 있습니다.
기억하세요. 여러분은 단 한순간도 혼자였던 적이 없습니다.
그럼 오늘 밤도... 굿나잇, 장재열.

씬 1. 재열의 병실 안, 밤.

재열, 맘 아프게 의자에 앉아 있고, 그 앞에 거울이 놓여, 재열을 비추는, 바
닥에 물 담긴 대야와 운동화가 놓인,

*점프컷 ≫
강우, 거울 속에서 환하게 웃는, 그래서 마치, 재열과 강우가 마주 보고 있는
듯한,

*점프컷, 회상 ≫
강우와 재열, 장난치고 즐겁던(2부, 4부), 모습이 몽타주로 가는,

*점프컷, 현실 ≫
재열, 거울 보며, 강우가 그리운, 그때, 해수, 눈가 붉지만, 맘 편하게, 들어오
는, 재열, 거울만 보며 있는, 해수, 재열의 등 뒤로 와, 재열을 기특하고, 맘 아
프게 꼭 안고, 머리에 입 맞추고, 눈 감는, 재열, 맘 편하게, 자신을 안은, 해수
의 손을 잡고, 두 사람의 모습 한 화면에 보이는, 재열, 다시 거울을 보면, 거
울에 두 사람의 모습이 비치는, 맘이 편한,

동 민   (E) 우리 해수가 기어이... 해냈네.

씬 2. 동민의 주방, 밤.

    수광, 소녀, 라면 먹으며 있었던,
    동민, 거실 쪽에서 전화를 하고 있는,

동　민　(맘 짠해, 웃으며, 전화를 하는) 이제 아주 큰 의사 되시겠네... 그래, 조심해 오
　　　고... 어, 어. (하고, 전활 끊고, 주방으로 오는)
수　광　(국물 그릇을 입에 댄 채, 무심히) 누구야? (하고, 국물을 마시는)
동　민　(자리로 와, 앉아, 라면을 먹으려 젓가락으로 면발을 들어, 후후 불며) 해수. 재
　　　열이가 현실감각이 돌아왔다네.. 본격적 치료가 이제 좀 되겠네.
수　광　(라면 국물을 그릇째 먹다가, 놀라, 발작하는) 켁..... 흠.. (그러다, 스스로 호흡
　　　으로 발작을 멈추고, 자신에게 화가 나) 아, 짜증나.. 아직도 그러네. 등신, 진
　　　짜. (하고, 짜증나, 자기 머릴 탁탁 치는)
소　녀　(수광 등짝 때리며) 내 건데, 왜 때려?
동　민　(수광의 등짝을 때리며) 이, 이, 성질머리 못돼 처먹은 새끼야, 자식아, 천날 만
　　　날 하다, 이젠 고작 어쩌다 몇 초 하면, 너한테 잘했다고 칭찬해야지, 널 왜 때
　　　려! 맞고 싶어? (등짝 때리며) 내가 때려줄게, 내가!
소　녀　(화나, 동민의 팔을 꼬집으면)
동　민　악! (놀라, 소녀 보며) 너 뭐니?
수　광　(소녀 보고, 웃으며) 뭐긴, 내 애인이지.
동　민　(둘을 어이없이 보며) 둘이 아주 지랄 염병을 하네.

씬 3. 병원 일각, 다른 날, 낮.

    보호사의 동행 아래, 재열(담담한), 환자들과 일렬로 산책을 나가는, 그러다,
    조금 놀라고, 뭔가 이상해, 고개를 돌리면, 강우와 비슷한 애가 지나가는, 재
    열, 그 애를 따뜻하게 보다, 담담히 가는, 그때, 해수, 레지던트들과 지나가다,
    환자들과 눈인사를 하는, 해수, 재열(해수 모르는 척하는) 옆을 지나가다, 손
    을 아무도 모르게 아래로 내밀면, 재열, 아무도 모르게 꽉 잡아주고 가는, 해
    수(웃으며), 재열(미소 짓고) 편하게 가는,

씬 4. 병동 거실, 다른 날, 낮.

환자1, 환자2, 그 외 여러 명의 환자(대부분, 밝게 보이고, 개중엔, 넋이 나간 사람들도 있고, 불안하게 손톱을 물어뜯는 사람도 있는)들이, TV를 보며, 리모컨을 가지고 싸우는, 재열, 편하게 그런 환자들을 관찰하듯 보고 있는, 환자1, 2, 서로 리모컨을 잡고 가지려 싸우는,

환자1   어제도 당신이 보고 싶은 거만 봤잖아!

환자2   너 나이 몇 살이야?! 자식아!

환자1   나이가 많다고, 맨날 당신만 보고 싶은 거 봐!

환자2   보면 어때? (하고, 환자1의 뒤통수 때리고, 리모컨을 뺏으면)

재 열   (순간, 리모컨을 확 뺏어, TV 끄는)

환자2   (재열을 보며, 화난) 뭐야?

재 열   (원래, 쿨하고, 깔끔한 성격으로 돌아온, 깔끔하게, TV 쪽에 붙어 있는, 문구를 보며) 여긴 모든 사람은 티브이를 볼 (강조) 권리가 있습니다. 나이와 성별에 관계없이, 공정하고, (강조) 즐, 겁, 게, 시청합니다. (하고, 리모컨을 환자1에게 주고, 화난 환자2의 귀에 대고) 만약, 우리가 소란을 피우면, 티브이 시청 금지령이 내려질 건데, 설마 그걸 바라시는 건 아니죠?

그때, 해수와 레지들 오며,

해 수   (밝게) 안녕하세요! (재열 모른 척하고, 환자2에게, 진지하게) 얼굴 표정이... 왜 그래요? (하고, 재열 보면)

재 열   (해수 보며) 별일 아닌데요. (환자2 보며) 그죠?

환자2   (기분이 나빠도, 해수 눈치 보며 앉는)

재 열   (환자2 옆에 앉아, TV 보는)

해 수   (재열 못 본 척하고, 차트 보며, 환자2에게) 어젠 잠 잘 주무셨어요?

환자2   (TV만 보며, 화난) 네.

재 열   (TV만 보며) 못 잤어요.

환자2   (보면)

재 열   (환자2 보며, 따뜻하게) 잠 못 자면, 치료받아야죠, 형님.

환자2   (시무룩한)

           해수 외, 레지던트들 재열 보고 웃는,

해 수   (남에게 하듯, 재열에게) 장재열 씨, 여기, 반장 되셨네요.
레지들   (웃고)
재 열   (TV만 보는)
해 수   (환자2 차트에 체크하고, 다른 환자에게 가서) 이효선 씨, 아침 식사 많이 하셨
           어요?

씬 5. 병원 회의실 안, 다른 날, 낮.

           영진, 해수, 레지던트들, 회의 끝나고, 모두 '수고하셨습니다' 하며, 나가는, 영
           진과 해수만 남는,

영 진   (해수 보며) 장재열 씨, 약물.. 이제 안정기 때로 맞춰도 될 거 같은데, 니 생각
           은 어때?
해 수   (자랑하듯) 당연히 그래야겠지?
영 진   (때릴 듯) 아우, 아우, 아우, 이 교만 하여튼. 너 나한테 감사하단 말은 안 할
           래? 내가 징계위원회 찾아가, 무릎까지 꿇었는데?
해 수   (웃으며) 뭘 그 정돌 가지고 그래. (하고, 전화 오면, 보고 순간 굳어져 끄는)
영 진   뭐야?
해 수   엄마. (하고, 서류들을 챙기는)
영 진   (걱정) 니 엄마 ..많이 참았어, 피하지 말고 만나.

           그때, 해수 모(화나, 굳은), 문 열고 들어오는,

영 진   (놀라는, 인사하는) 어, 어, 어머니, 오셨어요?
해 수   (보면) ?
해수 모   (해수만 보며, 아무렇지 않게) 가겐 장사가 너무 잘돼, 못 팔 거 같고, 윤수가

지네 집 살 돈 모은 거 준대. 오늘 병원 그만두고, 유학 가.

해　수　집에 가서 얘기하자, 엄마. (하고, 핸드폰 넣고, 서류 챙겨, 해수 모 스쳐 나가
　　　　는)

해수 모　(화나지만, 참고 나가는)

영　진　(둘 다, 만만찮다 싶어, 고개 젓고, 가는)

씬 6. 병원 밖, 낮.

해수(사복), 해수 모가 나와, 택시를 기다리다, 타는,

*점프컷 ≫
윤철, 해진 팔짱 끼고 오다가, 둘을 보는,

윤　철　해수야!

*점프컷 ≫
해수, 못 듣고, 택시 타고 가는,

윤　철　(가는 해수를 보다, 해진 보며) 해수 얼굴이 좀 어둡다?

해　진　그러게..

윤　철　(가는 해수 보다) 가자, 오늘은 재열 씨 만나러 온 거니까. (하고, 다시 가려고,
　　　　앞을 보면)

*점프컷 ≫
재열, 한쪽에서 해수, 해수 모 가는 걸, 맘 아프게 보다가, 고개 돌리는데, 윤
철, 해진을 본, 짐짓 환하게 웃으며, 손 흔드는,

씬 7. 병원 일각, 낮.

　　　　재열, 해진과 윤철(둘이 손잡고 있는), 같이 차를 마시는,

재　열　(맘 아파도, 따듯하게 해진일 보는)
해　진　(편하게, 웃으며) 윤철 씨에 대한 미안함은 여전해요. 내가 이 사람 인생을 망
　　　　치면 어쩌나... 다시 재발하면 이 사람이 얼마나 힘들까.
재　열　(맘 짠해, 어색하게 웃고, 짐짓 편하게 묻는) 그때마다, 윤철 씰 두고.. 어디 도
　　　　망가고 싶지 않아요?
해　진　(웃으며, 편하게) 도망가는 건, 너무 쉽죠.
윤　철　내가 그랬어요, 나한테 미안하면, 화나도 좀 참아주고, 나, 많이 이뻐해달라
　　　　고.
재　열　(윤철 보며, 맘 짠해 웃다, 외면하는)
윤　철　해수만 생각하지 말아요. 재열 씨도 행복할 권리가 있어요.
재　열　(맘 짠해, 안 보고 웃고, 고개 끄덕이고, 물 마시고, 생각하는)

씬 8. 해수 모의 방 안(거실로 향한 문 열어둔), 낮.

　　　　해수 모, 안방에서 전화 받고 있고, 해수 부는 한쪽에서 자는,
　　　　해수를 보면, 개수대에서, 설거질 하고 있는,

재　열　(E) 어머니, 해수 떠나는 거 제가 설득할게요. 부탁합니다. 해수한테 아무 말
　　　　마시고, 저 만나러 오라고 전해주세요.
해수 모　(설거지하는 해수를 물끄러미 보기만 하는, 답답한, 굳은)

씬 9. 재열의 병실 안, 낮.

　　　　재열, 핸드폰으로 전화하는,

재　열　(맘 아프지만, 편하게) 부탁합니다. 어머니. 해수 설득할게요. 한 번만 절 믿으
　　　　시고,

씬 10. 해수 모의 방 안, 낮.

해수 모　(전화기 들고, 고민하는)
해　수　(앞에 와, 앉으며, 담담히, 재열과 통화하는 건 모르는) 말해, 무슨 말인지.
해수 모　(보는)
재　열　(E) 어머니, 어머니?
해수 모　(전화 끊는, 그리고, 해수를 빤히 보는)

씬 11. 재열의 병실 안, 낮.

재　열　(답답한, 전화 끊는)

12. 해수 모의 집 안, 낮.

해수 모　(가만 보는)
해　수　(미안한, 그러나 애써 어렵지만, 담담히) 엄마가 말 안함 내가 먼저 할게.. 엄마
　　　　한테 미안하지만 엄마랑 언니가 날 다신 안 본대도,
해수 모　(말꼬리 자르며, 물끄러미 보다, 담담히) 재열이가 지금 병원으로 오래.
해　수　?
해수 모　가서, 걔 만나보고, 엄마랑 다시 얘기해. (하고, TV를 켜 보는)
해　수　? (잠시 생각하다, 가방 들고, 나가는)
윤　수　(들어서며) 너, 어디 가?
해　수　(그냥 가는)
윤　수　해수야? (하고, 해수 모 보면)
해수 모　(TV만 보는, 굳은)

해 수   (E, 담담한) 정말, 책이.. 그렇게 잘 나가?

씬 13. 재열의 병실 안, 밤.

재열, 해수, 침대에 나란히 마주 보며, 앉아 있는,

재 열   (핸드폰으로 기살 보여주며, 읽는, 담담하지만, 스키조란 말에 슬프기도 한) 장 재열 작가, 스키조(Schizophrenia; 조현병 또는 정신분열병) 투병 소식 전해지면서, 지나간 모든 작품 다시 뜨겁게 재조명.
해 수   (슬프기도 하고, 담담하기도 한, 재열을 보는) 지금.. 기분이 어때?
재 열   (핸드폰을 놓고, 편하게) 태용이한테 연락 왔는데.. 내가 하던 라디오 프로에서 날 게스트로 초대했대. 니 생각은... 어때?
해 수   (생각하며, 따뜻하게 보다, 조심스럽지만, 단호하게) ...나가.. 나가서, 죄책감 없는 범죄자와 맘 아픈 스키조 환자를 구분 못하는 사람들의 무식과 무질 깨.
재 열   (맘 아픈, 따뜻한 웃음 짓고) 고민할게, 그리고.. 넌, 예정대로 안식년 가져.
해 수   (가슴 쿵 하는, 맘 아픈, 참고, 짐짓 담담히 보며) 그 말 할라고 나 불렀어? 떠나.. 라고?
재 열   (따뜻하지만, 단호한) 어.
해 수   (머리 쓸어 올리고, 화나지만, 참고, 짐짓 가볍게 웃으며) 뭐야, 우리 또 헤어져?
재 열   (따뜻하게 해수 보며) 엄마한테 의리 지켜.
해 수   (재열 눈 보며, 눈가 붉어, 담담히) 그동안, 돈 많이 벌어다 드렸거든?
재 열   (따뜻하게, 해수 안쓰레 보며) 니가 한 번도 잘해준 적 없는 엄마한테 그러면 벌받아, 해수야.
해 수   (눈가 붉어 보며, 서운한) 내 인생은 내 거야.
재 열   퇴원해서도, 정기적으로 치료 잘 받고 있을게.
해 수   (눈가 붉어, 진심인가 싶어 보는)
재 열   사랑은 상댈 위해 뭔갈 포기하는 게 아니라, 뭔갈 해내는 거야. 나 때문에 니 인생의 중요한 계획, 포기하지 마. 자유로운 니 두 발로, 계획한 대로 떠나.
해 수   (외면하며) 돈 없어.

재 열   (해수의 손잡으며, 따뜻하게, 짐짓 편하게) 내가 있어.

해 수   (다시 보며, 속상한) 너.. 진짜야?

재 열   1년 동안, 넌 날 잊으려고 최선을 다해. 그러고도, 못 잊으면.. 다시 와서 보자.
        나한테 연락하지 마. 내 성격 알겠지만, 난 연락 와도 안 받아.

해 수   (눈가 붉어, 보는)

재 열   오늘 이후로, 난, 널 면회 거부할 거야. 니가 의사랍시고, 와서, 회진을 돌면,
        병원을 옮길 거고.

해 수   (보는, 서운한, 속상한) 넌.. 나 떠나보내는 게.. 쉬워?

재 열   (눈가 붉어, 맘 아파도, 담백하게) 어려.. 워.

해 수   ...

재 열   근데, 어려운 걸 이겨야, 나중에 니네 가족한테 나도 할 만큼 했다, 당당하게
        말할 수 있을 거 같애.

해 수   (눈가 붉어, 담담하게) 내가 여행 가서, 딴 남자 만나면?

재 열   (맘 아프지만, 웃고) 난 딱 니 스타일인데, 만약 그럼.. 내가 착각했구나.. 잘 살
        아라, 지해수. 할게.

해 수   (속상해, 눈가 그렇해지는, 손바닥으로 눈가 닦고, 재열을 서운해 보는)

재 열   난 양보 안 해. 내가 너 때문에 강우의 존재를 찾았듯, 넌 나 때문에 안식년 갖
        고, 더 크게 성장해서 돌아와. (맘 짠해, 웃으며) 이제 가.

해 수   (맘 아파도 참는, 가만 보는) ..나한테 안 져줄 거지?

재 열   ..어. (하고, 맘 아픈, 그러나 작심을 한, 해수(맘 아픈)의 입을 맘 아프게 맞추
        고, 떼고, 보며) ..가.

해 수   (눈가 그렇해, 맘 아픈) ..1년 후에 다시 만날 때, 딴 여자 옆에 두면 죽어.

재 열   너 같은 멋있는 앨 1년 만에 잊을 놈이면, 그냥 버려버려.

해 수   넌 니가 진짜, 못돼 처먹은 거 아니?

재 열   알아.

해 수   (맘 아픈, 어쩔 줄을 모르겠는, 맘 아프지만, 깔끔하게) 나, 가. (하고, 나가는)

재 열   (가만있는, 맘 아픈)

씬 14. 병원 밖, 밤.

　　해수, 맘 아프게 걸어가는, 카메라, 위로 올라가면,

　　* 점프컷, 병실 창가 ≫
　　재열, 가는 해수를 그립게 보는,

씬 15. 해수 모의 방 안, 밤.

　　해수, 자는 해수 부의 볼에 입 맞추고, 윤수, 한쪽에 앉아, 원망스레 해술 보
　　는, 도득, 답답한, 해수, 해수 부의 얼굴을 만져주고, 나가는,

씬 16. 해수 모의 거실, 밤.

　　해수 모, 해수 마주 앉아 있는,

해수 모　　(물끄러미 보며, 안 믿는) 그래서.. 낼 휴직계 내고 진짜 바로 떠나?
해　수　　(담담히 보며) 어.
해수 모　　서로 나 속이고, 뒤로 연락하고, 만나서 딴짓하고 그럴 거 아니지?
해　수　　(말꼬리 자르며, 엄마를 미안하게 보고, 담담한) 나도 장재열도 그 정도로 머리
　　가 약았으면, 벌써 가족들 다 버리고, 이 나라 떠났어. 알잖아, 내 성격.
해수 모　　(믿어지는, 보면)
해　수　　(맘 아픈, 참고, 따듯하게 작게 웃고 보며, 달래듯) 나 떠나면, 절대 장재열하고
　　연락 안 할 거야. 난, 정말정말 엄말 사랑하니까, 그 정돈 기쁘게 할 수 있어.
해수 모　　(맘 아픈, 담담히) 됐어, 그럼. 가.
해　수　　(따듯하게, 손잡고) 근데, 엄마.
해수 모　　(맘 아픈, 담담한, 보면) ?
해　수　　(해수 모 보며, 맘 아픈, 눈가 붉어져, 따뜻하게 보며) 엄마가 지금까지 날 믿은
　　거처럼, 한 번만 더 믿어주라.

해수 모   뭐?

해 수   내가 정말정말 환잘 잘 고치는.. 좋은.. 괜찮은 의산 거.

해수 모   (보면)

해 수   그리고. 어떤 불행한 순간이 와도 난 그 순간을 다시 행복하게 만들 수 있는
         애라는 거.

해수 모   (가만 보는, 눈가 붉어지는, 맘 아픈, 담담히) ..그 말은 돌아와서, 재열이 또,

해 수   (눈가 붉어, 손 꼭 잡고(말꼬릴 끊게 하는), 따뜻하게, 웃으며) 사랑해. 자주 전
         화할게요. 몸조심하고. (하고, 가는)

해수 모   (맘 아픈, 물 마시며, 속상한) 고집 센 년... 진짜...

씬 17. 동민의 거실 + 이층 복도, 밤.

         해수, 들어오면, 동민, 방에서 가는 해수를 따뜻하게 보고, 해수, 말없이 이층
         으로 가면, 수광, 촛불 켜다, 해수 보고,

수 광   누나가 가도, 장재열의 촛불은 안 꺼지게 할게. (하고, 손 내밀면)

해 수   (촛불 보고, 수광의 손바닥을 쳐주고, 방으로 가는)

씬 18. 동민의 집 마당, 다른 날, 낮.

         동민, 의자에 누워, 선글라스를 끼고, 차를 마시며,
         수광, 해수의 짐을 집에서 가져 나와, 최호에게 주며,

수 광   이거 차에 싣고 있어. 차에서 기다려.

최 호   어. (동민에게) 형님, 저 가요. (하고, 짐을 가지고, 차로 가는)

동 민   (차를 마시는)

해 수   (집에서 나오며, 가는 최호 보며, 수광 보며) 뭐야, 최호는?

수 광   (해수 어깨에 팔 두르고) 내가 불렀지, 이용해 먹으라고.

해 수   ?

수 광 뭘 놀래? 못된 인간, 이용해 먹을 수 있을 때까지, 이용해 먹어야지! 택시보단, 자가용이 낫잖아. 여행 경비도 아끼고.

해 수 (수광 보며, 웃으며) 너, 진짜진짜 맘에 든다.

수 광 몸조심해. 연락 자주 하고. (하고, 동민 옆에 앉아, 차를 먹는)

동 민 (편하게, 의자에 앉은 채) 잘 가라.

해 수 언니 미국에서 오면 행복하게 잘 살아.

동 민 빨리 가, 우리 둘 다 사랑하는 너 보내다, 울 거 같애.

해 수 맨날.. 말로만 사랑하지?

동 민 그럼 우리 사이에 말로 사랑해야지, 몸으로 사랑하냐, 기집애! (하며, 수광과 둘이 마주 보며, 깔깔대고 웃고)

해 수 진짜 입만 살았어.. 나, 가. (웃고, 나가는)

동민, 수광 조심해!

해 수 (안 돌아보고, 손 흔들며, 장난스레 엉덩일 흔들며, 춤추며, 가는)

동민, 수광 (웃으며, 엄질 드는)

씬 19. 재열의 병실 안, 낮.

재열, 말끔하게 옷을 갈아입고, 와이셔츠의 단출 잠그는, 태용, 편집장, 옆에 서 있는, 편집장, 양복 웃옷을 건네주는, 재열, 받아서, 입는,

편집장 (밝게, 먼지 털어주는) 와우, 섹시!

태 용 (질투나게 보는, 그때 문소리 나 보면)

영 진 (밝게) 오늘 외박이라며요?

재 열 (웃으며) 네.

태 용 오늘 밤에 라디오 방송 있어서.

영 진 (웃고, 재열 보며) 해수, 오늘 떠났다는데 알아요?

재 열 (작게 웃고) 네. (하고, 옷 마저 입는)

씬 20. 달리는 최호의 차 전경, 낮.

해 수   (웃으며, E) 너 솔직히 말해.

씬 21. 최호의 차 안, 낮.

해 수   (어이없이 웃으며) 전에 너, 나랑 만날 때부터 민영이 양다리였지?
최 호   아냐, 그땐... 정말.
해 수   넌 이것저것 다 나쁜데, 인정 안 하는 게 젤 나빠.
최 호   (웃으며, 짠해 해수 보며) 너, 장재열이랑.. 안 헤어질 거지?
해 수   (웃고, 차 창문 열고 보며, 편하게) 아, 바람 좋다...

씬 22. 방송국 앞, 오후.

         재열, 태용, 편집장, 차에서 내리면, 팬들, 몰려와, 사인을 해달라고 하는,

재 열   (긴장해, 사인을 하는, 그때, 강우 같은 애가 종일 내밀고, 보면, 아닌, 웃으며,
         사인해주는)
태용, 편집장   (사람들 막아서며) 이제 그만요, 그만. 생방 들어가야 합니다. 그만요!
재 열   (가는)
팬 1   여전히 멋있다. 정신분열처럼 진짜 안 보인다?
팬 2   혹시, 책 팔라고 정신분열 환자, 흉내 내는 거 아냐?
태용, 편집장   (그 소리에 속상하고, 재열의 눈치 보는)
재 열   (그 소리 들으며, 애써 담담히 가는)

씬 23. 라디오 스튜디오 안, 밤.

         재열과 디제이, 작품에 대한 얘길 하며, 깔깔대고 웃는, 소설의 발상이 우연히

길 가다 문득 얽어걸린 케이스에 대해 말하는, 책상 위에 그간 재열이 낸 책이 쌓여 있는,

*점프컷, 스튜디오 밖 》
연출, 작가, 태용, 편집장, 서서 재열을 기특하고, 안쓰럽게 보고, 웃으며,

연 출   (웃으며) 잘하네. 당당하게.
태용, 편집장   잘하죠.. 진짜..

*점프컷, 스튜디오 안 》
디제이   현재 병원에 계시지만 그래도 오늘 건강한 모습의 장 작가님을 봬서 기분 좋네
         요.
재 열   (웃고, 눈인사하는) 저도 반가웠습니다.
디제이   시간이 길었음 좋았을 건데.. 이제, 마칠 시간이 돼서.. (그때, 연출이 사인하는
         걸 보고, 고개 끄덕이고, 재열 보며) 저, 실렌 줄은 아는데..
재 열   ?
디제이   (웃으며) 지금 실시간으로 팬들의 요청이.. 너무 많아서.. 팬들에게 인사 말씀
         과 함께, 전에 장 작가님이 늘 하시던 '굿나잇.. 나의 친구들'이란 인살 해주시
         면.. 어떻게, 안 될까요?
재 열   (태용, 편집장 보는) ?

*점프컷 》
태용, 편집장   (하라고, 웃으며, 입 모양으로 말하는)
재 열   (디제이 보며) 네... 그럼..
디제이   (눈인사하고, 하라고 신호하는)
재 열   (조심스레) 안녕하세요.. 장재열입니다.

씬 24. 비행기 안, 밤.

     해수, 핸드폰으로 화면을 보며 이어폰 끼고 라디오를 들으며, 좌석에 앉는, 이

룩 전인,

해 수   (맘 짠해, 듣는)
재 열   (E, 어렵게 말하는) 많은 분들이 아시겠지만, 저는 정신분열병을 앓고 있습니
         다.
해 수   (기특하고, 맘 아픈)

씬 25. 재열 모의 집 안, 밤.

         재열 모(안쓰런), 재범(담담한) 컴으로 생방송되는 공개 라디오 방송을 보는,

재 열   (맘 짠해도 담담히, E) 의사들은 제 병이, 백 명 중 한 명이 걸리는 흔한 병이
         며, 불치병이 아닌, 완치가 가능한 병이라 말합니다. 저는 그 말을 믿고, 최선
         을 다해보려 합니다.

씬 26. 비행기 안, 밤.

         해수, 들으며 화면 보는,

재 열   (E) 사랑하는 사람을 위해, 제가 할 수 있는 일은 어떤 순간에도 절대 희망을
         버리지 않는 것이라 믿으니까요. 끝으로.. 오늘 굿나잇 인산, 여러분이 아닌,
         저 자신에게 하고 싶네요.

씬 27. 라디오 스튜디오 안, 밤.

재 열   저는 그동안, 남에게는 괜찮냐? 안부도 묻고, 잘 자란, 굿나잇 인살 수없이 했
         지만, 정작 저 자신에게는 단 한 번도 한 적이 없거든요.

씬 28. 비행기 안, 밤.

해수, 맘 짠해 보고 듣는, 사람들 좌석을 찾아 앉는 게 보이는,

재 열 (E) 여러분들도 오늘 밤은, 다른 사람이 아닌, 자신에게 너 정말 괜찮으냐? 안
부를 물어주고, 따뜻한 굿나잇 인살 하시면 좋겠습니다.

씬 29. 라디오 스튜디오 안, 밤.

재 열 그럼.. 오늘 밤도, (책상 앞의 거울을 보며, 눈가 붉어, 웃으며) 굿나잇.. 장재열.
연 출 (음악 키우고)

씬 30. 몽타주.

1, 수광, 화장실에서 거울 보며, 차분히 따뜻하게 '굿나잇, 박수광'
2, 동민, 주방의 거울 보며, 짠해 웃으며, '굿나잇, 조동민'
3, 해수, 비행기 안에서 핸드폰 끄고, 비행기 창에 비친 자신을 보며, 눈가 붉
어, '잘 자.. 지해수' 하고, 편하게 눈 감는,
4, 이륙하는 비행기. F. O.

씬 31. 몽타주.

1, 재열의 병실 안, 다른 날, 낮.
재열, 간호사가 약을 주면, 약을 먹고 입 벌려 보여주고,
간호사, 웃으며, 나가면, 병실 한쪽 의자에 앉아 컴퓨터로 일하는,

*점프컷, 다른 날, 밤 》
재열, 컴으로 일하다, 알람이 울리면, 바로 일어나 스트레칭을 하는(치료 목

적), 창가에서, 영진이 그걸 보고, 웃으며, 가는,

2, 동민의 진료실 안, 낮.
동민, 영진과 재열이 편한 모습으로 영진과 상담한 녹화 영상('오늘 기분이 어때요?', '뭐 아주 좋진 않지만, 괜찮아요', '글 쓰는 건 잘 돼요?', '예전의 60프로?', '그럼 불안하지 않아요?' 하며 일상적으로 상담하는)을 컴으로 보는,

동　민　(화면 보며, 웃는) 많이 좋아졌네..
영　진　퇴원 논의할 때가 된 거 같은데..
동　민　그러네...

3, 해수 모의 가게 밖, 낮.
윤수, 기분 좋게 창가에 해수가 사막에서 환하게 웃는 모습의 사진을 유리창에 붙이는,

4, 해수 모의 가게 안, 낮.
도득, 해수가 보낸 핸드폰의 사진을 해수 부에게 보여주고 있고,
해수 모, 손님들에게 서빙하며, 윤수가 붙이는, 창가의 사진을 보며, 작게 웃는,

도　득　아버님 딸내미가 너무 이쁘죠? 너무..

5, 병원 야외, 다른 날, 낮.
재열, 가만 하늘을 보며, 편하게 있고, 수광, 제 핸드폰의 사진을 동민에게 보여주며, 말하는,

수　광　(핸드폰으로 동민에게 해수의 사진(몽골에서 애들과 밝게 찍은, 음식 먹으며, 익살스런, 아름다운 밤하늘의 별을 찍은 사진 등)을 보여주며) 아주 신났다 신났어.
동　민　기집애.. 그냥 편하게 유럽에 있지, 뭐한다고 힘들게 몽골 들판을 황야의 이리처럼 떠돌아다녀.

재 열   (하늘만 보는, 편하게 웃으며) 돈 때문일걸요. 짠순이잖아.

수광, 동민   (웃고) 아는구나. 지해수, 짠순인 거.

수 광   근데, 진짜 지해수 사진 안 볼 거야?

재 열   어.

동 민   둘이 진짜진짜 그동안, 한 번도 연락 안 했냐?

재 열   (서운한 듯, 작게 웃으며, 일어나) 가요, 이제. (하고, 가는)

수 광   (가는 재열 보며) 독종들, 진짜.

동 민   정떨어지지, 둘 다? (하고, 가는)

수 광   (동민 곁에서, 가며) 근데 장재열 낼모레 퇴원해도, 치료 계속 받아야 되죠?

동 민   모든 병이 다 그렇지, 암 환자 추적 검사하듯.. 해야지.

씬 32. 재열 모의 집 전경, 낮.

재열, 재열 모, 태용, 웃음소리 나는,

자막, 〈해수가 떠난 지, 1년 후〉

씬 33. 재열 모의 집 안, 낮.

재열, 재열 모, 재범(머리 검은, 양복 입은), 태용, 수박을 먹으며, 얘기하는,

재 열   (깔깔대고, 웃다가) 형은 번번이 제발 뻥 좀 치지 마.

재 범   (수박 먹다, 흥분한, 국물을 흘리며, 화난) 내가 무슨 뻥을 쳐 너한테,

재열 모   (재범 등짝을 패며) 아우, 먹다가 뭐하는 짓이야! (하며, 수건으로 입가 닦아주
         다(1년 전보다 많이 편해진, 일상적으로) 등짝 패는) 으이, 와이셔츠 또 갈아입
         어야겠네. (하고, 방으로 들어가는)

재 범   (재열에게) 너 진짜 내 말이 뻥이라고 생각해?

재 열   (편하게, 웃음 띤) 당연히 뻥이지, 여자 간수가 무슨 형을 좋아해서, 죽네 사네
         해. 남자 교도소에 여자 간수가 말이 돼?

태 용   암튼, 말마다 구라다. 전번 날은, 이 교수님이 상담할 때 지한테 보내는 눈빛이 야리꾸리 이상한다.

재 열   (깔깔대고 웃는)

재열 모   (와이셔츠 들고 나오며) 옷 갈아입어.

재 범   (웃옷 벗다, 재열 모 보며) 와이셔츠 색이 그게 뭐야. 우리 영진 씬 흰색 좋아하는데.

재열 모   (등짝 패며) 또, 또 장난질이지, 또!

재 범   (아파하고)

재 열   (웃고, 일어나며) 나와. (하고, 나가는)

          다들, 나가는,

씬 34. 달리는 재열의 차 안, 낮.

          재열, 운전해 가고, 모두들 즐겁게 얘기하며, 가는,

수 광   (E) 안녕, 해수 누나. 그동안 잘 있었지? 동민 형님도 나도 잘 있었어.

씬 35. 동민의 병원, 낮.

          재열과 환자들(사복 차림 한), 동민과 집단치료 하는,
          다들, 즐겁게 얘기하는,

수 광   (E) 장재열.. 아니, 재열이 형은, 다시 소설을 쓰고, 방송을 시작했어. 약은 이제 일주일에 한 번만 먹을 정도로 좋아졌어. 강우는 6개월간 한 번도 나타나지 않았고.

씬 36. 영진의 집단치료실, 낮.

재범을 포함해 사복 입은 사람들, 집단치료 하는, 인사를 하는 듯한,

재 범   저는 지난날 살인 장기 복역수였던,
영 진   (웃으며) 장재범 씨, 다시.
재 범   (눈치 보고) 저는 ..어머닐 도와 고추 농살 짓는 장재범입니다.
수 광   (E) 장재열 형은 사람들과 얘기하는 법을 배울라고, 영진 누나에게 정기적인
         상담치룰 받는데, 아무래도 영진 누날 좋아하는 거 같애. 크크크.

씬 37. 동민의 병원 안, 낮.

동민과 사람들, 집단치료 하는,

수광 부   (무거운, 얼굴로) 뚜렛증후군을 앓았던 아들이, 퇴직 후 우울증에 시달리는 저
          에게 이곳을 권유해서 와봤습니다.

         *점프컷 》
재열 모   (어색한, 맘 아픈) 제 아들은 스키조 환자입니다. 모든 게 제 탓 같아, 왔습니
          다.

         *점프컷 》
할머니   (담담한, 웃으며) 저는 말기 암 환잡니다. 죽음을 잘 준비하기 위해 왔습니다.
수 광   (E) 우리 아버지와 재열 형 엄마는, 이즘 함께 집단 심리치료를 받아, 너무 다
         행이지.

씬 38. 동민의 집 안, 밤.

거실 한쪽에 윤철, 해진, 수광, 동민이 애기 안고 즐거워하는 사진이 있는,

수 광 (E) 참, 윤철 형과 해진 누난 귀연 상남자를 낳았어.

동민, 동민 아내, 수광, 영진, 영진 애인(잘생긴), 서로 뭔갈 입에 넣어주는, 술을 먹으며, 소녀, 최호, 민영, TV를 시청하는,

*점프컷, TV 화면 》
원규와 노는 동민(6부에 나온),
동민, 소리치는 게 나오는,

*점프컷 》
영 진 야, 그만 봐, 재방을 몇 번을 봐. 축구 보자고 모여놓고선!
동 민 이게 방송대상 탔어! 좀 봐봐, 다들 모여 본 적 없잖아!
아 내 여보, 그만 보자..
영 진 축구 보자.. (하고, TV를 돌리는)

동민, 영진의 리모컨을 뺏으려 하면, 영진, 리모컨 안 뺏기고, 수광에게 던지는, 수광, 리모컨 받아 얼른 축구를 켜는, 골 들어가는, 모두, 소리치며, '와, 골인이다! 골인! 대한민국!' 하고, 동민, 수광의 리모컨을 뺏으려 하면, 수광, 도망다니며, '대한민국!' 하고,

수 광 (E) 우린 늘 누나가 그립지만, 잘 살고 있어, 내가 재열이 형 얘기 조금만 하고, 딴 사람 안부 전하니까 화나고 속 타지? 크크. 속 타면, 빨리 와서 확인해. 그럼, 잘 지내. 누나의 영원한 동생, 박수광.

씬 39. 몽타주.

1, 오키나와 전경.
해 수 (E) 안녕, 장재열. 어제 나는, 안식년 마지막 여행지로 오키나왈 다시 왔어.

2, 회상, 바닷가, 키스하던, 풀 샷.

3, 현재, 바닷가, 낮.

해 수   (E) 그리고, 우리가 갔던 바닷가에서 하루 종일 바다를 봤지.

씬 40. 만좌모, 낮.

해 수   (E) 그리고, 오늘은 다시 만좌모야.

        1, 점프컷, 회상 》
        재열, 해수 만좌모에서 즐겁던 한때,

        2, 점프컷, 현실 》
        해수, 생각하며 걷는, 꽃을 들어 보며 웃는,

해 수   (E) 낼 난 서울로 돌아가. 절대 그럴 리 없을 거라 생각하지만, 혹시.. 나 지해
         수를 잊은 건.. 아니지? ..가서, 연락할게.

씬 41. 동민의 집 전경, 밤.

해 수   (E, 밝게) 동민 선배, 수광아, 나 왔어!

씬 42. 동민의 집 거실, 밤.

        해수, 문 열고, 가방 끌고 들어와, 밝게, 두 팔을 벌리며 '서프라이즈!' 하는,
        동민, 수광, 퍼즐을 맞추기 위해 애쓰다, 거실에서 해수를 멀뚱히 보는,

해 수   (밝게, 팔 벌리고) 뭐야, 둘의 그 똥 씹은 듯한 표정은.. 나 안 보여? 나 왔다니
         까!
동 민   (귀찮은 듯) 아, 그래서?

수 광 (해수를 멀뚱히 보고, 동민에게, 버럭) 어, 거기가 아니라니까! (하고, 동민의 등짝 때리며) 바보야! 그게 그림이 맞어!

동 민 비슷하게 생겼잖아?

수 광 이게 어딜 봐서 비슷해! 바보지?

해 수 (화나는) 뭐하는 거야, 둘이 지금?

동 민 니가 뭐 금의환향하냐? 오면 온 거지. 배고프면 밥 먹든가, 찬밥 있어.

수 광 (퍼즐만 맞추며) 은근.. 공주병이야.

해 수 (서운한, 화를 참고, 주방으로 가서, 개수대에서 더러운 잔을 찾으며, 짜증) 집을 아주 개집구석으로 만들어놓고, 설거지 아직도 안 하고 사니!

동 민 엊그제.. 마누라 미국 가서 나 외롭다, 건들지 마라.

수 광 나도 건들지 마, 퍼즐 해야 되니까. (하고, 다시 퍼즐 못 맞춘 동민에게) 진짜, 바보야?! 여기 말고, 여기!

해 수 (둘을 밉게 보다, 잔 씻어, 물을 따라, 마시려는데)

재 열 (잔을 뺏어, 마시며, 아무렇지 않게) 왔구나.

해 수 ?!

재 열 (친구처럼, 편하게, 웃으며) 야, 안 본 사이, 많이 이뻐졌다. (하고, 이층으로 가는)

해 수 (멍하니, 가는 재열을 보다, 어이없고, 화나는, 잠시 뭔가 싶은, 그러다, 이층으로 올라가는)

수 광 (동민을 때리며) 아우 하지 마, 하지 마, 하지 마! (하며, 퍼즐을 들고, 몸 돌리는)

동 민 새끼, 진짜 잘난 척은..

씬 43. 재열의 방 앞, 밤.

해수, 걸어와, 화가 나는, 팔짱 끼고 방문을 보다, 노크하려다, 자존심 상해, 제 방으로 가려다, 다시 와, 문을 벌컥 여는,

씬 44. 재열의 방 안, 밤.

재열, 침대 턱에 앉아, 책을 보며, 아무렇지 않게, 해수를 보는,
해수, 화를 참고, 벽에 기대서서 재열을 서운하게 보는,

재 열   (편하게 웃고, 책을 놓고, 해수를 따뜻하게 보는)?
해 수   (화 참으며, 서운해, 눈가 붉어진) 왔구나... 그새 많이 이뻐졌다는 대체 무슨
        뜻이야?
재 열   (담백하게, 편하게) 말 그대로야.
해 수   나, 잊었어?
재 열   (담백하게) 아니.
해 수   (눈가 붉어, 차분한, 화를 참고) 근데, 그 데면데면한.. 아무렇지도 않은 듯한,
        인상 뭐야? 잊진 않았는데.. 별로야?
재 열   (웃으며, 보며, 아무렇지 않게) 그게, 매일 널 생각해서 그런지, 어제 보고, 좀
        전에 다시 본 거 같아서... (하고, 일어나, 해수 앞으로 가서, 서서, 씩 웃는, 눈
        가 붉어) 진짜, 그리웠다, 지해수.
해 수   (서운하고, 좋고, 눈가 붉어지는)
재 열   (따뜻하게 웃으며) 키스해도 돼?
해 수   (가만 보다, 손가락으로 오라는 듯 손짓하고) 어서 해.
재 열   (왈칵해 웃고, 바로 키스를 하는)

그때, 노크소리 나고,
동민, 수광, 퍼즐(글자 퍼즐, '사랑하는 해수야, 재열이가 너 많이 기다렸어'라
고 쓴)을 들고(액자처럼 세워도 퍼즐 조각이 안 빠지는) 들어와,

동민, 수광 짜잔! (하는데, 둘이 입 맞추는 걸 보고, 순간 웃겨, 한쪽에 앉으면)
재 열   (입 떼고, 동민에게) 가세요. (수광에게) 가.
동민, 수광 (서운하게, 일어나는)
재 열   아, 빨리빨리 가라 좀,
해 수   (말 끝나기 전에, 재열의 턱 돌려세워, 입 맞추는)

수광, 웃으며 둘이 키스하는 걸 보려, 다시 앉으려 하면, 동민, 수광, 때리며, '나가, 나가! 고만 봐!' 하며, 데리고 나가는,
재열, 해수를 안고, 입 맞춘 채, 침대로 가는, DIS.

자막, 〈재열과 해수가 만나고, 다시, 1년 후〉

씬 45. 재열의 욕실, 아침.

욕조에 커튼도 없고, 사막의 낙타 그림 대신 뭉게구름이 떠 있는 사막을 걸어 가는 낙타 사진(혹은 그림 옆에, 〈과거는 지나갔다, 나는 오늘도 멈추지 않고 걷는다〉란 글귀가 놓인)이 있는, 카메라, 옆으로 가면, 해수, 세면대 앞에 서서 임신 테스트기를 탁탁 털고, 다시 보는데, 임신한, 화나는, 숨을 후후 몰아쉬 고, 차분히, 그것 들고 나가는,

씬 46. 재열의 방 안, 아침.

재열, 침대에서 자고 있고, 해수, 화난 듯, 침대 옆에 눕는,

재 열   (졸린, 몸을 뒤척여, 기지개를 펴고) 아... 잘 잤다.. (하고, 옆의 해술 보고, 해 수 배에 머릴 얹는)

해 수   잘 잤겠지, 넌. 배에서 머리 들어.

재 열   (눈 감은 채, 담담히) 뭐가 또 문제야?

해 수   (무표정) 일어나. 눈치 없이 누워 있지 말고.

재 열   (일어나, 앉는, 조금 졸린) 나.. 아침부터 또 혼나? 팔 들어? (하고, 벌서듯 팔 들면)

해 수   팔 내려.

재 열   (보며) 오늘은 ..뭐가 문제야?

해 수   (누운 채, 임신 테스트기를 주며) 이게 문제야.

재 열   (임신 테스트기를 보며, 좀 졸린) 이게 뭔데?

해　수　(천장만 보며, 화 참으며) 너, 5주 전, 내가 기구 없음 하지 말겠지? 근데 굳이
　　　　굳이 꼬셔서 했지?
재　열　(임신 테스트기를 보고, 들고, 답답한 일이 생겼다는 듯, 한숨 쉬고, 담담히 일
　　　　어나, 아무렇지 않게 나가는)
해　수　(서운하고, 속상해, 일어나 앉는) 장재열, 너 어디 가? 나랑 얘기해야지, 어디
　　　　가! (나가며) 여보야! (해수 가는데, 카메라, 벽을 훑으면, 벽에 둘의 즐거운 결
　　　　혼사진 붙어 있는)

씬 47. 동민의 마당, 낮.

　　　　동민, 산발한 채 일광욕하는, 그때, 재열, 거드름을 피우며, 걸어와, 의자에 앉
　　　　는, 수광, 차를 가져와, 재열과 동민에게 주고, 자기도 마시는,

재　열　(임신 테스트기를 수광에게 주면)
수　광　(차 마시며) 뭐야?
재　열　(뻐기는) 나, 아빠 된다.

　　　　동민, 수광, 차를 마시다, 놀라, 입술을 데고, 아파하다, 서로 보고, 순간, 깔깔
　　　　대고, 셋 다, 웃는데,

해　수　(나와) 다들 뭐가 그렇게 좋아? 나 화난 거 안 보여?
동　민　(냅다, 차 마시는 재열을 패며) 새끼가 새끼가, 왜 기굴 안 쓰고, 일을 치르고!
재　열　(웃으며, 변명하는) 아아아.. 그게, 그때 내가 해수가 너무 이뻐서 기구 살 정신
　　　　이 없어서, 형님이 몰라 그러는데, 그날 해수 진짜 이뻤다고요.. (하며, 아파하
　　　　지만, 웃는)
동　민　(재열 때리며, 웃으며) 하는 짓마다, 귀연 새끼.
수　광　고마워, 형, 나, 삼촌 만들어줘서?
해　수　(어이없는) 미쳐 진짜. (하고, 호스 잡아, 물총을 쏘며) 다 한통속 같은 인간들.

　　　　수광, 동민, '왜 우리한테 그래, 얘한테 그러지' 하며, 재열을 잡아다 해수에게

볼모로 바치고, 해수, 재열에게 물 쏘는, 수광과 동민, 재열의 입을 벌리려 하며, '해수야, 물 멕여, 물!' 해수, 재열 얼굴에 물총 쏘고, 그래도, 재열은 좋아 웃는,

씬 48. 해수 모의 집, 방 안, 밤.

재열, 해수 부를 씻긴 듯, 얼굴에 로션을 발라주며,

재 열   기분 좋죠, 개운하고, 내가, 아버지 기분 더 좋게 해줄게. (하고, 해수 부의 귀
        에 뭔가 얘길(임신 얘기한 듯) 하면)
해수 부 (크게 좋아하는)
재 열   (깔깔대고 웃는) 좋죠, 좋죠?
해수 모 (E) 재열아, 나와, 밥 먹게!
재 열   네! (하고, 얼굴에 로션 발라주는)

씬 49. 주방, 밤.

해수 모, 재열, 밥 먹는,

해수 모 (손뼉 치고, 기특하고, 좋은) 어머머머, 정말정말? 병원 갔어?
재 열   (입에 밥 가득 넣은 채, 웃으며, 고개 끄덕이는)
해수 모 (밥 먹는 재열의 얼굴을 손으로 잡고, 흔들며) 아이고, 기특한 내 새끼, 기특한
        내 새끼!
재 열   (좋아, 웃고)

도득, 윤수(애기 안고), 들어서다, 둘을 보고,

도득, 윤수 (의아한) 뭐야, 둘이? 우리 빼고?
해수 모 (여전히 재열 보며, 맘 짠해, 웃으며) 아이고, 내 새끼!

재 열   (웃는)

씬 50. 해수의 진료실 안, 낮.

    해수, 우는 상담자의 손을 잡아주고, 따듯하게 웃으며, 얘길 듣는,

영 진   (E) 그래서, 니가 잘했다고?!

씬 51. 동민의 거실 안, 밤.

    동민, 영진, 해수, 수광, 소녀, 최호, 민영, 맥주 먹으며 얘기하고 있던 중, 영진
    과 동민 싸우는 걸, 어리둥절 보고 있는,

동 민   (화난, 진지한) 잘했지, 그럼! 내가 잘못한 게 뭔데?
영 진   (속상한) 지난번 남잔, 잘생겨서 바람기 있다고 싫다더니, 이번 남잔, 뭐, 사업
        하는 게 싫어?
동 민   그놈은 뭐 하나 진득하게 하는 게 없잖아. 이 사업 저 사업, 계속, 망했다 흥했
        다,
해 수   그게 선배랑 무슨 상관이야, 영진 선배가 좋음 그뿐이지?
영 진   (들어서는, 재열 보며, 불쑥) 주사 잘 맞았어요?
재 열   네. (하며, 해수 옆에 앉아, 볼에 입 맞추면)
해 수   (팔꿈치로 배를 치는)
재 열   아..
소 녀   (재열 보고, 수광 보며) 주사?
수 광   형 이제 약 안 먹고, 한 달에 한 번만 주사 맞어.
동 민   (영진 보며) 그래서 남자가 사업자금 빌려달란 거 빌려줄 거야?
영 진   (일어나, 버럭) 그래!
동 민   (일어나, 버럭) 야, 정신 차려!
재 열   왜 저래, 둘이?

해 수   (밉게 보며) 들어보면 알겠네.

최 호   (재열 보며) 둘이 권태기나?

재 열   (무섭게, 최호 보며) 입 닫아, 확!

동 민   (물 벌컥벌컥 마시며) 알았어, 알았어. 니 맘대로 살아. 맘대로!

영 진   아버님이랑 법정 싸움이나 하는 주제에, 누굴 감히 훈계야!

동 민   (벌떡 일어나) 울 아버지 나한테 법정 싸움 지고, 화해하자 손 내미셨거든. 왜 이래, 이거?

해 수   (손뼉을 세 번 탁탁 치고, 큰 소리로) 아, 그만, 그만! 일단 선배 앉아봐.

동 민   (참고 앉으며, 영진에게) 너, 내가 임신한 해수 때문에 참는다.

영 진   (지지 않고) 참지 마라, 누가 무섭냐?

해 수   (영진 보며) 나 임신했거든.

영 진   (새초롬) 유세는.

해 수   우리 낼 다 같이 그냥 한판 붙자. 이렇게 말로 힘들게 하지 말고 아주 그냥 몸으로 붙어.

동 민   여긴 사람들, 스트레스 프로그램 진한 거로 돌려?

해 수   돌려. 단, 서로에게 원한 없는 인간들은 프로그램에서 빠져. 싸우는 데, 소극적인 인간, 딱 질색이야.

최 호   민영이가 딴 남자를 힐끔거려.

민 영   (맥주캔 최호의 캔에 부딪치며) 의처증이야, 진짜.

수 광   (소녀 보며) 얘 나한테 너무 집착해. 지 기말고사 보는데, 왜 내가 도서관에 같이 가야 돼?

소 녀   야!

해 수   (호두를 소녀 머리에 던지며) 너, 오빠라고 안 할 거면, 이 집 들락거리지 말랬지! 싸가지 없게!

소 녀   (아픈, 해수 눈치 보고, 수광 보면)

수 광   (소녀에게, 메롱 하는)

재 열   (해수 보며) 난, 너한테 별로 불만이 없어.

해 수   넌 무조건 껴. 내 박사학위, 2년 유보. 다 너 때문이야.

재 열   (담백하게, 손뼉 치고) 오케이, 콜! 붙어!

동 민   (일어나) 좋다, 아주 붙어, 그냥! 낼 정오, 병원에서 모두 집합. 해산!

서로에게 '두고 봐, 낼 울기 없기다, 너나 울지 마, 낼 봐' 등등 각자에게 말하며, 헤어지는,

재열, 가는 영진에게 '낼 봬요' 하고, 해수의 어깨에 손 두르면, 해수, 탁 치고, 가며, '여기, 다 치우고, 오늘 수광이 방에서 자' 하는, 수광, 웃으며, 어이없어 하는 재열에게 '치워, 더 혼나기 전에' 하며 치우는, 재열, 치우며 서운한, '진짜...' 하는데,

해 수   (이층에서) 안 되겠다, 각방은! 올라와. (하고, 가는)
재 열   (좋은, 수광에게) 너 혼자 치워라. (하고, 뛰어올라가는) 여보!
수 광   (깔깔대고 웃으며) 아우, 진짜 저렇게 길 잘든 강아진 키울 만하다, 진짜! (하고, 치우는)

씬 52. 스트레스방 안(하얀 큰 방), 낮.

재열, 해수, 영진, 수광, 소녀, 동민, 각자, 광주리에 한 바구니씩 토마토를 가지고 들어와 바닥에 붓는, 모두 의미심장하고, 싸우려 작정한,

*점프컷 》
광주리 없는, 모두들 자기 웃옷 앞자락에 토마토를 잔뜩 담아 들고 빙 둘러 서 있는, 바닥엔 토마토가 가득이다,

동 민   다들 알겠지만, 이 프로그램의 규칙은 단 하나다. 오늘 이 자리에서 그간 우리의 모든 원한을 풀고, 다신 밖에 나가, 그 원한을 들먹이지 않는 거. 여기서 있었던 일들은, 반드시, 여기서 끝내는 거. 자신 없는 것들은, 최호랑 민영이처럼 **빠져.**

재열, 해수 외, 각자, 짝들을 화나서 밉게 보는,

모두들   (짝 보다, 동민 보는) 나갈 사람 없는데..
동 민   (토마토를 들고) 참고로, 이 토마토는, 농가에서 너무 익어 팔 수 없는 걸 준 거

니까, 혹여 던지면 아플까 다칠까 걱정들 말고,

영 진   참 말 많어! 빨리 시작해!

동 민   (순간, 말꼬리 끊으며, 영진에게 던지며) 시작!

*점프컷 ≫
해수, 재열에게 던지고, 재열, 해수에게 던지고, 해수, 열 받는데, 영진, '어디
서 감히 내 후밸' 하며 재열에게 던지고, 동민, 영진에게 던지며, '남자 보는 눈
이 없어도 어떻게 그렇게 없어, 그렇게!' 하면, 영진, 동민의 머리챌 잡고, 동민
의 얼굴에 토마토를 문지르고, 해수, 재열의 머리챌 잡고, 얼굴에 토마토를 문
지르며, '기구 쓰랬지, 기구 쓰랬지! 내가!' 하고, 재열, 캑캑대고, 해수를 헤드락
하는,

해 수   어어어.. 나 임산부다.

재 열   (놀라 풀면)

해 수   (재열 헤드락 해, 입에 토마토를 처넣는) 죽었어, 너.

*점프컷 ≫
수광, 소녀 서로에게 죽자 사자 던지다, 서로 머리 잡고, 바닥을 뒹굴고, 그러
다, 수광, 재열을 밀쳐 넘어지게 하고,

해 수   너, 감히 우리 여볼 쳤지... 이게 죽을라고 환장했나! (하고, 수광에게 토마토
         던지고)

그렇게 한데 어울려 마구, 토마토를 던지고, 먹이며, 웃는, 신나하는, 동민, 재
열과 서로 토마토를 얼굴에 짓이기며 몸싸움까지 하는, 해수, 동민의 머리챌
잡아, 얼굴에 토마토를 짓이기고, 동민, 해수를 잡으려 하면, 재열, 해수 보호
하고, '해순, 안 돼, 임산부야!', 동민, '어, 그래, 그럼 니가 처먹어!' 하며, 재열의
얼굴에 토마토를 문지르는, 그렇게 서로 웃고, 노는 모습 보여지는,

씬 53. 이층 거실, 밤.

　　　　재열, 해수, 촛불을 켜고, 기도하고, 웃으며, 방으로 어깨동무를 하고, 살짝 서로에게 입 맞추며, 들어가는, 촛불 클로즈업하면,

재　열　(E) 그렇게 여러 사람들의 수고로, 그 동굴 수녀원엔 하루 24시간, 1년 365일 밤낮으로 꺼지지 않는 촛불이 있다고 합니다. 촛불이 켜지는 이유는, 단 하나,

씬 54. 방송국 스튜디오, 밤.

재　열　동굴 밖, 세상의 모든 외로운 사람들을 위해서죠. 지금 혼자라고 외로워하는 분들, 누군가 당신을 위해 24시간 기도하는 사람이 있습니다. (하고, 앞을 보면)

　　　　*점프컷, 스튜디오 밖 ≫
　　　　연출, 작가 옆에서 해수, 재열 보며, 웃으며, 윙크하는,

　　　　*점프컷, 스튜디오 안 + 밖 ≫
재　열　기억하세요. 여러분은 단 한순간도 혼자였던 적이 없습니다. 그럼 오늘 밤도... 굿나잇, 장재열. (하고, 음악을 틀고, 헤드폰을 벗고, 나가, 해수를 안고, 이마에 입 맞추는)
연출, 작가 (고개 젓는, 민망한) 뭐야?
해　수　(웃으며) 또 봬요.
재　열　담주에 봬요.. (하고, 해수와 나가는)

씬 55. 번화한 거리, 밤.

　　　　재열, 해수, 각자 한손은 서로의 허리에 두르고, 아이스크림을 먹으며, 주변을 구경하며, 웃으며, '어머, 저거 이쁘다', '사줄까?' '이쁘댔지, 사달랬어? 말걸 못

알아들어, 왜?', 재열 웃고, '오늘 방송 좋았어?', '괜찮았어' 하며, 가는데, 그
때, 팬들 서너 명 달려와, 사인을 해달라고 하면서, '장 작가님, 신간, 너무 좋
아요, 전에 추리보다 이번 멜로가 더 좋아요!' 하며, 해수를 미는, 재열, '어, 어'
하며 해수를 챙기며,

재 열 내 부인한테 그러지 말아요, 임신 중이야, 그럼 안 돼.. 그리고, 지금은.. 우리
      둘만의 시간이라.. 사인은 나중에요... (하고, 해수의 어깰 안고 가는)
해 수 (팬들에게, 미안하게, 웃으며) 미안합니다, 우리 남편이 별나게 날 위해서.. 죄
      송합니다, 죄송합니다.

      팬들, 서운해 가고,
      재열, 해수, 웃으며 가는,

해 수 그러다, 팬들 떨어져 나가면, 어떡해?
재 열 난 너만 안 떨어져 나가면 돼.
해 수 그런 깜찍한 말들은 대체 어디서 배웠어?
재 열 알면 깜짝 놀랄걸.
해 수 (웃으며, 아이스크림 먹다, 아이스크림 묻히고)
재 열 (멈춰 서서, 웃고, 해수의 입가 닦아주며) 아고, 귀여워.
해 수 (윙크하며, 손가락 튕기며) 딱 내 스타일!
재 열 (크게, 맞장구치며, 손가락 튕기며) 딱 내 스타일! (하고, 어깨에 팔 두르고, 둘
      이 가며) 그런 의미에서 애기 하나 낳고, 하나 더?
해 수 또 싸워?
재 열 (깔깔대고, 웃는)
해 수 좋댄다. (웃으며, 재열 입에 아이스크림 닦아주고)

      재열, 순간, 해수 이마에 깊게 입 맞추고, 마주 보고 웃으며, 가는 데서, 엔딩.

괜찮아 사랑이야

이 책의 저자 인세와 출판사 수익의 일부는
기아 · 질병 · 문맹이 없는 세상을 만들어가고자 하는
JTS에 기부됩니다.

배고픈 사람은 먹어야 합니다.
아픈 사람은 치료받아야 합니다.
아이들은 제때에 배워야 합니다.

이것은 인종과 국가, 민족, 종교, 계급, 남녀에 관계없이
모든 인간이 누려야 할 기본 권리입니다.
그러나 이 지구상에는 이 기본적인 권리마저
누리지 못하는 사람들이 많이 있습니다.

JTS는 이렇게 고통받는 사람들을 돕고자 하는
따뜻한 마음을 가진 사람이라면
누구나 각자가 가진 것을 내어놓아
서로 만나서 함께하고자 합니다.

희망을 일구어가는 사람들 JTS와 함께하고 싶으신 분들은
www.jts.or.kr을 통한 회원가입, 02-587-8995로 문의전화
해주시기 바랍니다.

JTS 는 유엔경제사회이사회로부터
특별협의지위를 부여받은 국제 개발 및 구호 NGO입니다.

전화　02. 587. 8995　　www. jts.or.kr
후원　국민은행　086-01-0339-254　　(사)한국JTS

· 좋은벗들 **www.goodfriends.or.kr**
· 평화재단 **www.peacefoundation.or.kr**